UNE VOIX AVAIT PRONONCÉ SON PRÉNOM ÉGYPTIEN…

Robyn se réveilla en sursaut. L'atmosphère était chargée de mystère. Son cœur se mit à battre…

Brusquement, comme si elle surgissait de la lumière, la silhouette d'un homme apparut entre les arbres. C'était lui qu'elle attendait…

Lui qui est ma destinée… Il vient comme le Dieu aux yeux bleus, dans la lumière…

Il lui tendit la main en souriant et la voix de Sayed pénétra comme par magie dans le monde de ses rêves.

Ses bras s'enlacèrent autour de sa taille et ses lèvres se posèrent sur les siennes. Plus rien n'existait, plus rien hormis le contact tiède et délicieux de sa bouche.

"Pourquoi êtes-vous ici ? " chuchota Sayed.

"Une voix m'a appelée et je me suis réveillée. Je ne sais pas pourquoi je suis venue ici. Je crois que je vous attendais… "

Les siècles avaient passé, mais l'amour était resté immuable et éternel…

Catherine Kay

Un Jour
Peut-Etre

HARLEQUIN SEDUCTION

PARIS•MONTREAL•NEW YORK•TORONTO

Publié en janvier 1984

ISBN 0-373-45033-8

Dépôt légal 1e trimestre 1984
Bibliothèque nationale du Québec et Bibliothèque nationale
du Canada.

Imprimé au Québec, Canada—Printed in Canada

Laissez-vous séduire...

HARLEQUIN
SEDUCTION

Excitant... l'action vous tient en haleine jusqu'à la dernière page!

Exotique... l'histoire se déroule dans des pays merveilleux aux charmes innombrables!

Sensuel... l'amour est passionné, le désir incontrôlable!

Moderne... l'héroïne est une femme épanouie, qui a de la personnalité!

Tout ce que vous attendez d'une grande histoire d'amour!

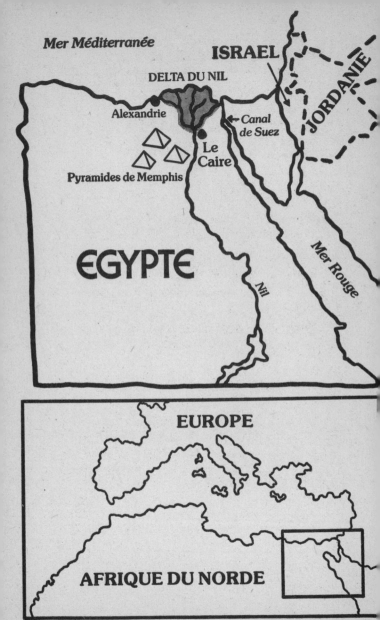

UN JOUR PEUT-ETRE

1

L A Méditerranée brillait de tous ses feux et le cœur de Robyn bondissait dans sa poitrine. L'Afrique n'était plus très loin et un ciel d'une clarté merveilleuse avait remplacé les nuages qui lui avaient dissimulé la France et l'Italie.

Sur ces flots bleus, les Argonautes avaient navigué jadis sur leurs rapides galères et Ulysse avait erré de longues années avant de retrouver enfin son Ithaque natale.

La jeune femme se pencha vers le hublot et songea en souriant que l'évocation de ce passé chargé de tant d'histoire lui permettait d'oublier la présence irritante de Huntley Saunders qui somnolait sur le siège à côté d'elle.

L'espace d'un instant, la gorge de Robyn se serra au souvenir de son père. C'était lui qui lui avait appris à connaître et à aimer ces terres lointaines aux noms enchanteurs qui avaient été le berceau de la civilisation occidentale.

Egyptologue de renom, James Arthur Douglas avait participé à de nombreuses campagnes de fouilles archéologiques et il avait souvent rapporté de ses voyages des objets étranges et beaux qui avaient éveillé l'imagination de la petite fille que Robyn était alors.

Elle lui avait posé des questions et il lui avait répondu avec tout d'abord un peu d'amusement pour sa curiosité enfantine. Mais, très vite, il s'était rendu compte que son intérêt était sincère et il l'avait encouragée à partager sa passion pour ces peuples aujourd'hui disparus et pour la richesse de leur culture.

A dix ans, Robyn était déjà experte dans l'art de classer selon leur ancienneté des tessons de poterie et elle était aussi capable de lire un peu de grec ancien. Pendant son adolescence, elle avait passé le plus clair de son temps dans le vaste sous-sol de leur villa californienne qui abritait les collections de son père. Elle l'y aidait à classer et à déchiffrer les antiques manuscrits rapportés de ses lointaines pérégrinations.

Comme sa mère n'avait aucun goût pour les voyages, c'était elle également qui l'avait accompagné dans tous les congrès où elle lui avait servi de secrétaire attentive et assidue.

A vingt ans, à son entrée à l'université, Robyn était déjà passée maître dans l'art de déchiffrer les hiéroglyphes égyptiens et connaissait à la perfection le grec ancien et le latin. Elle avait réussi sa maîtrise avec les félicitations du jury et depuis plusieurs années, elle travaillait sous la direction du Dr Wayland, le doyen de la section d'archéologie. Elle s'acheminait tranquillement vers son doctorat, au grand dam de Mme Douglas qui craignait que la prolongation de ses études ne l'empêche d'avoir un jour une vie « normale ».

James Douglas, pour sa part, n'avait jamais fait grand cas de ces inquiétudes. Un soir, Robyn avait surpris par hasard une discussion animée entre ses parents.

— Allons Edith, elle a tout le temps de se marier, avait déclaré James à sa femme pour l'apaiser. Elle est si douce, si timide et si gentille, que personne ne pourrait deviner qu'elle est également une femme de tête...

— Elle finira célibataire, vous verrez, avait répliqué avec obstination la voix un peu acide de sa mère. Aussi, quel besoin avez-vous eu de la nourrir d'Egypte ancienne depuis le berceau ? Elle n'a même pas eu droit à un prénom civilisé !

— Sesha Neheru... avait répondu son père rêveusement. Un petit oiseau butinant au milieu des fleurs. N'est-ce donc pas la fidèle image de ce qu'elle est ? Et après tout, nous l'appelons toujours Robyn, n'est-ce pas ?

Robyn avait souri intérieurement. Elle adorait son nom égyptien, justement en raison de sa consonance si exotique...

— C'est bien la côte de l'Afrique. Je l'ai déjà vue au moins une dizaine de fois. Il n'y en a plus pour très longtemps.

Huntley Saunders s'était penché au-dessus d'elle pour regarder par le hublot et comme d'habitude, il en avait profité pour se serrer contre elle plus qu'il n'était nécessaire.

Bienséance ou pas bienséance, il aura droit à une gifle la prochaine fois qu'il s'aviserait de recommencer, songea Robyn en réprimant avec peine sa fureur.

Tout en se rasseyant, le Texan s'étira et bâilla bruyamment. D'un air satisfait, il lança :

— Sayed al Rashad devrait être content de me

voir. Ce n'est pas tous les jours qu'un archéologue égyptien a la possibilité d'utiliser un appareillage aussi sophistiqué que celui que je lui apporte gracieusement! Ils sont toujours à court de matériel dans ces pays sous-développés. Avec ma petite caméra espion, ce sera un jeu d'enfant de pénétrer dans la chambre du trésor et d'y jeter un coup d'œil. C'est cela qui leur manque le plus en Afrique : un peu de notre esprit d'entreprise américain !

Robyn s'abstint de tout commentaire susceptible de le contrarier, mais ne l'encouragea pas non plus à poursuivre sur le même thème. Depuis leur départ de Los Angeles, elle avait déjà entendu suffisamment de fois son opinion à ce sujet. Malheureusement, elle était bien obligée de subir Huntley Saunders. Archéologue amateur, il avait financé pour une bonne part la campagne de fouilles à laquelle Robyn était sur le point de se joindre.

Le chantier était l'objet d'une collaboration entre son université et une équipe d'archéologues égyptiens, et il était exact que la caméra télescopique dont M. Saunders se vantait avait une très grande importance dans l'état actuel des travaux.

Grâce à elle, on pouvait examiner le contenu d'un tombeau — ou d'une salle contenant de vénérables manuscrits comme dans le cas présent — en se contentant de percer une étroite ouverture.

Le directeur du projet, le Dr al Rashad, avait déjà mis à jour une petite salle dans laquelle des rouleaux de papyrus très endommagés avaient été découverts. L'existence d'une autre pièce en dessous de celle-ci avait été déterminée et, au cours des semaines précédentes, ses rapports adressés au Dr Wayland avaient été très optimistes sur l'éventualité d'une découverte majeure.

Robyn poussa un petit soupir d'exaspération. Pourquoi fallait-il que ce voyage auquel elle avait tant rêvé soit gâché par l'insupportable Huntley Saunders ? Elle n'avait pourtant vraiment rien d'attirant pour un homme comme lui ! Ce devait être simplement une sorte de réflexe de sa part et il devait agir de même chaque fois qu'il se trouvait en présence d'une femme.

D'habitude, Robyn passait plutôt inaperçue et même depuis sa rupture avec John, elle s'était efforcée de renforcer encore cette image de modestie pleine de retenue que la plupart des gens avaient d'elle. Il était rassurant, en quelque sorte, d'observer la vie de l'extérieur et de ne pas se laisser entraîner dans son tourbillon.

Le Caire se trouvait encore à plus d'une heure de vol, mais déjà, la réalité de son arrivée s'imposait peu à peu à son esprit. Trois jours plus tôt, le Dr Wayland l'avait appelée dans son bureau.

— Il m'est impossible de me rendre moi-même en Egypte, lui avait-il déclaré d'une voix fatiguée. J'ai espéré jusqu'à la dernière minute, mais l'état de Joanne s'est encore aggravé.

Robyn avait hoché la tête avec compréhension. Tout le monde, à l'université, connaissait son dévouement pour sa femme dont la santé était très précaire.

— Vous allez donc devoir partir à ma place, avait-il poursuivi. Les fouilles en sont à un point crucial et il est nécessaire que les contrats soient approuvés au plus tôt par al Rashad. Vous en connaissez la teneur aussi bien que moi et — avait-il ajouté avec un sourire involontaire — je dois admettre que je ne suis pas fâché d'échapper à la corvée de devoir tenir compagnie à notre grand bienfaiteur texan pendant ces longues heures d'avion...

Robyn avait tout de suite compris ce qu'il voulait dire, car elle avait assisté à plusieurs réunions au cours desquelles la personnalité de Huntley Saunders avait été longuement évoquée. Cette fois-ci, il avait exigé d'apporter lui-même en Egypte la fameuse caméra qu'il avait aidé à financer. Quelques jours plus tôt, il avait aussi provoqué un vif émoi à l'intérieur de la faculté en convoquant une conférence de presse afin d'annoncer à grand fracas sa donation et — par la même occasion — de clamer qu'ils étaient sur le point de faire une découverte au moins aussi importante que l'avait été celle du tombeau de Toutankhamon.

Aucun archéologue n'apprécie ce genre de publicité pour le moins prématurée et Robyn savait combien la situation pourrait devenir délicate si certains journaux reprenaient à leur compte ces informations avant qu'elles n'aient été confirmées. Pour l'instant, ils ne disposaient d'aucune preuve tangible et aucun des papyrus n'avait même été encore traduit...

Le jour du départ était arrivé très vite et le Dr Wayland l'avait accompagnée à l'aéroport où il lui avait donné ses dernières instructions.

— J'ai envoyé un télex au Bureau des Antiquités du Caire pour les prévenir de votre arrivée. Il est inutile de leur signaler que vous êtes la fille de James Arthur Douglas. Ils pourraient imaginer que nous cherchons à les prendre de vitesse et l'équipe d'al Rashad n'est peut-être pas prête à admettre en son sein une femme jeune et intelligente dont le père était en son temps l'un des meilleurs spécialistes en matière d'hiéroglyphes. Les préjugés sexistes sont encore tenaces là-bas...

Sayed al Rashad, le directeur du chantier, était un archéologue réputé et Robyn avait lu avec passion tous ses rapports sur ses fouilles dans le désert près d'Alexandrie. Elle avait une profonde admiration pour son travail et elle envisageait avec plaisir de le rencontrer en personne.

— Juste un dernier conseil, avait ajouté le Dr Wayland tandis qu'ils se dirigeaient vers les portes d'embarquement, Sayed semble avoir un effet dévastateur sur les femmes. Surtout sur les Américaines...

Cette remarque n'avait provoqué aucune réaction en elle. Robyn ne s'était jamais enflammée pour un homme seulement parce qu'il exerçait une profession romantique. Et elle était bien placée pour savoir que l'archéologie n'avait de romantique que le nom et que bien souvent, c'était un métier minutieux et sans gloire.

— C'est l'une des raisons pour lesquelles je vous ai choisie, avait poursuivi son patron en souriant comme s'il avait deviné ses pensées. Vous, au moins, vous n'irez pas vous éprendre de lui comme mes étudiantes de l'année dernière. Je ne comprends pas ce qui s'est passé dans la tête de ces jeunes filles. La chaleur du désert, peut-être... Vous, vous êtes une jeune femme raisonnable.

Robyn avait grimacé malgré elle. Sa confiance la flattait, mais elle aurait préféré un épithète un peu moins terne !

En fait, sa tâche ne se réduisait pas uniquement à la transmission des contrats. Elle avait la charge également d'établir un rapport précis sur l'état d'avancement des travaux, et, surtout, de donner son avis sur l'opportunité pour l'université de poursuivre ou non sa participation financière. Robyn se sentait tout à fait capable de prendre une telle responsabilité. En outre, ce voyage était une chance inespérée de visiter le pays auquel elle avait rêvé toute son enfance et de respirer l'air que les Pharaons eux-mêmes avaient jadis respiré.

Robyn songea à la maison et au foyer qu'elle venait de quitter et se rendit compte combien elle en était déjà loin par l'esprit. Sa mère et sa tante ne pouvaient pas comprendre ce que l'Egypte signifiait pour elle. Elles se demanderaient toujours comment une personne, jeune et jolie, avait choisi de se plonger dans des piles de vieux manuscrits poussiéreux afin de briguer un doctorat.

Seul son père l'avait toujours soutenue. Il lui avait beaucoup appris pendant les dernières années de sa vie et il avait amèrement regretté d'être lui-même cloué à un fauteuil roulant lorsqu'elle avait été en âge de voyager avec lui.

Robyn regarda en dessous d'elle les dunes de sable dorées qui avaient succédé au bleu des vagues. Il était agréable d'être à des milliers de kilomètres des attentions de sa mère et de ses suggestions bien intentionnées. Ici, au moins, elle n'aurait pas à lui expliquer continuellement pourquoi tous les jeunes assistants n'étaient pas follement amoureux d'elle.

Sa mère et sa tante l'avaient harcelée affectueusement quand elle avait rompu avec John Porter, un jeune paléontologue qui achevait son doctorat et qui avait été très assidu auprès d'elle. Robyn avait eu trop de fierté pour leur avouer la vérité. En fait, la rupture était venue de John.

Au cours de l'été précédent, elle avait pris conscience auprès de lui de sa beauté et de son charme, et Robyn s'était surprise à rêver à un foyer, à des enfants. Un soir, il l'avait même embrassée en lui murmurant à l'oreille des mots qui étaient presque une promesse... Puis, lors d'une soirée, il avait rencontré une autre jeune fille et à ce souvenir, le cœur de Robyn se glaça.

Cela était arrivé devant ses yeux et elle s'était sentie d'un seul coup trahie. La fidélité et l'honneur n'avaient jamais été de vains mots pour elle. Peut-être avait-elle réagi avec trop de violence...

Mais elle ne pourrait plus jamais avoir confiance en John. Elle s'était enfuie de cette affreuse réception et était rentrée chez elle, toute seule, ses rêves à jamais brisés.

Le lendemain, il lui avait demandé avec une fausse nonchalance ce qui lui était arrivé la veille.

— Je n'étais pas très en forme, avait-elle répondu d'une voix assurée. J'ai préféré rentrer plus tôt.

— Je suis désolé. Vous allez mieux ce matin ?

— Je n'en suis pas certaine...

Quelques instants de silence avaient suivi, puis il lui avait déclaré un peu gauchement :

— Ecoutez-moi Robyn, si vous avez besoin de quoi que ce soit, n'hésitez pas à m'appeler. Pour le reste, c'est sans rancune, n'est-ce pas ?

On ne pouvait guère être plus clair et dans les longues journées vides et tristes qui avaient suivi, elle avait eu tout le loisir de réfléchir. John n'avait pas été son premier ami, mais avec lui, elle avait commencé à entrevoir autre chose que sa carrière professionnelle. Aurait-elle dû se battre pour le garder ? s'était-elle demandé au moins une centaine de fois depuis lors. Mais en même temps, elle avait toujours eu vaguement conscience qu'il ne lui avait jamais été vraiment destiné. Robyn souffrait d'avoir

tant voulu avoir confiance en lui, mais elle se rendait compte que c'était le désir subconscient d'obéir
à sa mère qui l'avait poussée vers lui. John, tout
simplement, n'avait jamais été l'homme de ses
rêves.

En observant les autres femmes se disputer les
attentions masculines, Robyn avait toujours été mal
à l'aise et c'était justement ce manque d'agressivité
que lui reprochait constamment Mme Douglas. Elle
n'allait jamais là où elle était susceptible de rencontrer des prétendants convenables.

« Pourquoi n'irais-tu pas en croisière à Acapulco
cette année ? » lui avait-elle proposé quelques jours
auparavant. « Tu devrais au moins essayer. Tu n'as
rien à y perdre… »

Mais Robyn refusait catégoriquement de participer à ce jeu mondain où l'on change sans cesse de
partenaire dans l'espoir de trouver un jour le compagnon idéal. Elle voulait aimer et être aimée dans le
bonheur et la fidélité — A condition qu'un tel amour
soit possible sur cette terre…

Après sa rupture avec John, Robyn avait élevé un
véritable rempart autour d'elle. Si quelqu'un s'intéressait à elle, il faudrait que ce soit pour elle et non
parce qu'elle aurait appris à rire de ses mauvaises
plaisanteries et à battre des cils au moindre de ses
compliments. La jeune femme n'avait pas l'intention
d'être à nouveau vulnérable et elle avait hérité de
son père suffisamment de volonté pour s'en tenir
fermement à sa résolution.

Et pourtant, au fond de son cœur, subsistait une
sourde inquiétude. John était parti… mais, il avait
enflammé en elle tout un monde de désirs obscurs
qui ne s'éteindraient plus jamais.

— J'espère... déclara la voix nonchalante de Huntley Saunders à côté d'elle, que nous prendrons aussi le temps de nous amuser un peu, malgré tout le travail qui nous attend...

Robyn leva vers lui des yeux froids et méprisants avant de répliquer sur un ton cassant :

— Je crains que pour ma part ce séjour se limite strictement au côté professionnel. J'ai besoin de gagner ma vie.

Le Texan grimaça et ne répondit rien. Sans doute devait-il essayer avec toutes les femmes... surtout lorsqu'elles étaient jeunes et jolies comme Robyn.

Son père l'avait souvent taquinée sur son apparence pleine d'innocence. Personne, à son avis, n'aurait pu supposer que sous des allures aussi juvéniles, sa fille puisse dissimuler à la fois autant d'érudition et de romantisme.

Une fois de plus, elle entendit le son de sa voix résonner dans sa mémoire : « Un jour, un homme aura assez de discernement pour se laisser envoûter par ton charme et il t'enlèvera à moi, mais je ne tolérerai jamais que ce soit un médiocre ou un fat ! »

C'était il y a trois ans, le jour de son vingt et unième anniversaire. Une semaine plus tard, une crise cardiaque l'avait terrassé.

Après sa mort, sa mère s'était repliée sur elle-même pour mener une existence de veuve quasiment victorienne. Robyn n'avait jamais compris comment James Douglas avait choisi d'épouser une femme d'un caractère aussi différent du sien. Pourtant, l'amour de ses parents l'un pour l'autre avait été profond et sincère. Sa mère, qui n'avait jamais aimé les voyages, avait toujours patiemment attendu le retour de son mari qui s'absentait si souvent pour parcourir le monde entier...

L'avion amorça sa descente et bientôt ses roues touchèrent la piste de l'aéroport du Caire. Le soleil matinal brillait déjà de tous ses feux et une brise légère accueillit Robyn lorsqu'elle posa le pied sur la passerelle. L'air était lourd de senteurs exotiques où les odeurs de fleurs et de plantes inconnues se mêlaient aux fumées âcres des cheminées de la ville et aux gaz d'échappement.

Dans le flot des passagers, Robyn perdit la trace de son compagnon de voyage, mais le destin de Huntley Saunders ne lui importait guère. Sans doute s'était-il éloigné pour essayer d'obtenir un rendez-vous avec l'une des hôtesses, songea-t-elle avec un sourire sarcastique.

A l'intérieur de l'aérogare, une foule bigarrée se pressait. Des femmes voilées en côtoyaient d'autres habillées à la dernière mode européenne et des hommes en costume bavardaient avec des amis en turban et en gandoura.

Le bruit était indescriptible. Tous ces gens s'exprimaient dans une langue étrange et rauque à laquelle elle ne comprenait pas un mot, mais pourtant Robyn ne se sentait pas vraiment en pays étranger tellement elle avait été bercée dans son enfance par les récits de son père sur cet Orient magique et lointain.

Elle tendit son passeport au douanier qui déchiffra son nom à voix haute en la dévisageant avec une curiosité respectueuse.

— Miss Sesha Neheru Douglas ?

Elle hocha la tête en souriant, mais derrière elle un éclat de rire grossier la fit se retourner.

— Quel drôle de nom !

— C'est de l'égyptien ancien, monsieur Saunders, répliqua-t-elle d'une voix sèche.

— Je préfère Robyn ! Entre nous, du moins...

— Je crois que Miss Douglas serait plus approprié dans les circonstances, le coupa-t-elle, glaciale.

Quelques minutes plus tard, elle se trouvait à un comptoir de banque pour échanger ses dollars contre des livres égyptiennes, lorsqu'une voix à l'accent typiquement américain l'interpella.

— Vous devez être sans doute Miss Robyn Douglas ?

Elle se retourna pour se trouver face à un jeune homme au visage ouvert et franc.

— Je suis Tom Perkins, se présenta-t-il en souriant. Bienvenue en Egypte.

— Enchantée, répondit-elle aussitôt en lui tendant la main.

C'était une agréable surprise d'être accueillie à sa descente d'avion par le représentant de l'université auprès du Dr al Rashad. A Los Angeles, Robyn avait eu connaissance des rapports du jeune assistant et elle avait apprécié son enthousiasme et son sérieux professionnel.

Il se proposa d'aller chercher ses bagages, puis Robyn le présenta à Huntley Saunders qui entretemps les avait rejoints.

Dès la première remarque paternaliste du Texan, le regard de Tom croisa celui de Robyn d'un air entendu, mais il s'abstint de tout commentaire.

Grâce à son aide, la caméra fut dédouanée sans trop de peine, malgré un peu de retard provoqué par une controverse sur l'identité exacte de son propriétaire légal — le Bureau des Antiquités du Caire, l'université de Los Angeles ou le riche Texan qui en revendiquait la possession avec tant de véhémence ?

Rien n'était simple en Egypte, essaya de leur expliquer Tom en guise d'excuse.

— Ici, il est impossible de faire des projets et

d'espérer pouvoir s'en tenir à ses prévisions. Personne n'est pressé et il faut un certain temps pour s'y habituer.

Dès qu'ils furent sortis des bureaux de la douane, il ajouta à voix basse à l'oreille de Robyn :

— Cela aurait été plus facile sans la présence de notre cher bienfaiteur. Les Egyptiens sont des gens très fiers et ils ont horreur d'être bousculés.

Huntley Saunders les avaient devancés et s'était installé dans une grande Mercedes blanche qu'il avait commandée depuis Los Angeles. Par la fenêtre baissée de sa portière, il les héla de sa voix nonchalante et légèrement condescendante :

— L'ambassadeur m'a invité à déjeuner au *Sheraton*. Ce serait plus simple si vous vous chargiez de la caméra, Tom. Nous nous reverrons à Alexandrie demain matin... Ah, soyez gentil, veuillez vous assurer également que c'est bien une suite qui a été réservée pour moi au *Palestine Hotel*. La dernière fois, ils ont osé me mettre dans une chambre avec une douche pour toute salle de bains !

— Ne vous inquiétez pas, monsieur Saunders, le rassura Tom avec un sourire courtois avant d'entraîner Robyn vers une autre voiture garée à proximité.

La limousine blanche s'éloigna et le jeune homme ajouta avec une grimace :

— Attendons de voir la réaction de Sayed lorsqu'il découvrira par qui la caméra est accompagnée et que le Dr Wayland s'est transformé en une ravissante jeune femme. Gloire à Allah et à Mahomet son prophète !

Ce fut de cette façon que Robyn, à sa grande consternation, apprit que le télex était en panne entre Le Caire et Alexandrie. Tom lui-même n'avait appris leur arrivée que par hasard lors d'une visite de routine au Bureau des Antiquités. Mais devant son étonnement, il se contenta d'éclater de rire.

— Rien ne marche jamais ici, pas plus le téléphone que le télex. Cela donne un peu de piment à la vie.

Mais en dépit de sa bonne humeur, Robyn eut l'impression qu'il était plutôt inquiet sur les réactions du Dr Sayed al Rashad...

— C'est votre premier voyage en Egypte, n'est-ce pas ? questionna-t-il avec un sourire radieux tout en introduisant la clef de contact. C'est un peu comme si toutes les photos que vous avez si souvent contemplées se présentaient brusquement devant vous en trois dimensions...

Robyn hocha la tête doucement et les premiers kilomètres s'effectuèrent en silence. Ils sortirent du Caire par la route des Pyramides. Avec un pincement au cœur, elle aperçut dans le lointain les imposantes silhouettes de pierre. Son rêve se réalisait enfin !

Tout était merveilleux autour d'elle. La foule pittoresque le long des trottoirs, les charrettes traînées par des ânes, la circulation dense et bruyante et par-dessus tout cela, l'appel harmonieux d'un muezzin au sommet d'un minaret.

Devant de nombreux bâtiments et à chaque croisement, des soldats montaient la garde. Tout le long de la route, d'immenses panneaux publicitaires étaient consacrés à la gloire des dirigeants politiques au pouvoir.

Tom hocha la tête devant sa surprise.

— Ce n'est pas la Californie, n'est-ce pas ? Pauvre Egypte... Ils font tant d'efforts pour essayer de donner un peu de stabilité au pays et pour améliorer le niveau de vie ! Il est difficile d'être un apôtre de la paix dans cette région du monde. La haine ici est enracinée dans le cœur des peuples depuis des générations.

Robyn ouvrit de grands yeux étonnés. Elle ne s'était jamais intéressée aux réalités de l'Egypte moderne et toute son attention avait toujours été tournée vers son lointain passé...

— Les problèmes actuels affectent-ils votre travail ? questionna-t-elle avec curiosité.

— Non, sauf lorsque les fouilles envisagées se situent à proximité d'un aéroport ou d'un terrain militaire. A part cela, tout se passe bien. Dans ce pays, il existe une qualité de vie quasiment éternelle. Les Egyptiens ont vu le passage de conquérants innombrables, mais leur existence continue immuablement.

Il poussa un profond soupir.

— J'aime bien les gens d'ici. Ils possèdent une courtoisie innée, totalement incompréhensible pour des rustres du genre de Saunders. Aujourd'hui, la lutte pour le pouvoir est féroce entre les progressistes et les traditionalistes. Personne ne peut prévoir qui l'emportera. La violence est présente partout dans le monde, mais au Moyen-Orient, elle l'est plus encore.

Tout en bavardant, ils avaient franchi les grilles du parc d'un hôtel luxueux et Tom s'arrêta sur un parking face aux pyramides.

— Nous sommes à *Mena House.* J'ai des courses à faire en ville pour Sayed. Vous pourrez m'attendre ici, je n'en aurai pas pour très longtemps. Il y a un salon de thé très agréable. Ensuite, nous irons jusqu'aux pyramides avant de prendre la route pour Alexandrie. Le programme vous convient-il ?

— Merci, ne vous inquiétez surtout pas pour moi, déclara Robyn.

Tom la laissa dans le hall et après avoir fixé comme point de rendez-vous la terrasse du restaurant, il s'en alla en ajoutant sur un ton enjoué :

— Ne vous perdez pas. Vous risqueriez de vous retrouver dans un sérail ou dans un établissement similaire.

Robyn lui rendit son sourire et regarda autour d'elle avec curiosité. Effectivement, elle aurait pu se croire dans un harem. *Mena House* avait dû jadis être construit par un sultan pour y abriter ses nombreuses épouses. Tout autour d'elle, ce n'étaient que fenêtres à jalousies, allées bordées de délicates colonnades et petites cours intérieures et discrètes...

Une fois assise sur la terrasse devant une grande salade et une bouteille d'eau minérale, Robyn commença à prendre enfin conscience de tout son bonheur. Même le mécontentement probable de Sayed al Rashad ne parvenait pas à troubler sa sérénité et sa joie d'être en Egypte.

Lorsque Tom revint, la nuit était presque tombée.

— Pour cette fois, nous devrons nous limiter à un petit tour rapide des pyramides, s'excusa-t-il en lui ouvrant la portière de sa voiture. Mais je vous promets une visite en bonne et due forme avant que vous ne repartiez pour les Etats-Unis !

Tandis qu'ils roulaient sur la route sinueuse conduisant au plateau rocheux, Robyn et Tom restèrent silencieux. Lentement, ils passèrent le long des imposantes masses de pierre avant de redescendre vers l'étroite vallée où le Sphinx était érigé.

— C'est impressionnant, n'est-ce pas ? murmura Tom avec indulgence en s'arrêtant devant le monstre figé pour l'éternité. Dire qu'il y a des millénaires que sont morts les artistes qui l'ont sculpté !

Pendant quelques minutes, ils le contemplèrent sans un mot, mais bientôt, l'arrivée d'un car de touristes vint briser le charme et Tom redémarra lentement pour prendre la direction de l'antique village de Mena.

Après ses rues étroites et mal pavées, la voie du désert s'ouvrit devant eux. Ils avaient trois heures de trajet pour rejoindre Alexandrie et la côte de la Méditerranée.

Robyn tenta de rester éveillée, mais l'air tiède et parfumé invitait à la somnolence. Le ciel n'était qu'un immense parterre d'étoiles et elle rêva que quelqu'un l'appelait par son prénom égyptien...

Quand elle rouvrit les yeux, ils étaient arrivés à l'hôtel et Tom l'accompagna avec gentillesse jusqu'à la réception. Avec un peu de surprise, elle regarda des hommes en uniforme fouiller ses bagages à l'entrée et Tom répondit en souriant à sa muette interrogation :

— Les terroristes ont une prédilection pour les grands hôtels, mais surtout, que cela ne vous empêche pas de dormir. Ici, vous êtes en sécurité.

2

R OBYN se réveilla avec la sensation d'avoir chaud. On n'était qu'à la mi-mars pourtant, songea-t-elle en ouvrant les yeux. Un soleil éblouissant inondait sa chambre et soudain, elle s'aperçut qu'elle n'avait pas rêvé. « Je suis réellement à Alexandrie ! Dans la cité de Cléopâtre... » songea-t-elle avec exaltation.

Elle sourit et s'étira langoureusement, mais un coup bref frappé à sa porte la ramena à la réalité.

— Robyn ! Vous n'êtes pas encore debout ?

— Oui, répondit-elle d'une voix endormie en jetant un rapide coup d'œil à sa montre.

— Dépêchez-vous ! Il est huit heures passées ! Sayed est en bas et il se prépare déjà à partir pour le chantier. Il a horreur des gens en retard et vous êtes supposée l'accompagner aujourd'hui, déclara Tom.

— Oh, mon Dieu ! Combien de temps me reste-t-il ?

— Dix minutes, pas plus. Je vous ai apporté un sandwich au jambon.

Ses pas s'éloignèrent et Robyn se précipita vers sa valise pour en tirer un blue-jean et une chemisette bleu clair. Bien sûr, comme elle avait eu la paresse de les suspendre la veille en arrivant, ils étaient encore tout froissés par le voyage. Tout en faisant une toilette hâtive, Robyn remarqua avec irritation que pour son premier jour, elle allait donner une impression bien négative d'elle-même. Enfin, il était trop tard maintenant et, après un rapide coup de brosse dans ses cheveux, elle saisit son porte-documents et se précipita dans le couloir où Tom l'attendait avec impatience.

— Montez vite ! l'accueillit-il en la poussant dans le vieil ascenseur dont il referma les portes soigneusement derrière elle.

Il appuya sur le bouton du rez-de-chaussée, mais au lieu de descendre, l'appareil se mit à monter en cahotant malgré les jurons et les coups de poing du jeune homme.

— C'est souvent comme cela ? questionna Robyn d'une voix consternée.

— C'est l'Egypte ! répliqua-t-il avec un mélange d'irritation et de résignation.

De l'une de ses poches, il sortit un paquet dont il extirpa le sandwich qu'il lui avait promis.

— Tenez. Vous pourrez avoir du café à notre arrivée sur le chantier.

— Merci. Excusez-moi. D'habitude, je ne suis jamais en retard.

— Ce n'est pas grave. Ne vous inquiétez pas. Soyez sur vos gardes seulement avec le patron. Il a l'œil vif.

La cabine s'arrêta dans un soubresaut et ils émergèrent enfin dans le hall. Des touristes joyeux et bruyants étaient agglutinés autour de leurs valises, tandis qu'un guide en veston rouge procédait à leurs formalités d'inscription au comptoir de la réception. Un voyage organisé probablement...

Devant les grandes portes-fenêtres, un petit groupe de personnes s'affairait devant des caisses et Tom l'entraîna dans leur direction.

— Venez...

A leur approche, plusieurs visages se tournèrent vers eux avec curiosité et Huntley Saunders jeta à Robyn un coup d'œil réprobateur.

— Ah ces femmes ! Jamais à l'heure, murmura-t-il avant de se tourner vers Tom en agitant un doigt accusateur. — La caisse de la caméra est introuvable ! Elle était sous votre responsabilité, jeune homme.

— Ne vous inquiétez pas, monsieur Saunders, le rassura Tom avec un sourire narquois. Elle se trouve en sécurité dans une pièce fermée à clef, derrière le standard.

Le Texan se tut et, au même instant, Robyn aperçut un homme grand et à la démarche rapide qui s'avançait vers eux en donnant des ordres. Sa voix était autoritaire et, au fur et à mesure de son approche, les conversations s'arrêtaient comme par enchantement.

— Mohammed, apporte la boîte de films ici... Fawzi, vérifie qu'il y a bien deux cartons de bouteilles d'eau minérale... Tom, avez-vous les notes que je vous ai demandées hier ?

Comme hypnotisée, Robyn crut un instant être revenue plusieurs millénaires en arrière. Sa silhouette racée aux larges épaules et à la souplesse féline avait une étrange ressemblance avec les portraits et les statuettes découverts dans les tombes du Haut Empire. C'était comme si l'un de ces princes d'autrefois était apparu brusquement devant elle, vêtu d'un veston et d'un pantalon beige pour dissimuler le fait qu'il était un fils de Pharaon.

— ... Et où se trouve le Pr Wayland ? N'étiez-vous pas chargé de le ramener du Caire ?

A la mention du nom de son patron, Robyn revint d'un seul coup à la réalité. Les yeux de l'homme se posèrent sur elle et Robyn se pétrifia sous leur intense éclat. Ils n'étaient pas sombres comme ceux de la plupart des Egyptiens, mais bleus, d'un bleu très profond et presque lumineux, comme si un feu intense brûlait derrière leurs prunelles.

— Et qui est cette jeune femme ?

Heureusement, Tom la dispensa de répondre.

— C'est Robyn Douglas. Elle remplace le Dr Wayland qui a été dans l'impossibilité de venir. Son télex ne nous a pas été transmis du Caire. Robyn, puis-je vous présenter le docteur al Rashad... ajouta le jeune homme avec un visible embarras.

— Je suis l'assistante du Dr Wayland, intervint Robyn sur le ton calme et mesuré qu'elle adoptait toujours dans les situations délicates. Il a dû renoncer à venir à la dernière minute en raison de l'état de santé de sa femme.

Le visage du Dr al Rashad demeura glacial et il n'esquissa pas le moindre sourire de bienvenue.

— Il ne manquait plus que cette dernière nouvelle pour rendre idéale cette merveilleuse matinée ! observa-t-il avec une ironie mordante. Une jeune fille même pas capable de sortir de son lit à l'heure ! Je vous serai reconnaissant de poursuivre votre petit déjeuner en voiture, Miss Douglas.

La laissant bouche bée et sans voix, son sandwich au jambon à la main, il lui tourna le dos et s'éloigna d'un pas rageur sans même attendre sa réponse.

Robyn sentit la main apaisante de Tom se poser sur son bras.

— Il n'est pas dans un bon jour, murmura le jeune homme d'une voix douce, mais vous verrez, vous vous entendrez avec lui.

— Hum ! Je n'en suis pas aussi certaine...

Au même moment, une jeune et jolie Egyptienne s'avança vers elle, la main tendue.

— Je suis Rafica al Wahab, se présenta-t-elle d'une voix charmante et mélodieuse. Je suis chargée du classement des papyrus et des objets découverts sur le chantier. Bienvenue en Egypte, Miss Douglas.

Les yeux noisette de la jeune Egyptienne exprimaient une profonde sympathie et immédiatement, Robyn sentit sa bonne humeur revenir.

Un par un, les autres lui succédèrent. Il y avait l'assistant de Tom, Georges Lewis, un jeune Américain très grand et très maigre, avec un visage à la fois grave et enfantin. Le Pr Gaddabi, le doyen de l'équipe, détaché de l'université du Caire et pour finir, les deux chauffeurs, Mohammed et Fawzi.

— Oubliez l'accueil un peu froid de Sayed, observa le Pr Gaddabi d'une voix paternelle. Notre pauvre ami, le Dr al Rashad, a eu l'an passé des problèmes inextricables avec des étudiantes américaines envoyées par votre faculté. Sans compter qu'un chantier de fouilles est toujours très éprouvant nerveusement. Ce matin même, il a été aux prises avec la paperasserie administrative... et, bien sûr, il y a eu l'arrivée inopinée de notre ami texan avec sa précieuse caméra. A la longue, j'en suis persuadé, vous apprécierez Sayed, ajouta-t-il en lui serrant le bras avec gentillesse. C'est un grand archéologue.

— Merci, docteur Gaddabi, réussit-elle à répondre d'une voix calme. Je comprends tout à fait la situation. A Los Angeles aussi il nous arrive d'être sous tension.

Visiblement, le vieil homme sembla soulagé qu'elle ne s'offusque pas et il s'écarta pour laisser la place à une jeune femme américaine, blonde et enjouée, qui serra la main de Robyn avec enthousiasme.

— Je suis Sandi Cook, la photographe de l'équipe. Mais nous ferions mieux de nous dépêcher de rejoindre les voitures avant que le patron ne se fâche.

Dehors, Mohammed et Fawzi achevaient le chargement du matériel sous les directives de Sayed tandis que Huntley Saunders était déjà installé à l'arrière de l'un des véhicules avec sa précieuse caméra. Il essaya de convaincre Rafica de monter à côté de lui, mais elle trouva une excuse polie pour refuser.

— Que diriez-vous de faire la route en compagnie d'une compatriote de l'Arizona ? lui proposa Sandi avec un sourire provocateur.

— Montez, accepta le Texan en lui ouvrant aussitôt la portière avec empressement.

— J'espère qu'elle se méfiera de lui, observa Tom à mi-voix tandis que Sandi s'asseyait en riant à côté de lui. Elle n'est pas aussi invulnérable qu'elle veut bien l'affirmer.

— Seriez-vous son ange gardien ? se hasarda à questionner Robyn d'un air malicieux.

— En quelque sorte, répondit le jeune homme sur le même ton tout en suivant des yeux avec inquiétude la camionnette qui venait de démarrer.

Il poussa un soupir, puis il l'entraîna vers une 504 dans laquelle le Dr Gaddabi et Rafica avaient déjà pris place. Lorsque les dernières caisses eurent été chargées sur la galerie, Mohammed se mit au volant et Sayed al Rashad s'installa à côté de lui.

Une fois sortis du parking de l'hôtel, ils traversèrent un parc et Tom murmura à l'intention de Robyn :

— Nous sommes dans les jardins du Palais Montaza, la dernière résidence du roi Farouk avant son départ pour l'exil. Son père, le roi Fuad, hébergeait ses femmes et ses enfants dans une demeure non loin d'ici — un arrangement commode qui avait le mérite de préserver sa tranquillité.

La route serpentait au milieu de bosquets de pins et de palmiers, et, çà et là, des parterres de fleurs éblouissantes parsemaient des pelouses soigneusement entretenues. Après avoir fait le tour d'une fontaine gardée par quatre lions de pierre, ils franchirent un grand portail aux pointes dorées et leur voiture se mêla à la circulation matinale de la ville. Bientôt, ils s'engagèrent sur la Corniche. La mer et le ciel étaient d'un bleu irréel et Tom observa en riant :

— Vous avez droit au circuit touristique classique d'Alexandrie !

A l'avant, Sayed al Rashad n'avait pas encore desserré les dents. Les yeux de Robyn étaient attirés malgré elle par ses cheveux noirs à peine ondulés, et elle luttait avec peine contre l'irritation qui montait en elle. Pourquoi ne s'était-il pas contenté de lui sourire et de prononcer quelques paroles vaguement aimables comme l'usage l'aurait voulu ? Il n'était guère étonnant que les étudiantes du Dr Wayland aient perdu la tête en travaillant avec lui ! Dès l'abord, elles avaient dû être un jeu désorientées par son physique si aristocratique et si raffiné et s'il les avait traitées de la même manière, elles avaient dû perdre immédiatement le peu de confiance en elles qui leur restait. Dans ces conditions, les séduire avait été probablement un peu d'enfant...

Brusquement, Robyn se rendit compte du cours étrange que ses pensées avaient pris. Elle réagissait à son égard comme une adolescente ! Résolument, elle repoussa les idées absurdes qui lui venaient à l'esprit et reporta son attention sur le paysage. Mais Alexandrie, avec ses maisons décrépites et son agitation trépidante, n'était guère apte à lui rendre sa sérénité.

— C'est ici que dormait Cléopâtre ! plaisanta Tom en montrant du doigt un promontoire qui s'élançait dans les eaux intensément claires du port. Toute cette zone était englobée dans la cité royale des anciens rois et reines de la dynastie des Ptolémées. En ce moment même, il est très possible que nous roulions sur la tombe d'Alexandre le Grand !

Elle aussi connaissait tous ces noms romantiques attachés à cet endroit au passé si riche d'histoire — Ptolémée, le roi soldat, César et Cléopâtre, Antoine qui périt en compagnie de cette dernière. Euclide, Archimède et la fameuse bibliothèque d'Alexandrie pillée et dévastée par les envahisseurs...

Une fois la ville traversée, ils franchirent le canal Mahmudiya et le désert s'ouvrit devant eux à perte de vue.

— Les fouilles sont situées à une trentaine de kilomètres au sud, expliqua Tom. Il y a un petit village de bédouins à proximité. Ils nous aident à nous protéger de voleurs éventuels. Vous aimerez leurs enfants, ils sont d'une merveilleuse finesse, mais ils grandissent trop vite. Il faut un certain temps pour s'habituer à voir des jeunes filles à peine sorties de l'enfance avec leur bébé dans les bras et accompagnées de leur farouche mari. Mais par ailleurs, ce sont des gens corrects.

Tout en écoutant Tom d'une oreille distraite, Robyn détaillait le Dr al Rashad dans le rétroviseur. Son visage était intéressant, admit-elle un peu à contrecœur. Etait-ce celui de Hesire, l'aristocrate de la troisième dynastie, qu'il lui rappelait ? Dans les bas-reliefs de Saqqara, elle avait observé également une forme de tête similaire, avec ce même front, haut et bien dessiné, ce cou et ces épaules solides...

Le Dr al Rashad semblait avoir beaucoup de sujets loyaux dans son petit royaume archéologique — Tom et le Dr Gaddabi au moins. Mais en dépit de cela, il était difficile de lui pardonner ses paroles agressives et son accueil plutôt sec. Pourquoi tout le monde croyait-il qu'elle finirait par s'entendre avec lui ?

Ses yeux se tournèrent vers le désert au moment où la voiture ralentissait à un poste de contrôle militaire. Mohammed klaxonna avec insistance et au bout de quelques instants, deux soldats encore assoupis sortirent de leur guérite et leur firent signe de passer. Aussitôt, le chauffeur accéléra d'un coup sec et éclata de rire en observant le nuage de poussière derrière lui.

— Ils dormiraient encore si nous n'avions pas insisté, remarqua le Dr al Rashad avec une moue de mépris. L'armée libyenne pourrait passer tout entière devant eux sans même qu'ils lèvent une paupière.

Un large sourire approbateur éclaira le visage du farouche chauffeur et Tom murmura en se penchant à l'oreille de Robyn :

— Mohammed était conducteur de tank dans l'armée. Il espère bien avoir un jour la chance de se battre à nouveau. Il appartient à une tribu de l'ouest où les hommes sont très fiers de leur bravoure. Une bonne succession de combats lui plairait bien davantage que la vie tranquille qu'il mène à notre service.

Robyn regarda avec intérêt dans la direction de l'homme à la peau presque noire qui tenait le volant avec maestria. L'idée de vivre si près de la guerre était une notion toute nouvelle pour elle. Combien d'autres chauffeurs en Egypte rêvaient-ils de conduire victorieusement des chars d'assaut à la bataille ?

Entre-temps, Mohammed avait quitté la route principale et s'était engagé sur une mauvaise piste à travers un paysage rocheux et désolé. Le ciel était toujours aussi clair, hormis quelques nuages de sable, soulevés par le vent du nord. Peu à peu, l'air devenait plus chaud et la voiture était secouée parfois par de violentes rafales.

Le Dr al Rashad et Mohammed échangèrent quelques phrases en arabe et Rafica se tourna vers Robyn pour traduire.

— Le *Khamsin,* expliqua-t-elle à voix basse.

— Depuis quelques semaines, il nous fait travailler sans répit, ajouta Tom. Si nous réussissons à prendre de vitesse ce maudit vent, la bonne humeur reviendra sur le chantier. Une fois qu'il se sera mis à souffler pour de bon, nous serons obligés d'interrompre nos travaux pendant au moins un mois et nous perdrons alors toute chance d'obtenir des crédits avant longtemps. La Commission qui nous finance se réunit à la mi-avril. Il faut que nous ayons trouvé de quoi les satisfaire avant cette échéance, sinon Sayed retournera au Caire auprès de ses chers élèves et moi, je prendrai le premier avion pour les Etats-Unis.

— Je suis au courant et c'est l'une des raisons de ma présence ici. Les contrats doivent être renouvelés et mon rapport sera justement destiné à établir l'intérêt de ce chantier.

La voiture escalada une petite côte et redescendit dans une étroite vallée où elle s'arrêta soudain dans un cahot brutal. Lorsque le nuage de poussière fut un peu retombé, Robyn constata qu'ils se trouvaient au milieu d'un troupeau de chèvres gardé par une petite fille habillée d'une longue robe rouge et mauve avec de grands volants à la manière des gitans.

Elle leur adressa un signe de la main joyeux et Robyn se souvint d'une scène toute pareille qu'elle avait vue dans un vieux livre de contes bibliques ayant appartenu à son grand-père...

Mais la voix suave de Sayed al Rashad s'interposa au milieu de ses rêveries.

— Le temps possède une qualité étrange ici. Parfois, on se croirait encore au temps des Pharaons...

Il avait tourné la tête et c'était à elle qu'il s'adressait en souriant.

Robyn lui rendit son sourire. Peut-être avait-il décidé enfin de se conduire en gentleman...

— Oui, c'est presque magique, convint-elle sur un ton involontairement un peu pincé.

— Mais l'apparence est trompeuse, poursuivit-il avec une intonation grave dans la voix. Les bédouins ne sont plus des nomades désormais. Regardez là-bas...

Elle suivit la direction de son doigt et distingua un petit groupe de maisons peintes à la chaux.

— C'est un village permanent avec une rue pleine d'immondices, car les égouts n'ont pas été prévus.

Autrefois, lorsqu'ils couraient d'un pâturage à l'autre, cet inconvénient n'existait pas et le soleil se chargeait de nettoyer. Avec la saleté, les maladies sont venues également. Je vous conseille, d'ailleurs, d'être prudente avec les enfants. Ils sont très beaux, mais il y a des affections de la peau très contagieuses. Certaines des étudiantes américaines l'an dernier ont eu beaucoup à regretter leurs gestes d'affection.

— Mais le gouvernement fait beaucoup d'efforts pour changer les habitudes et pour enseigner une hygiène élémentaire, intervint Tom avec passion.

— *Aiwa* — oui. Merci de défendre mon pays.

Sayed sourit à nouveau et ajouta avec une lueur amusée dans le regard :

— Tom est vraiment amoureux de l'Egypte, malgré tous ses défauts.

Entre-temps, ils avaient grimpé une nouvelle colline parsemée de buissons épineux et de plantes du désert. Sur la gauche, quelques pins décharnés poussaient le long d'une étroite bande de verdure.

— Un canal, comblé depuis une éternité, déclara Tom qui avait remarqué l'air étonné de Robyn.

Devant eux, le désert s'étendait à l'infini. Ils cahotèrent lentement, laissant le village bédouin derrière eux et bientôt, apparut un groupe de baraquements provisoires.

— Les fouilles ! annonça pompeusement Tom.

Ils en étaient à quelques centaines de mètres, lorsque des cris de colère retentirent en provenance des bâtiments. Courant à toutes jambes, un homme sortit de derrière l'une des cahutes et se mit à zigzaguer afin d'éviter les pierres lancées par ses poursuivants. Ils étaient cinq — des bédouins visiblement — qui s'arrêtèrent brutalement en apercevant la voiture du Dr al Rashad.

— Notre estimé collègue, le Dr Hassan Tarsi... observa Tom, brusquement hilare... En train d'être littéralement lapidé !

L'air ennuyé, le Dr al Rashad ouvrit sa portière et se dirigea vers la scène de l'altercation.

Une discussion animée s'engagea et Tom expliqua à Robyn qu'ils accusaient Hassan de les voler sur leur paie et que celui-ci se défendait en affirmant avoir dépensé l'argent qu'ils lui réclamaient pour l'achat de leur nourriture.

C'est toujours ainsi, soupira-t-il. Malgré les remontrances de Sayed, Hassan se montre d'une avarice sordide avec les ouvriers. Je ne puis guère les blâmer d'être furieux... mais une lapidation est un traitement peut-être un peu excessif.

— Je me souviens d'avoir vu son nom dans certains rapports. C'est lui qui a travaillé pendant plusieurs années sur des fouilles de l'époque ptolémaïque, n'est-ce pas ?

— Il s'agit bien de lui, acquiesça Tom. Il soutient que notre chantier se trouve à l'intérieur de sa chasse gardée. Tarsiville — comme nous appelons le site de ses recherches — est tout près d'ici, derrière cette colline, là-bas. En fait, il est terriblement jaloux de Sayed qui a localisé cet emplacement à partir de ses propres déductions. Hassan n'y avait jamais songé, mais cela ne l'a pas empêché de prétendre avoir des droits. De toute façon, il n'est pas très dangereux, car il n'a aucune preuve pour étayer ses assertions et en plus, il ne dispose d'aucune influence au Bureau des Antiquités.

— Notre ami n'a guère eu de chance, observa le Dr Gaddabi. Il est iranien et il était venu en Egypte avec un contrat d'enseignant — Hélas pour lui, l'année même du renversement du Shah. Une partie de sa famille a été massacrée et il a demandé l'asile politique à l'Egypte. Une université européenne lui a accordé une petite subvention qui lui a permis de financer le chantier de ses ruines ptolémaïques. Bien sûr, il espère toujours faire une grande découverte qui lui donnerait enfin la réputation à laquelle il prétend, mais jusqu'à présent, tous ses efforts n'ont guère reçu d'écho au Bureau des Antiquités. Les restes qu'il a mis à jour sont ceux d'un comptoir commercial sans importance. Hassan est un homme brillant, mais amer. Quand nous sommes arrivés et avons localisé du premier coup ce qu'il cherchait depuis si longtemps et à un kilomètre à peine de son propre chantier, il a failli devenir fou.

— Les jalousies professionnelles peuvent mener très loin, murmura Tom, tandis qu'ils regardaient le Dr al Rashad jouer le rôle de médiateur dans la dispute. J'ai conseillé à Sayed de se montrer prudent avec lui, mais jusqu'à présent, il ne m'a guère écouté. Il lui a même donné le titre de coordinateur du chantier ! Il est chargé des relations avec les bédouins et d'une partie de l'approvisionnement. Son compte en banque est trop bas pour qu'il puisse poursuivre ses propres travaux.

La voix autoritaire du Dr al Rashad s'éleva au-dessus de la dispute et les bédouins se turent aussitôt respectueusement.

— Il leur explique exactement quelle doit être leur paie, quand ils doivent la recevoir et quelles retenues Hassan est autorisé à effectuer au titre de leur nourriture. Le différend est réglé... jusqu'à la prochaine fois, ajouta Tom.

Puis la voix de Hassan Tarsi résonna à nouveau et

son doigt se pointa de manière accusatrice vers une vieille femme bédouine qui s'était approchée de la scène, entourée de plusieurs enfants qui s'accrochaient à ses jupes.

— Il affirme que c'est une sorcière et que c'est elle qui a monté les autres contre lui. Bahyia est une femme de tête. Elle leur a peut-être parlé, mais ne leur a sans doute dit que la vérité.

Une minute plus tard, la vieille femme tourna dignement les talons, toujours suivie par le groupe d'enfants. Apparemment apaisés, les bédouins s'éloignèrent vers l'excavation, tandis que Hassan Tarsi époussetait machinalement sa veste.

— Il est temps de sortir et de vaquer à nos occupations, déclara Tom en ouvrant la portière. L'incident est clos. Venez Robyn, je vais vous présenter à notre précieux coordinateur.

Hassan Tarsi lui serra poliment la main. Son visage était intelligent et décidé, mais il y avait quelque chose de trouble dans son regard. Rien dans son attitude ne laissait transparaître ce qui venait de se passer et les autres calquèrent leur comportement sur le sien. Etait-ce donc cela aussi l'Egypte ? Des scènes brutales et brèves, puis, d'un seul coup, plus rien...

Les yeux de Robyn se tournèrent vers Sayed al Rashad. Il lui accorda un demi-sourire ironique comme s'il avait deviné ses pensées et elle sentit une émotion étrange monter en elle.

Elle rougit et suivit en toute hâte Tom et Rafica. Le Dr Gaddabi lui emboîta le pas en lui parlant des rouleaux de papyrus qu'ils avaient déjà arrachés à la terre du désert.

D'après lui, la salle inférieure devait être en parfait état de conservation.

— Nous sommes certains qu'elle n'a pas été ouverte. Comme vous le savez sans doute, nous avons été très déçus de ne découvrir dans la pièce supérieure que des rouleaux endommagés. Des nomades avaient sûrement visité cet endroit et emporté les plus beaux pour les vendre soit à des érudits, ce qui était un moindre mal, soit à des gens qui, il y a peu de temps encore, acceptaient de payer un bon prix pour la senteur incomparable qu'ils dégagent en brûlant. Dieu sait combien de manuscrits inestimables ont disparu ainsi en fumée pour un plaisir aussi futile !

— Voyez-vous, continua-t-il en sautant avec agilité dans l'excavation, c'est à cet endroit-ci qu'ils étaient entreposés. C'est seulement maintenant, à mesure que nous approchons des murs, que nous exhumons les meilleurs spécimens. Nous avons eu de la chance de repérer ces caches, ajouta-t-il en montrant du doigt des niches pratiquées à mi-hauteur d'une paroi en partie écroulée. Les nomades ont probablement été effrayés par un *afrite* — un mauvais esprit — et n'ont pas pu achever leur pillage. La vieille femme que vous avez vue tout à l'heure est la *cheikha* du village, la sorcière en quelque sorte. Les bédouins n'auraient jamais accepté de travailler pour nous, si elle n'avait pas éloigné les *afrites* par ses incantations. Moi-même, d'ailleurs, je ne suis pas entièrement sceptique…

Un grand sourire éclaira son visage et il lui montra le sol du doigt.

— Regardez avec quel soin ces dalles ont été posées ! Elles sont si parfaitement jointes que l'on ne peut même pas glisser la lame d'un couteau entre elles. C'est pour cette raison que nous sommes persuadés que la salle en dessous est intacte. Ceux qui ont entreposé ces documents, il y a tant de siècles, savaient exactement ce qu'ils faisaient. Nous pensons qu'ils connaissaient une méthode primitive, mais néanmoins efficace, pour créer un vide d'air maximum dans la pièce avant de la sceller. Nous sommes au seuil d'une grande découverte et le Dr al Rashad sera amplement récompensé de sa persévérance.

— Pourquoi ces manuscrits ont-ils donc été enterrés ici ? questionna-t-elle avec curiosité.

— Chère amie, murmura le Dr Gaddabi avec un clin d'œil entendu, vous devez bien vous en douter un peu avec le père que vous avez eu la chance d'avoir...

Les joues de Robyn s'empourprèrent.

— Qui vous a dit... ?

— Je vous ai observée pendant le trajet et je me suis demandé ce qui pouvait bien m'intriguer en vous. Et puis, soudain, je me suis souvenu d'une conversation avec mon vieil ami, le Dr Douglas, il y a sept ans de cela. Il me parlait de sa famille aux Etats-Unis et notamment d'une fillette aux yeux sérieux dont il avait toujours une photo sur lui. Il en était très fier et affirmait qu'elle l'aidait déjà beaucoup dans son travail. Mais, ne vous inquiétez pas, je ne trahirai pas votre secret, si tel est votre désir.

— Je vous en prie, ne le confiez à personne, murmura-t-elle en lui rendant son sourire. Le Dr Wayland a été d'avis qu'il était inutile de mentionner le nom de mon père étant donné les circonstances. Je ne suis ici qu'à titre de simple observatrice...

— C'est entendu. Vous avez ma promesse. Pour en revenir à nos travaux, il reste encore beaucoup de points d'interrogation. Ces papyrus viennent-ils oui

ou non de l'antique bibliothèque d'Alexandrie ? Il
est encore impossible de l'affirmer avec certitude. Si
la salle inférieure n'a pas été pillée, votre université
aura en tout cas d'excellentes raisons de poursuivre
son aide financière sinon...

Il haussa les épaules avec résignation.

— Dans mes rapports, je vous promets de...
commença Robyn.

Mais il l'interrompit aussitôt.

— Oh non ! Je ne voudrais surtout pas passer
pour un quémandeur. D'ailleurs, la caméra apportée
par notre ami texan permettra sans doute de lever la
plupart des incertitudes. Je voulais seulement que
vous compreniez pourquoi le Dr al Rashad est si
irritable ces jours-ci et que vous ne le jugiez pas sur
votre mauvaise impression de ce matin.

Robyn aurait voulu lui dire qu'elle avait complètement oublié l'incident, mais, d'une façon ou d'une
autre, elle ne trouva pas les mots pour exprimer sa
pensée. Pendant quelques minutes, ils regardèrent
en silence un groupe de jeunes étudiants occupés à
trier et à nettoyer soigneusement chaque fragment
de papyrus au fur et à mesure qu'ils les exhumaient
du sol.

— Puis-je vous montrer mon travail de classement ? proposa Rafica qui s'était approchée d'eux le
visage sérieux et réservé.

Le Dr Gaddabi s'inclina légèrement en signe
d'assentiment et les deux jeunes femmes s'éloignèrent vers les cahutes en bois. Sans le vouloir, Robyn
chercha des yeux Sayed el Rashad. Il dirigeait les
ouvriers qui mettaient en place le trépied destiné à
recevoir la foreuse. Il les aidait lorsque cela était
nécessaire et chaque effort de son corps mettait en
valeur la finesse et la souplesse de ses muscles.

Troisième dynastie, sans la moindre hésitation, songea-t-elle avec un sourire involontaire.

Rafica ouvrit la porte de son atelier et s'effaça pour la laisser passer. L'air était très chaud à l'intérieur. Le long des parois, des tables étaient disposées sur lesquelles s'empilaient des rouleaux de papier. Sur l'une d'entre elles, des fragments étaient en cours d'assemblage sur des feuilles transparentes.

— Notre installation est assez rudimentaire, avoua Rafica, et j'ai pris beaucoup de retard car ils m'apportent les documents plus vite qu'il ne m'est possible de les traiter. Le papyrus est un matériau très fragile et il faut le manipuler avec beaucoup de soin.

— Peut-être pourrais-je vous aider ? proposa Robyn, émue par l'expression soucieuse de Rafica.

— Vraiment ? Vous accepteriez ? Je vous en serais tellement reconnaissante ! *Shokran !*

Ses yeux brillèrent de bonheur et un sourire soulagé éclaira son visage.

— Ne me remerciez pas, Rafica. Je suis si heureuse d'être en Egypte et d'avoir l'opportunité de me rendre utile.

— Pardonnez-moi ma hardiesse, mais j'étais rongée par l'inquiétude à l'idée de ne pas être en mesure d'accomplir ma tâche pour le Dr al Rashad.

— Je compte sur vous pour m'expliquer ce que je dois faire. Je vous promets d'être une assistante consciencieuse, répondit Robyn en souriant.

— Rafica !

C'était la voix de Tom qui l'appelait depuis l'excavation.

— Excusez-moi, mais il faut que j'y aille. Entretemps, visitez le reste du chantier. Je vous appellerai dès que nous pourrons commencer.

Robyn jeta un coup d'œil rapide aux rouleaux de papyrus avant de sortir également, juste à temps pour entendre le timbre désagréable de la voix de Huntley Saunders.

— Je ne suis pas venu de si loin, docteur al Rashad, pour que l'on m'ordonne de rester à l'écart sans prendre part à l'action ! C'est mon argent qui a rendu tout cela possible et j'entends être écouté lorsque je vous parle.

La réponse de Sayed fut brève et glaciale.

— Vous pouvez dire ce que vous voulez, cher monsieur, mais je vous prie de ne pas descendre dans les fouilles afin de ne pas gêner le travail des ouvriers.

— Nous verrons si vos supérieurs seront du même avis.

— Mes supérieurs, monsieur Saunders, m'ont confié la direction de ce chantier. A présent, si vous voulez bien m'excuser, mes hommes attendent mes ordres.

Robyn ne put s'empêcher d'applaudir silencieusement. Des heurts entre les deux hommes étaient prévisibles. Dans sa dernière conversation avec le Dr Wayland, ils n'avaient pas abordé cette éventualité. Etait-elle censée tenir Huntley Saunders à l'écart dans la mesure du possible ou bien devait-elle adopter une attitude de stricte neutralité ? Son instinct la poussait à ne rien entreprendre pour le moment. Dans son prochain rapport, elle glisserait une question à ce sujet au Dr Wayland — à condition que le télex consente à fonctionner.

Les chauffeurs, Mohammed et Fawzi, étaient assis à l'ombre de leur voiture et Sandi était très occupée à prendre des photos de la zone où Tom et Rafica travaillaient. Etant enfin libre de ses mouvements, Robyn en profita pour flâner au gré de sa fantaisie.

Sans se presser, elle visita les trois ou quatre baraquements provisoires du chantier. Dans l'un d'entre eux il y avait des tables et des bancs — la salle à manger sans doute. Les autres servaient de remise pour les machines et les outils. Rien de vraiment passionnant. Le soleil du désert était à chaque instant plus brûlant et elle s'arrêta avec soulagement à l'ombre de l'un des bâtiments. De petites plantes vivaces rampaient sur le sol et elle s'accroupit pour prendre dans ses mains un peu de ce sable ocre et tiède — le sol de l'Egypte !

Ses yeux suivirent les petits nuages de poussière que le vent soulevait çà et là devant elle et des images commencèrent à prendre forme, un peu floues d'abord, puis de plus en plus nettes. C'était une sensation familière qu'elle avait souvent éprouvée en Californie lorsqu'elle tenait dans ses mains les objets ramenés par son père de ses lointains voyages.

Cette fois-ci, il s'agissait d'un groupe d'hommes fatigués au milieu du désert, accompagnés par des ânes chargés d'énormes paniers en osier. Des esclaves creusaient le sol hâtivement et manœuvraient avec peine de lourdes dalles de pierre, tandis que leurs maîtres regardaient vers l'horizon avec inquiétude, comme s'ils craignaient à chaque instant d'être découverts. Certains d'entre eux avaient des visages de lettrés — ils ressemblaient un peu à son père. Ils mettaient à l'abri des barbares les ouvrages les plus précieux de la bibliothèque de la grande cité là-bas, au bord de la mer, qui bientôt serait livrée au pillage et brûlée.

Les paupières mi-closes, Robyn vit disparaître un

à un les rouleaux dans la cache préparée à l'avance.
Puis ils remirent les dalles en place et les recouvri-
rent pour faire disparaître toute trace de leur travail.
La caravane s'éloigna et lentement la jeune femme
sombra dans un sommeil peuplé de songes étranges.

3

Un chuchotement rauque la réveilla.

— Madame ! Madame !

Robyn leva la tête et découvrit des yeux noirs et sombres qui la regardaient fixement tout au fond de profondes orbites. Malgré ses rides et ses cheveux blancs, le visage de la vieille femme était encore très beau.

Elle s'assit en face d'elle et Robyn lui sourit spontanément.

— *Kuw ayyis...* Vous êtes belle, jeta la bédouine après l'avoir observée avec attention.

Elle toucha sa poitrine, ses lèvres et son front en signe d'amitié.

— *Salam sitt.* Voulez-vous que je lise votre avenir dans le sable ?

L'intonation de sa voix était amicale et instinctivement, Robyn eut confiance en elle.

— Vous étiez présente tout à l'heure lors de l'altercation entre les bédouins et le Dr Tarsi, n'est-ce pas ? questionna-t-elle tandis que son esprit s'éclaircissait peu à peu.

— *Abu'guran !* siffla la vieille femme avec mépris

au nom de l'Iranien. *Aiwa*,, j'habite au village là-bas.

Puis, sans attendre sa réponse, elle prit une poignée de sable et la laissa couler entre ses doigts avant de dessiner des formes étranges sur le sol.

— Petit oiseau parmi les fleurs, mumura-t-elle d'un ton inspiré. Pourquoi dissimuler ces noms du temps jadis ? Cette terre ici est la vôtre... C'est le destin qui l'a voulu.

Robyn retint son souffle et un frisson la parcourut. Comment avait-elle pu deviner... ?

— Votre père est là pour vous protéger, continua la voix sourde de la vieille femme et il contemple en souriant le dieu aux yeux bleus... *Muktir !* Danger... Mais courage, petit oiseau, le rêve devient réalité. Ne cherchez pas à fuir l'amour... Deux routes s'offrent devant vous... Une seule vous conduira au bonheur, mais vous avez la liberté de choisir.

Le silence retomba autour d'elles, troublé seulement par le vent du désert et par le mumure lointain du chantier.

Un profond soupir agita le corps de la vieille bédouine et une lueur radieuse éclaira son visage ridé.

— *Subhan Allah*. Ayez le cœur tranquille. Moi, Bahyia, je suis votre amie.

D'un geste vif, elle saisit les mains de Robyn et regarda gravement au fond de ses yeux.

— Je ne suis pas une sorcière ! Je ne fais pas de mal. *Ya ibn Awa !* Jackal Tarsi n'aime pas que je sois capable de lire dans son cœur !

Bahiva secoua la robe poussiéreuse et se leva brusquement avec une surprenante souplesse. D'un mouvement rapide du pied, elle effaça les signes cabalistiques inscrits sur le sable et Robyn se redressa également.

— N'ayez crainte, je monte la garde pour vous, *sitt*.

Et, avant que Robyn n'ait eu le temps de répondre, la vieille femme fit demi-tour et disparut comme par enchantement.

Comment avait-elle pu apprendre tant de choses sur elle et qu'avait-elle voulu dire avec ce dieu aux yeux bleus? En tant que fille de James Arthur Douglas, Robyn avait entendu assez d'histoires véridiques pour ne pas se moquer inconsidérément de ses prédictions. Les anciennes civilisations avaient percé des mystères inimaginables pour un homme moderne. Transmises de génération en génération, des connaissances innées relient encore parfois notre présent à ce lointain passé.

Ses avertissements avaient été clairs, mais comment devait-elle agir? Destinée... danger. Elle secoua la tête avec un peu d'ironie. Que restait-il donc de cette jeune femme raisonnable tant appréciée par le Dr Wayland? Tout cela n'avait été qu'un rêve...

D'une démarche indécise, Robyn retourna lentement vers l'excavation. Le Dr al Rashad et ses ouvriers s'activaient toujours à la mise en place du trépied de la foreuse sous le regard boudeur de Huntley Saunders.

Dès qu'elle aperçut Robyn, Rafica accourut vers elle.

— Désirez-vous toujours travailler avec moi?

— *Aiwa*, répondit Robyn avec un grand sourire.

La jeune femme éclata de rire et battit des mains joyeusement.

— Vous parlerez bientôt arabe comme une Egyptienne !

Dans l'atelier, Robyn prit place sur l'un des tabourets et Rafica lui montra comment saisir un fragment de papyrus avec des petites pinces, souffler la poussière et la terre dont il était souvent imprégné et le déposer sur une feuille de papier avant de le répertorier sur une liste.

— Le problème, expliqua Rafica, consiste, dans la mesure du possible, à remettre ensemble les fragments de chaque rouleau sans les mélanger à ceux d'un autre afin de faciliter au mieux le travail des experts du Musée. Parfois, une différence de teinte où les illustrations en marge permettent une identification rapide, mais il en reste des centaines pour lesquels ce n'est pas si simple. N'hésitez pas à me demander conseil si vous avez des problèmes.

Toutes deux se penchèrent sur leur ouvrage et un silence studieux s'instaura dans la pièce. De temps à autre, Rafica jetait un coup d'œil vers Robyn et hochait la tête avec approbation.

— Vous semblez avoir l'habitude de manipuler des objets fragiles, observa-t-elle au bout de quelques minutes. C'est une chance pour nous de vous avoir ! J'étais si inquiète... Le Dr al Rashad a placé tant d'espoirs dans ces fouilles !

Elle se leva de son tabouret et ajouta en souriant :

— Puisque vous n'avez pas de problème, je vais vous quitter pour aller trier les rouleaux nouvellement découverts. A tout de suite...

— Ne vous inquiétez pas pour moi. Tout se passera bien.

Une fois seule, Robyn contempla avec émerveillement tous ces antiques papyrus qui répandaient un parfum si délicat. Qui avait bien pu écrire ces lignes mystérieuses ? Que disaient-elles ? Peut-être tenait-elle entre ses mains une pièce inédite d'Euripide ou bien une histoire de l'Egypte raconter par un scribe érudit ? Robyn aurait voulu dérouler l'un des rouleaux encore intact, juste pour inspecter rapidement son contenu. Avec un soupir, elle se remit à sa tâche fastidieuse, mais malgré tous ses efforts, des mots et des phrases retenaient çà et là son attention. Certains des documents étaient en grec ancien et d'autres en caractères hiéroglyphiques.

Des pas résonnèrent derrière elle. Rafica sans doute...

— Comme c'est frustrant de manipuler ces trésors, déclara-t-elle sans relever la tête, et de ne pas savoir ce qu'ils contiennent.

— Je comprends tout à fait votre sentiment, répondit une voix suave et grave.

Robyn sursauta et se retourna brusquement. Sayed al Rashad était debout devant elle, une petite tasse de café turc dans une main et un sac en papier dans l'autre.

— Je me suis souvenu que vous n'aviez eu que cet abominable sandwich en guise de petit déjeuner, murmura-t-il en posant la tasse à côté d'elle et en lui présentant le sac qui contenait des petites brioches. Me pardonnerez-vous jamais la sécheresse de mon accueil ? ajouta-t-il en s'asseyant à côté d'elle.

Un léger sourire flottait sur ses lèvres, mais son regard était sincère et Robyn se sentit tout embarrassée.

— J'ai pensé que je me devais de m'excuser auprès de vous. J'étais nerveux ce matin et l'arrivée de notre difficile ami texan accompagné d'une jeune femme inconnue à la place de Dr Wayland n'avait pas de quoi me rendre ma sérénité. Je vous remercie d'avoir réagi avec tant de pondération devant mon impardonnable impolitesse et d'avoir accepté de nous aider dans le secteur où nous en avions le plus besoin. Comment pourrais-je jamais vous remercier ?

Sa voix chaude l'enveloppait et vibrait en elle comme une merveilleuse caresse, mais Robyn réussit à se reprendre et à répondre sur un ton presque normal.

— Je comprends votre déception devant l'absence du Dr Wayland et je partage entièrement votre opinion à l'égard de M. Saunders.

— Non, je suis inexcusable. J'aurais dû me douter qu'il n'avait pu m'envoyer qu'une personne hautement qualifiée. Et le destin a voulu que ce soit également une charmante jeune femme... Quant à M. Saunders, bien que je lui sois reconnaissant de son soutien financier, je dois admettre que sa présence parmi nous est un fardeau difficile à supporter.

— Je viens de passer vingt-huit heures d'avion en sa compagnie, murmura-t-elle en souriant.

— Vous devez être alors absolument épuisée ! s'exclama-t-il avec une lueur amusée dans le regard.

— Et, il m'a répété vingt-huit fois que vous aviez une chance extraordinaire en les recevant, lui et sa caméra.

— Une fois par heure seulement !

Il éclata de rire et Robyn se joignit volontiers à lui.

— Allah soit loué, vous êtes du même avis que moi. Peut-être accepteriez-vous que nous soyions amis... ?

Il lui tendit la main et elle lui donna la sienne sans hésiter.

— Le lapis-lazuli conviendrait mieux à votre nature, observa-t-il en la portant à ses lèvres après avoir admiré le grenat que son père lui avait offert quelques années plus tôt. En Egypte, c'est la pierre de *Kismet*. La destinée...

Robyn rougit et baissa les yeux.

— En Amérique, nous n'avons pas l'habitude du baise-main, bredouilla-t-elle comme pour s'excuser.

Il se contenta de sourire et poussa vers elle la tasse de café à laquelle elle n'avait pas encore touché.

— Buvez avant qu'il ne soit froid...

Machinalement, elle obéit et savoura le breuvage noir et doux à la fois.

— Il est bon. Merci d'avoir pensé à moi.

— Vous l'aimez ? Alors, vous serez heureuse en Egypte...

Puis son visage redevint sérieux et il ajouta sur un ton plus professionnel :

— J'ai un problème qui me préoccupe. La foreuse que nous utilisons est trop lourde. Le sol risque de fléchir. Demain, il faut que je trouve une autre machine ou un moyen quelconque pour percer un trou permettant le passage de la caméra. Les dalles ne sont peut-être pas très épaisses, mais le *Khamsin* sera bientôt là...

Il soupira et la regarda dans les yeux avec conviction.

— Je suis certain que ces rouleaux proviennent de la bibliothèque d'Alexandrie, mais je n'ai pas encore de preuve suffisante. Sinon, je ne serais pas aussi pressé. Nos subventions en dépendent tellement... Mais, bien sûr, vous connaissez ces problèmes aussi bien que moi.

— Si un peu de traduction pouvait être effectuée... proposa-t-elle d'une voix hésitante.

Il lui était difficile de lui avouer sa maîtrise des langues anciennes, pour le moment du moins.

— A moins que le nom de la bibliothèque ne soit expressément mentionné, nous n'en tirerions aucune certitude. Ces papyrus peuvent provenir de n'importe où. Non, nous avons besoin d'une marque d'identification indubitable. Jadis, les rouleaux portaient d'ordinaire un sceau en terre cuite avec le nom du propriétaire ou de la bibliothèque. Quelquefois, le titre de l'œuvre y était également inscrit. Si, par chance, nous pouvions découvrir l'un d'entre eux...

— Vous aurez votre preuve, s'entendit affirmer Robyn avec force. Mais, même sans cela, votre découverte est magnifique. Les fragments que j'ai pu apercevoir sont assez anciens pour passionner nombre d'érudits.

— Sans doute, mais l'argent est rare de nos jours. Enfin, *inch Allah,* comme nous aimons à dire ici.

Il se passa la main dans les cheveux avec résignation et ajouta en se levant :

— J'allais oublier la raison principale de ma visite. Il faut que nous voyions ensemble ces contrats proposés par Wayland. Le plus tôt serait le mieux. Ce soir, par exemple, si vous n'êtes pas trop fatiguée par votre voyage bien sûr.

— Quand désirez-vous commencer ? questionna-t-elle d'une voix toute professionnelle, mais le cœur battant d'une joie irrationnelle.

— Mohammed nous ramènera, le Dr Gaddabi et moi-même, à notre appartement, puis il conduira le reste d'entre vous au *Palestine Hotel.* Je lui demanderai de retourner vous chercher à sept heures. Nous dînerons en ville et nous reviendrons ensuite à l'hôtel pour y travailler. Je m'en voudrais de vous obliger à effectuer des heures supplémentaires le ventre vide.

— C'est très gentil de votre part, mais ne vous croyez pas obligé de m'inviter...

— Robyn, l'interrompit-il en souriant, je désire que nous soyions amis tous les deux. Si vous refusez mon invitation, il me faudra manger en compagnie de Yussef Gaddabi et je ne le connais que trop bien. Nous parlerions exclusivement des fouilles et de nos soucis, ce qui serait très préjudiciable à une bonne digestion. Vous, je ne vous connais pas, et je désire avoir des nouvelles du Dr Wayland et de la vie de l'université. En outre, ce sera une sorte de compensation pour les vingt-huit heures passées avec M. Saunders.

Sa bonne humeur était contagieuse et Robyn commençait à deviner pourquoi les autres lui avaient affirmé qu'elle s'entendrait avec lui.

— Je serai prête, répondit-elle simplement en levant vers lui un regard plein de confiance.

— Alors, à ce soir.

Sur ces mots, il ramassa la tasse vide et le sac en papier avant de sortir de l'atelier de sa démarche souple et presque féline.

Rafica le croisa sur le seuil et considéra Robyn d'un air interrogateur.

— Il m'a apporté du café et des brioches pour s'excuser de sa conduite de ce matin, expliqua-t-elle avant de baisser les yeux à nouveau sur son travail.

— J'étais persuadée qu'il aurait un geste de ce genre, murmura la jeune fille en jetant un coup d'œil derrière elle. Il n'est pas toujours facile à comprendre, mais il est profondément juste. Il exige tant de lui-même que parfois il est dur envers les autres sans même s'en rendre compte, mais il sait reconnaître ses erreurs. Je me demande parfois quelle est la raison qui le pousse ainsi toujours plus loin et plus haut...

La plume de Robyn s'immobilisa en l'air l'espace d'un instant. Son cœur battait à se rompre et elle s'efforça de lui rendre un rythme plus paisible. Elle aurait presque souhaité que Sayed al Rashad ne soit pas venu s'excuser, ne l'ait pas regardée avec ces yeux si bleus et si désarmants. Enfin presque...

Pendant le trajet de retour vers Alexandrie, Robyn luttait toujours contre les émotions qui, vague après vague, menaçaient de la submerger, mais le combat été perdu d'avance...

C'était Fawzi qui les conduisait cette fois-ci, car le Dr al Rashad avait décidé à la dernière minute de rentrer à Alexandrie dans la voiture de Huntley Saunders.

— Sayed se devait de l'apaiser un peu, remarqua Tom sur un ton sarcastique. Saunders envisageait tout simplement d'aller en personne au Bureau des Antiquités afin d'exiger la traduction immédiate des manuscrits dans le but de déterminer leur provenance. Comme si nous disposions d'une pile de rouleaux prêts à être déroulés et lus ! Il menaçait d'aller très haut et de mettre toutes ses relations dans la balance. A cette seule idée, Sayed a...

— Il n'entend rien à l'archéologie, soupira le Dr Gaddabi. Il pourrait nous causer de graves ennuis. Les choses sont si délicates ici, en Egypte.

— Que signifie *Abu'guran* ? questionna soudain Robyn, comme si elle sortait brusquement d'un rêve.

Rafica la regarda avec stupéfaction.

— Où avez-vous bien pu surprendre une telle expression ?

— Ce matin, au chantier. J'ai compris qu'il ne s'agissait pas précisément d'un compliment. Peut-être pourrait-elle s'appliquer à M. Sauders.

Fawzi éclata de rire et même le Dr Gaddabi eut de la peine à garder son sérieux.

— Le terme est un peu fort, mais je dois admettre qu'il caractérise assez bien notre cher bienfaiteur, murmura Tom avec un sourire ironique. Cependant, chère Miss Douglas, il serait plus prudent de ne pas l'employer n'importe où.

— De qui le tenez-vous ? insista Rafica.

— De Bahyia, la vieille femme du village. C'est ainsi qu'elle qualifiait Hassan Tarsi.

— Il est difficile de déterminer auquel des deux il s'applique le mieux, lança le Dr Gaddabi d'une voix dubitative.

— Vous avez parlé avec Bahyia ? poursuivit Rafica sur un ton grave.

— Je me reposais à l'ombre de l'un des bâtiments. Elle m'a prédit mon avenir dans le sable. Il n'y avait rien de mal à cela.

— Elle est intelligente, remarqua Tom en regardant vers le Dr Gaddabi comme s'il cherchait une confirmation. Sayed l'aime bien et elle en sait probablement plus sur nos fouilles que nous-mêmes.

— Que vous a-t-elle révélé exactement ? s'enquit Rafica en rougissant un peu de sa curiosité.

— Oh, répondit Robyn vaguement, elle m'a simplement affirmé que ma destinée se trouvait ici, en Egypte. J'ai cru deviner qu'elle me souhaitait bonne chance.

— C'est bien, sourit le Dr Gaddabi. Il est préférable de l'avoir avec nous que contre nous. Elle est capable de dresser les bédouins contre quiconque si elle le désire.

Robyn redevint silencieuse. Bahyia avait mentionné tant d'autres choses, d'amour, de deux routes qui s'offraient à elle...

Un coup de frein la fit sortir de ses songes. Ils étaient arrivés en ville et Fawzi venait de s'arrêter pour déposer le Dr Gaddabi devant l'appartement qu'il partageait avec le Dr al Rashad pour la durée des fouilles. Robyn leva les yeux avec intérêt vers le vieux bâtiment, espérant... espérant quoi au juste ? De voir à une fenêtre le visage souriant de Sayed ?

Le Dr Gaddabi leur adressa un signe de la main et le chauffeur reprit sa course en direction de l'hôtel.

Sa chambre au quatrième étage était fraîche et calme, mais Robyn se sentait trop nerveuse pour essayer de prendre le moindre repos. Avec un peu d'agacement contre elle-même, elle sortit sur le balcon où la brise légère et douce du large fouetta son visage.

En dessous d'elle s'étendait une étroite bande de plage et un quai d'amarrage. Des petites vagues moutonnaient sur la mer. Dans le creux d'un palmier, des oiseaux avaient bâti leur nid et gazouillaient joyeusement.

« Je suis encore sous le charme de l'Egypte et de l'exotisme », songea-t-elle au bout de quelques minutes de réflexion. « L'image type de la touriste béate d'admiration ! »

Sans doute Sayed se servait-il de sa séduction naturelle avec toutes les femmes — sauf lorsqu'il était de mauvaise humeur. Une bonne nuit de sommeil remettrait les choses en place.

L'esprit rasséréné, Robyn se glissa sous la douche et enfila une robe légère, toute blanche avec de

grandes fleurs brodées à la main. Un collier de
perles et une touche de parfum discrète complétè-
rent sa toilette qui devraient suffire à lui donner une
image respectable.

Un coup fut frappé à sa porte. Il n'était pas encore
sept heures pourtant! Elle ouvrit. C'était Sandi,
maquillée et habillée, comme si elle se préparait à
sortir.

— Bonjour, avez-vous des projets pour le dîner?
questionna-t-elle en entrant sans façon et en regardant autour d'elle avec curiosité. Vous avez plus de
place que moi. Il faut dire que mon matériel est un
peu encombrant, observa-t-elle en s'asseyant sur
l'un des lits jumeaux. Notre ami texan devait m'emmener dîner au *Yacht club,* mais il m'a abandonnée
sous le fallacieux prétexte qu'il avait un rendez-vous
imprévu avec un ambassadeur ou je ne sais trop quel
fonctionnaire haut placé. Aussi, j'ai pensé que si
vous étiez libre…

— Je suis désolée, mais je suis déjà invitée et en
outre je dois travailler tard.

Sandi l'examina avec curiosité.

— Je parie qu'il s'agit de notre patron. Il a un
véritable don pour obtenir des heures supplémentaires de ses collaborateurs. Vous connaissez sans
doute sa réputation auprès des femmes, n'est-ce
pas? C'est l'un des rares archéologues au monde à
être capable d'obtenir ce qu'il veut de ces dames
dont les maris ont le bonheur de siéger dans les
conseils d'administration des universités. Aucune
d'entre elles ne lui résiste! Ce n'est pas comme le
malheureux Hassan qui doit quémander chaque
piastre. Le jeu est un peu cruel, je l'admets. Mais,
pour ma part, je suivrais Sayed au diable s'il avait la
gentillesse de me le demander!

Elle s'interrompit pour allumer une cigarette en s'excusant avec un sourire désarmant.

— J'espère que la fumée ne vous gêne pas, mais je n'arrive plus à m'en passer. J'ai essayé, une fois, pendant une semaine, mais je n'ai jamais eu la moindre volonté. De toute façon, ces Egyptiens sont des hommes extraordinaires et des flatteurs hors pair. Jamais de ma vie je ne m'étais sentie aussi belle qu'ici, même pas lorsque je me trouvais en Turquie et c'est une référence !

Au fur et à mesure que Sandi parlait, Robyn s'était raidie imperceptiblement et elle lui répondit d'une voix presque sèche.

— L'université m'a confié des contrats et j'ai la charge d'en discuter avec le Dr al Rashad. Son invitation est de pure courtoisie, mais j'avoue qu'il m'a semblé avoir une personnalité à la fois affirmée et sympathique.

— Avez-vous un fiancé aux Etats-Unis ou bien êtes-vous libre ? questionna Sandi sans préambule.

— Non, mais je ne suis pas non plus libre, répliqua Robyn en voyant passer fugitivement devant ses yeux le visage réprobateur de sa mère.

— C'est difficile à croire !

Sandi se leva et écrasa sa cigarette dans un cendrier.

— Sayed vient-il vous chercher lui-même ?

— Non, c'est Mohammed qui doit venir me prendre.

— Cela vous ennuierait-il de lui demander de me déposer au passage au *San Giovanni ?* On y mange correctement et je trouverai bien là-bas quelqu'un susceptible de m'inviter.

— Bien sûr que non ! Soyez prête à sept heures. Mais, d'ici là, j'ai à étudier mes papiers, afin d'être en mesure de discuter avec le Dr al Rashad en connaissance de cause.

Robyn sentit que la jeune photographe aurait voulu lui poser d'autres questions, mais elle la conduisit gentiment, mais fermement vers la sortie. Sur le seuil, Sandi se tourna une dernière fois vers elle.

— Si vous voulez un conseil, murmura-t-elle d'une voix brusquement grave, soyez prudente avec Sayed. Les hommes sont tous les mêmes dans le monde entier : ils s'arrangent pour obtenir ce qu'ils veulent et s'en vont en omettant même de dire merci. Enfin, que cela ne trouble pas votre soirée. Bonsoir Robyn. A demain.

Robyn la regarda s'en aller silencieusement et referma la porte derrière elle. Puis, distraitement, elle mit un peu d'ordre dans sa chambre en prévision de leur soirée studieuse. Elle aurait voulu oublier les remarques de Sandi, mais ce n'était pas si facile. Quand elle eut disposé soigneusement les contrats sur sa table, elle s'approcha de la fenêtre et regarda la baie changer peu à peu de couleur dans le soleil couchant... Sans raison particulière, le nom magique de Cléopâtre traversa son esprit.

Avait-elle vraiment trouvé le bonheur et l'amour dans les bras de César, ce général si imprévisible et à l'énergie si farouche ? Ou bien avait-elle versé des larmes inutiles sur un homme qui n'avait jamais désiré que son corps ?

Soudain, Robyn prit conscience de son manque d'expérience. Que connaissait-elle des règles de l'amour ? Et pourquoi n'était-elle pas attirée par Tom Perkins, par exemple, au lieu de l'être par Sayed al Rashad ?

Il était presque sept heures et son cœur se mit à

battre plus vite. Elle frissonna malgré la tiédeur de la pièce et essaya de se raisonner.

Le visage grave, elle se regarda une dernière fois dans sa glace avant de prendre son foulard et son sac.

Sandi était déjà dans le hall. Elle plaisantait avec Mohammed dont l'expression reflétait le contentement tranquille d'un homme sûr de sa séduction. Une lueur semblable avait brillé dans les yeux de John le soir où sa rivale le lui avait enlevé...

Une fois Sandi déposée au *San Giovanni,* un restaurant italien sur la Corniche, le chauffeur poursuivit sa course folle à travers la ville. Recroquevillée à l'arrière, Robyn tremblait à chaque instant. Décidément, elle ne s'habituerait jamais à la conduite au Moyen-Orient !

Par politesse, et pour tenter de calmer son angoisse, elle posa quelques questions sur sa famille à Mohammed qui lui répondit en souriant de toutes ses dents en or.

— Mon père a eu quatre femmes et j'ai quatorze frères !

Il y avait de la fierté dans sa voix et elle frissonna malgré elle. La polygamie était une notion à laquelle elle n'était guère habituée.

— Et vos sœurs... ?

— Je ne sais pas. Nous ne les avons jamais comptées.

Ils quittèrent la Corniche au niveau d'un monument érigé dans un petit parc et se frayèrent un chemin chaotique au travers d'un incroyable encombrement avant de s'arrêter devant le *Santa Lucia.* Un portier galonné lui ouvrit la porte avec empressement et dès son entrée, le maître d'hôtel se précipita vers elle avec force courbettes.

Sayed al Rashad l'attendait à une table un peu à l'écart des autres et il se leva dès qu'il l'aperçut.

— J'espère que vous avez eu le temps de vous reposer un peu, chère collègue ? l'accueillit-il de sa voix chaude en s'inclinant courtoisement. Veuillez m'excuser de n'avoir pas pensé à vous faire ramener plus tôt à l'hôtel, mais Rafica était si heureuse d'avoir de l'aide…

Ses lèvres effleurèrent sa main brièvement, plongeant Robyn dans un délicieux émoi.

— Pensant que vous auriez faim après une journée aussi longue et aussi éprouvante, j'ai pris la liberté de passer les commandes. Ils ont des grillades de poisson absolument inoubliables.

— Merci, docteur al Rashad. J'ai toujours aimé travailler et Rafica est tellement charmante.

— *Aiwa*, acquiesça-t-il en hochant la tête. Mais, maintenant que nous nous connaissons, vous pouvez m'appeler Sayed. Je ne m'en formaliserai pas, bien au contraire !

Robyn rougit et baissa les yeux.

— Comme vous voudrez, Sayed…

— Bien. Dr al Rashad est réservé à mes étudiants et à mes ennemis.

Il lui avança une chaise avec sollicitude et elle s'assit timidement, tandis qu'un serveur posait devant eux des plats à l'apparence succulente.

Très vite, la bonne humeur de Sayed eut raison de son embarras et bientôt Robyn éprouva un réel plaisir à l'écouter et à lui poser des questions sur son métier. Sa voix grave, les exquises brochettes de poisson et le délicieux *Taheena*, tout concourait à lui faire oublier les avertissements de Sandi à son égard.

Elle aurait voulu lui parler de son père et lui dévoiler qui elle était en réalité, mais avant qu'elle ait eu le temps de prendre une décision, il se lança dans une leçon d'archéologie et lui expliqua tout ce qu'un amateur éclairé avait besoin de connaître.

A partir de là, il était trop tard pour lui avouer qu'elle était en fait une spécialiste et elle le laissa continuer.

A un moment, alors qu'elle ne prêtait pas vraiment attention à ses paroles, une lueur sombre passa dans son regard.

— L'université aurait pu s'arranger pour éviter cette désastreuse conférence de presse, observa-t-il avec une colère mal contenue.

— Pardon ? Ah oui... M. Saunders n'a demandé son avis à personne. Tout le monde était furieux dans la section, vous pouvez me croire !

— Avez-vous une idée de l'impact qu'elle a eu ici ? Pendant des journées entières, les reporters n'ont pas cessé de rôder autour de nos fouilles et de m'accuser de chercher à leur dissimuler la vérité. J'ai eu un mal insensé à m'en débarrasser. Je n'ai jamais compris cet amour maladif de vos compatriotes pour la publicité et pour ma part, j'ai toujours eu horreur du sensationnel.

— Nous avons regretté tout autant que vous cette déplorable initiative, docteur al Rashad, protesta Robyn en se mettant instinctivement sur la défensive.

— Le temps que nous avons perdu à réparer les bévues de votre M. Saunders...

— Là, je me dois de vous arrêter, l'interrompit-elle le visage légèrement empourpré. *Notre* M. Saunders n'est pas n'importe qui. Nous n'avions aucun moyen de lui interdire toute déclaration à la presse. Et, à moins, bien sûr, de renoncer à sa participation financière, il n'était pas envisageable de...

— Peut-être avez-vous raison et, pour la deuxième fois aujourd'hui, je vous dois toutes mes excuses, murmura-t-il en souriant de la chaleur de sa réaction. Et en plus, vous vous êtes remise à m'appeler Dr al Rashad ! J'espère qu'il ne s'agit pas d'une déclaration de guerre... Mais, ne parlons plus archéologie. C'est une bonne chose que vous ne soyez pas une experte. Je me sens plus libre de m'exprimer sur le sujet. Vous adoreriez pouvoir me contredire, si je ne m'abuse, hmm ?

— Pas du tout ! se récria-t-elle aussitôt en rougissant d'un air coupable. Et lorsque vous affirmez que j'ignore tout de votre métier, je...

— Allons, allons ! Je ne mets pas en doute votre compétence ! Je respecte votre expérience en matière de contrats et votre sagacité en tant qu'observatrice. Je suis simplement soulagé d'avoir le loisir de converser avec une Américaine qui ne s'imagine pas tout connaître sur l'archéologie égyptienne. L'hiver dernier j'ai eu de très pénibles disputes avec vos collègues étudiantes. Elles étaient venues ici pour nous aider bénévolement et en fin de compte, elles n'ont pas cessé de me suivre partout où j'allais en cherchant à chaque instant à me démontrer qu'elles en savaient plus que moi. Je ne m'attarderai pas sur les détails, mais j'ai été contraint de demander au Dr Wayland de les reprendre et de ne plus m'envoyer de néophytes. Mais je parle, je parle... et je ne vous laisse même pas le temps de vous exprimer ! Vous devez avoir une bien piètre opinion de moi en tant que convive.

Ses yeux s'étaient radoucis et sa main se posa sur la sienne, mais elle la retira impulsivement.

— Que se passe-t-il Robyn? s'étonna-t-il en fronçant les sourcils. Des problèmes vous préoccupent?

Aussitôt, elle se raidit.

— Non, pourquoi en aurais-je d'ailleurs?

Elle aurait voulu répondre aimablement, mais sa réplique avait claqué sèchement, presque involontairement.

Le visage de Sayed se contracta imperceptiblement et ses yeux redevinrent froids.

Silencieusement ils dégustèrent la glace à la fraise qu'ils avaient commandée au dessert, puis il demanda l'addition qu'il régla sans le moindre commentaire.

Sa voiture, un cabriolet de sport italien, était garé tout près du restaurant. Le trajet vers l'hôtel s'effectua rapidement et il était à peine dix heures lorsqu'il ouvrit la porte de sa chambre.

Il s'effaça devant elle pour la laisser entrer et ostensiblement ne referma pas derrière eux.

— Ne vous inquiétez pas, je n'ai pas l'intention de vous compromettre, déclara-t-il d'une voix brusque en s'asseyant devant la table sans attendre son autorisation.

Sayed se plongea immédiatement dans les contrats.

Lorsqu'il eut terminé sa lecture, Robyn le rejoignit et, sur un ton parfaitement impersonnel, elle lui fit part des remarques de Dr Wayland. Tous deux s'absorbèrent dans les détails et, au fur et à mesure, elle prit note de ses observations et de ses demandes d'amendement.

Au bout d'un moment, elle leva les yeux de ses papiers et constata que son regard était fixé sur elle. Un sourire admiratif flottait sur ses lèvres.

— Vous êtes très efficace. Je comprends l'estime

du Dr Wayland à votre égard. Mais vos paupières sont lourdes de sommeil... Je demande trop de mes collaborateurs. C'est l'un de mes plus grands défauts. Le bruit court que j'ai bâti ma carrière sur les corps épuisés de mes assistants.

Il éclata de rire joyeusement.

— Promettez-moi de me prévenir dès que vous aurez l'impression que je vous traite comme les pharaons traitaient leurs esclaves.

— Je vous le promets, murmura-t-elle en rougissant de plaisir.

Sandi avait raison. Il n'avait pas son pareil pour obtenir ce qu'il voulait.

Il finit de lui dicter ses dernières propositions et referma enfin son attaché-case.

— Notre travail semble terminé pour ce soir.

— Je taperai à la machine ces notes dès demain et je les présenterai à votre approbation avant de les transmettre au Dr Wayland, acquiesça-t-elle en rangeant son bloc et son stylo dans sa serviette.

Lentement il se leva et la contempla avec une expression pénétrante.

— Vous m'intriguez, Robyn. Vous ne rentrez dans aucune des catégories de femmes que j'ai déjà rencontrées. Ne prenez surtout pas cela en mauvaise part. Ce n'est pas une critique, mais je n'arrive pas à vous imaginer en secrétaire, même au plus haut niveau.

Avec une douceur irréelle, son bras se leva et ses doigts effleurèrent sa joue et s'arrêtèrent un instant sur la courbe délicate de son menton.

Robyn baissa les yeux et attendit, comme si une brusque paralysie l'avait saisie. La vieille légende de l'oiseau et du serpent lui traversa l'esprit...

— Vos lèvres paraissent ne jamais avoir été embrassées avec passion... c'est dommage.

Une brève lueur brilla dans ses prunelles et avant qu'elle ait eu le temps de réagir, il avait fait demi-tour et s'en était allé à grands pas rapides.

Toute tremblante, Robyn resta pendant quelques secondes les yeux rivés sur la porte, puis elle la referma avec un mouvement brusque de mauvaise humeur.

Quelle audace ! Trouvait-il donc un secret plaisir à jeter ainsi le trouble en elle ?

Rêveusement elle sortit sur le balcon et s'appuya sur la balustrade en écoutant le ressac régulier des vagues sur les rochers. Malgré sa fatigue, Robyn n'avait pas sommeil et, plutôt que de se coucher et de chercher un repos hypothétique, elle rentra dans sa chambre et sortit avec des mains fébriles sa machine à écrire portative. Travailler la détendrait et, au moins, elle lui prouverait qu'elle était réellement une secrétaire efficace !

Au bout d'une heure, le texte était prêt à recevoir la signature de Sayed al Rashad et, lorsqu'elle se glissa dans ses draps, le calme était enfin revenu dans l'esprit de Robyn.

4

UNE fois de plus, ce fut le soleil qui la réveilla. Il était encore tôt et sans raison, Robyn se sentit tout de suite de bonne humeur. Elle enfila un blue-jean avec allégresse et sourit dans son miroir tout en boutonnant son chemisier.

Quelques minutes plus tard, un serveur lui apporta son petit déjeuner dans sa chambre comme elle l'avait demandé et Sandi entra presque en même temps que lui. Elle était habillée comme d'habitude de couleurs vives et son visage respirait la joie de vivre.

— J'ai pensé que vous auriez peut-être du mal à vous réveiller après une soirée aussi chargée... expliqua-t-elle en refermant la porte derrière elle.

— Je me suis couchée tard pour finir de dactylographier les observations du Dr al Rashad, mais je me sens en forme ce matin.

Sandi prit sans façon un toast sur le plateau et commença à le beurrer.

— Alors, il s'agissait vraiment de travail ?

— Bien sûr !

La jeune photographe l'examina des pieds à la tête en fronçant les sourcils.

— J'espère que vous ne vous êtes pas formalisée de mes conseils d'hier. Ils étaient sincères... La prudence est de rigueur en Egypte. Si vous êtes libre aujourd'hui, nous pourrions aller nous promener dans les souks ensemble. J'ai un reportage à réaliser pour un magazine.

— J'aimerais beaucoup vous accompagner, mais je dois aller au chantier, déclara Robyn avec une légère nuance de regret dans la voix.

— D'accord. Lorsque vous serez disponible, pensez à me demander de vous servir de guide. Je connais bien la ville et il est facile de s'y perdre.

Robyn finit son café et glissa les feuilles dactylographiées dans une chemise qu'elle rangea dans sa serviette.

— Vous ne m'avez pas demandé comment s'était passé ma soirée, continua Sandi d'un air un peu déçu. Une véritable catastrophe. L'homme qui m'a invitée était marié et il avait probablement une liaison avec une autre, sans aucun doute. Mais ne vous inquiétez pas pour moi. Je suis seulement frustrée de ne pas réussir à attirer l'attention de Tom. Quand je suis auprès de lui, j'ai l'impression qu'il me trouve trop exubérante. Cela me rend triste.

Robyn posa la main sur son épaule avec compréhension.

— Et si c'était moi qui vous donnais un conseil pour changer ? Vous avez toutes vos chances auprès de Tom, d'après mes observations du moins.

A ces mots, le visage de Sandi s'éclaira de bonheur, comme celui d'une petite fille à qui l'on vient d'offrir un présent qu'elle attendait depuis longtemps.

Ce matin-là, Robyn, Rafica et Tom étaient les seuls passagers de la voiture de Mohammed. Le Dr Gaddabi et Sayed étaient restés en ville afin d'essayer de trouver une autre foreuse et ne viendraient que plus tard avec Fawzi.

Huntley Saunders et sa caméra seraient absents du chantier toute la journée car il était improbable que cette dernière puisse être utilisée avant plusieurs jours. Par ailleurs, Sayed avait apparemment signifié au Texan que la caméra ne lui appartenait pas et cette observation lui avait été excessivement désagréable.

— Je ne peux pas comprendre cet homme, déclara Tom en levant le nez de la liste de matériel qu'il venait de vérifier minutieusement. Ses dollars sont certes les bienvenus, mais il demande un peu trop en échange. S'il était raisonnable, il se satisferait de la considération qu'il retire de ses donations et de la substantielle déduction fiscale à laquelle elle lui donne droit. Que voudrait-il de plus ? Que l'on grave son nom dans le marbre ?

Robyn soupira et jeta :

— La vanité est le défaut le mieux partagé au monde et Huntley Saunders n'en est pas dépourvu.

A leur arrivée au chantier, tout était calme. Devant la porte de l'atelier, un panier de fragments de papyrus les attendait déjà et Robyn se plongea dans sa tâche avec enthousiasme, tandis que Rafica allait et venait entre l'excavation et sa table de travail.

A l'heure du déjeuner, la jeune femme avait le dos raide de fatigue et elle fut heureuse de pouvoir enfin s'étirer et se détendre un peu les jambes. La chaleur était plus étouffante que la veille et des nuages rougeâtres commençaient à s'élever au loin dans le désert.

Rafica avait passé une bonne partie de sa matinée à trier soigneusement le contenu des niches pratiquées dans l'un des murs de la salle supérieure, dans l'espoir de découvrir une hypothétique marque d'identification. Il était étrange en effet qu'ils n'en aient trouvé aucune jusqu'à présent, comme si elles avaient été enlevées intentionnellement.

— La situation est difficile en bas, expliqua la jeune Egyptienne en sortant maladroitement de l'excavation, le visage et les mains couverts de poussière. Certains étais menacent de céder et plusieurs niches se sont effondrées sous le choc des vibrations produites hier par la foreuse. Une partie des documents ont déjà été endommagés à cause de notre hâte. Le Dr al Rashad n'aime guère travailler dans d'aussi mauvaises conditions. Bahyia affirmerait que les esprits des vents sont contre nous. Elle a des yeux qui voient loin, trop loin pour que j'accepte qu'elle regarde dans mon avenir...

A cette évocation, son visage devint brusquement mélancolique.

Robyn lui tendit un plateau-repas et hocha la tête gravement.

— Oui, il vaut mieux ignorer ce qui nous attend, acquiesça-t-elle en se souvenant de la scène de la veille et... des doigts souples et caressants de Sayed sur son visage.

Toutes deux s'écartèrent un peu des hommes et trouvèrent un petit coin tranquille près d'un buisson d'épineux où deux caisses vides de bouteilles d'Evian leur servirent de tables improvisées.

— Je n'arrive pas à m'habituer à l'idée que

l'Egypte est surtout un vaste désert, observa Robyn au bout d'un moment, les yeux perdus à l'horizon.

— On dit que notre pays ressemble à une immense fleur de lotus, perdue au milieu d'une mer de sable. La vallée du Nil en est la tige nourricière, le delta les pétales éblouissants, tandis que ses racines se ramifient en d'innombrables radicelles tout là-bas dans le sud, dans l'antique Nubie.

La voix de Rafica avait pris l'intonation douce et un peu lointaine de l'un de ces conteurs populaires qui parcourent encore les campagnes dans certains pays reculés.

— Et, pendant des milliers d'années, il nous a donné la vie et nous a nourris. Les gens de mon peuple l'avaient déifié sous le nom de Hapi et chantaient des hymnes à sa gloire. Il y en a un, écrit sous la dix-huitième dynastie, que j'ai toujours beaucoup aimé...

Rafica ferma les yeux et commença à réciter :
« O Hapi, Dieu pacifique, toi qui entre dans ce pays pour lui apporter la vie.
Toi qui inonde les champs que Ra a créés
Toi qui donne la vie à tous les animaux
Toi qui es descendu du Ciel
pour protéger les pauvres et les humbles
Si ton pouvoir venait à être ébranlé,
les Dieux eux-mêmes chancèleraient et les hommes périraient... »

— J'ai appris ce poème lorsque j'étais enfant. Le Nil est notre père et notre mère à tous et nous lui devons toute notre gratitude. Qu'importe les maîtres de l'Egypte, les Pharaons, les Hyksos, les Perses, les Grecs, les Romains, les Arabes, les Circassiens, les Turcs, les Anglais, le Nil est toujours là pour donner à chacun un peu de vie et un peu d'espoir.

— C'est une jolie légende, Rafica, et plus jamais je ne penserai au Nil sans voir une grande fleur de lotus.

— *Aiwa*. Nous avons toujours habité sur ses rives, tout en réservant assez de terre à labourer pour nos enfants. Hélas, c'est un problème qui ne semble jamais parfaitement résolu, ajouta-t-elle d'une voix grave.

— Mais, le barrage d'Assouan pourtant...

— Une bénédiction et une malédiction à la fois. Les crues sont désormais maîtrisées, mais le riche limon qui nourrissait notre sol a disparu avec elles. Les canaux ne sont plus lavés chaque année et les maladies se propagent...

— Les hommes, observa Robyn d'une voix hésitante, semblent avoir une sorte de génie pour modifier les équilibres voulus par la nature.

— Nous n'avions pas le choix. Comment un pays peut-il nourrir quarante millions de bouches et un million de plus chaque année avec pour unique grenier à blé un étroit sillon de terre fertile qui ne s'élargit un peu que dans le delta ? Nos dirigeants ont cru que la technologie résoudrait tous nos problèmes...

— Et maintenant, il est trop tard pour revenir en arrière.

— *Aiwa*. J'aime mon pays et mon peuple. Je suis moi-même une paysanne, originaire de l'un de ces innombrables villages à la terre noire et humide et je suis triste de voir les fermiers contraints d'acheter des engrais. Cependant, ils ont plus de terres à labourer et ils ont parfois l'électricité dans leur maison. Pour nous, le moment est venu de prendre des décisions terribles et irrévocables. Nos traditions et notre culture sont puissantes et nous ne voulons pas imiter les autres, devenir une autre Amérique ou un autre Japon. Nous sommes égyptiens et nous voulons garder notre identité.

Robyn resta silencieuse et, au bout d'un moment, Rafica leva les yeux et lui sourit.

— Vous devez vous demander, je suppose, pourquoi avec tous ces problèmes actuels, nous nous acharnons à creuser un trou ici, au milieu du désert, à la recherche de vieux manuscrits poussiéreux ?

— Oui, admit Robyn avec franchise. Pourquoi ne pas avoir choisi une carrière médicale ou scientifique ?

— La vérité est que nos écoles forment trop de spécialistes agricoles et d'ingénieurs pour le nombre de places disponibles. Certains diplômés en sont réduits à devenir chauffeurs de taxi ! Quand je suis entrée à l'université du Caire, un homme que je respecte profondément m'a donné un excellent conseil. Il m'a dit que pour nous défendre contre l'envahissement de la révolution technologique, nous nous devions de préserver les témoignages de notre passé. Je n'ai pas eu à me plaindre d'avoir suivi son conseil.

— S'agissait-il de votre père ?

Le visage de Rafica s'assombrit légèrement, puis un doux sourire chassa ce nuage passager.

— Non, je voulais parler du Cheikh Sayed Abdelaziz al Rashad. Ce titre vous surprend, n'est-ce pas ?

— Oui, admit Robyn en essayant d'imaginer Sayed en Cheikh arabe et en n'obtenant que l'image floue de Rudolph Valentino.

— Le Dr al Rashad et sa famille m'ont permis de recevoir une éducation alors que les autres filles du village suivaient la voie traditionnelle du mariage et de la maternité. C'est la raison pour laquelle je suis prête à tout accepter pour l'aider à mener à bien ce projet.

— Mais, l'éducation n'est-elle pas libre pour tout le monde en Egypte ?

— En un sens, oui, mais très peu de filles profitent de l'opportunité qui leur est offerte. Avant le renversement du Roi, la famille du Dr al Rashad possédait notre village et plusieurs autres. Lorsqu'ils ont été spoliés de leurs terres, lui et son père sont restés pour apprendre aux nouveaux petits propriétaires les méthodes modernes d'agriculture. Après la mort de son père, Sayed est devenu notre Cheikh, une marque d'honneur et de respect.

Sayed, un Cheikh ! Un sage entre les sages, attaché au service de son peuple ! Un étrange frisson de bonheur la parcourut malgré elle au souvenir du contact si doux de ses doigts...

— Je vous remercie de m'avoir appris tout cela, Rafica. Depuis deux jours que je suis ici, je me suis rendu compte de toute l'étendue de mon ignorance. Je connais mieux la culture de l'Egypte ancienne et ses traditions séculaires que les dures réalités du présent.

— Les traditions peuvent être très pénibles à supporter parfois, murmura la jeune fille, les yeux brusquement embués de larmes.

— Rafica ! Que vous arrive-t-il ? Ai-je dit quelque chose de mal ? s'inquiéta aussitôt Robyn devant son émoi.

— Oh Robyn, il faut que je parle à quelqu'un !

Elle s'essuya les yeux machinalement et prit son sac d'un geste fébrile pour en tirer une lettre.

— Je vous en prie, pardonnez-moi, mais il y a si longtemps que je dissimule mes problèmes au fond de moi ! La situation est tellement compliquée, je ne sais plus que faire.

Robyn posa une main apaisante sur son épaule.

— Si je puis vous aider…

— Hélas, personne ne peut rien pour moi !

Rafica baissa la tête et pleura doucement pendant quelques instants avant de se redresser.

— Je suis une ingrate. Ici, je reçois plus que je n'aurais pu jamais espérer — une situation, la possibilité de m'instruire — et pourtant, tout cela n'a plus d'importance. Cette lettre est de Karim…

Lentement, elle déplia la missive et la posa sur ses genoux.

— Vous l'aimez ?

— Plus que je ne l'aurais cru. Mais ma famille a choisi un autre homme pour moi. C'est cela aussi la tradition…

— Mais, ils comprendront sûrement…

— Non, chuchota-t-elle d'une voix tremblante. Je dois épouser mon cousin Mustapha, l'été prochain. J'étais encore enfant quand je lui ai été promise. Mon père avait des dettes envers son frère et elles ne pouvaient être effacées que par cette union. Je le connais à peine. Il a étudié à al Azhar, l'université islamique du Caire. Si je refuse, mon père sera déshonoré et mes deux sœurs ne trouveront jamais de mari. Mais, si je ne peux pas épouser Karim, je…

Sa voix se brisa et des sanglots nerveux agitèrent son corps frêle et délicat.

— Et votre mère, qu'en pense-t-elle ?

— Elle n'a pas son mot à dire. Ici, ce sont les hommes qui décident des mariages. A son avis, je n'aurais jamais dû quitter notre village. Peut-être at-elle raison. Il est difficile pour une femme toute seule de s'opposer aux siens. Mais il y a Karim…

Une fois de plus, des larmes silencieuses coulèrent le long de ses joues.

Robyn se sentait bouleversée. Elle n'admettait pas que cette jeune femme moderne, brillante et cultivée n'ait pas le droit de choisir elle-même son destin.

— Parlez-moi de Karim, si cela peut vous soulager. Je voudrais tant comprendre...

— C'est impossible. Je vous en prie, ne vous offensez pas, mais il en est ainsi. Karim était étudiant à l'université du Caire. Il a réussi ses examens et il sera un excellent professeur. Pour le moment, il est à l'armée pour trois ans. Je ne l'ai pas revu depuis six mois et c'est hier seulement que j'ai reçu cette lettre. Il va avoir quelques jours de permission et il désire que je lui accorde un rendez-vous.

— Quelle décision avez-vous prise ? questionna Robyn à voix basse.

— Aucune encore. Plus je le vois et plus je vais à l'encontre de la volonté de mes parents. Je m'exclus à tout jamais de ma famille. Mais, je tremble aussi à l'idée de devoir renoncer à Karim. La seule chose qui me retienne encore en vie est ce travail et la dette morale que j'ai contractée à l'égard du Dr al Rashad.

— Rafica, aucune situation n'est sans issue ! s'exclama Robyn d'une voix persuasive. Quelqu'un devrait parler au Dr al Rashad. Etant le Cheikh de votre village, il doit posséder un certain prestige et son influence...

Rafica la regarda avec une brusque anxiété.

— Non ! Je ne veux pas le mêler à mes problèmes. Il s'agit de moi et de moi seulement !

— Vous n'êtes pas sérieuse, votre bonheur...

— Je vous en prie. Je n'aurais pas dû vous en parler...

D'un geste brusque, elle se leva et s'éloigna vers le chantier sans attendre sa réponse.

La lettre de Karim était tombée dans le sable et Robyn la ramassa machinalement. Ses yeux s'arrêtèrent un instant sur l'écriture harmonieuse du jeune homme et bien qu'elle fût incapable de lire l'arabe, tout son amour et toute sa nostalgie parvinrent jusqu'à elle comme par magie.

Au lieu de retourner à l'atelier, Robyn chercha Tom qu'elle trouva, fumant une cigarette à l'ombre de l'un des bâtiments. Il écouta son histoire et secoua la tête.

— Croyez-moi, Robyn, nous n'y pouvons rien, ni l'un ni l'autre. Je ressens la même chose que vous, mais nous ne sommes pas aux Etats-Unis. La tradition en Egypte est ancrée dans les esprits depuis trop de siècles.

Robyn le regarda avec un air de profonde révolte.

— Je ne puis arriver à croire que vous soyez capable d'assister sans un mot à la tragédie de cette pauvre Rafica ! Sayed possède assez d'influence pour...

— Allons Robyn, l'interrompit Tom d'une voix suppliante, ne me mettez pas dans une position aussi délicate !

— Lui parlerez-vous, oui ou non ? insista Robyn sur un ton obstiné. Rafica est votre collègue, après tout !

— Bon, bon. Mais je ne vous promets rien, céda-t-il en baissant les yeux avec embarras. Je verrai, si une occasion favorable se présente... Sayed a déjà tant de problèmes à résoudre...

Spontanément, elle se pencha vers lui et l'embrassa sur les deux joues avec enthousiasme.

— Merci Tom, vous êtes adorable. Un mot seulement. Cela pourrait suffire à lui sauver la vie.

— D'accord, marmonna-t-il. Vous avez gagné.

La journée s'écoula. Robyn ne quitta pas sa chaise, ses pincettes et son stylo, et s'efforça de se concentrer sur sa tâche et de chasser de son esprit ces complications qui, comme par enchantement, avaient surgi autour d'elle.

Deux jours plus tôt, elle n'avait eu qu'une seule et unique inquiétude : se tirer honorablement du problème épineux des contrats et tenir Huntley Saunders à une distance respectable.

Il était tard dans l'après-midi lorsque, soudain, des pas résonnèrent derrière elle. Elle tourna la tête et vit Hassan Tarsi s'avancer dans sa direction.

— Bon après-midi, Miss Douglas, déclara-t-il avec un sourire engageant en examinant son travail par-dessus son épaule. Quelle chance nous avons d'avoir votre aide !

— Ce n'est pas une corvée pour moi, répondit-elle sur un ton réservé.

— Ah, mais n'est-ce pas merveilleux pour une femme aussi jeune et aussi belle d'avoir toute la confiance d'une aussi prestigieuse université que la vôtre ?

Robyn se sentit mal à l'aise. Où voulait-il en venir avec ses flatteries ? Sous son apparence agréable, l'expression de ses yeux était dure et amère. Une sorte de pitié la poussa à lui sourire amicalement. Visiblement, c'était un homme intelligent. Peut-être croyait-il vraiment que ces fouilles auraient dû lui revenir en propre ?

— J'espère que dans vos rapports à vos supérieurs aux Etats-Unis, vous donnerez un compte rendu fidèle et impartial de ce chantier. Bien sûr, depuis quelque temps déjà, je soupçonnais l'existence de ceci...

D'un geste large, il indiqua les rouleaux entassés tout autour d'eux.

— Malheureusement, je suis pauvre et n'appartiens pas à une famille bien placée. Il n'est pas facile d'obtenir des subventions et c'est en tablant uniquement sur mes propres forces que j'ai réussi à découvrir un important site ptolémaïque !

Il haussa les épaules avec dérision.

— Personne ne me croit quand j'affirme qu'il s'agit d'un palais d'hiver ayant appartenu à la grande Cléopâtre elle-même. Personne. J'ai trouvé une succession de petites pièces qui étaient probablement les logements des domestiques. Tout près de là, je mettrai bientôt à jour le grand palais lui-même... quand j'aurai les fonds nécessaires. J'ai déjà repéré deux puits. Avoir localisé l'emplacement d'un palais de Cléopâtre est une grande contribution à la connaissance universelle, ne croyez-vous pas ?

— Bien sûr, acquiesça Robyn par politesse en détournant les yeux pour échapper à l'intensité de son regard.

Si seulement il pouvait finir et s'en aller !

— Merci. Et, lorsque vous reverrez le Dr Wayland, accepterez-vous de le lui répéter ? Je suis en train d'écrire un rapport sur mes travaux. Quelques paroles bienveillantes...

Elle reprit son stylo et se pencha à nouveau sur son travail avant de répondre.

— Je serai heureuse de lui transmettre vos conclusions. Certes, il est spécialiste en manuscrits anciens, mais il s'intéresse également à toutes les nouvelles découvertes effectuées en Egypte.

— Vous devriez venir visiter mes fouilles. Je vous y emmènerai. Il est possible que bientôt je trouve là-bas aussi une salle remplie de rouleaux! Cela passionnerait le Dr Wayland, ne croyez-vous pas?

Il tendit la main avec nonchalance et saisit un grand fragment de papyrus sur le haut de la pile des documents non encore catalogués. Puis, délibérément, il le déroula pour le mettre à plat et ses yeux parcoururent rapidement les lignes en partie effacées.

— C'est du démotique, observa-t-il. Début de l'ère ptolémaïque, sans doute.

Robyn retint son souffle, tandis que le papyrus émettait de sinistres craquements. Les fragments de rouleaux étaient extrêmement fragiles. Ne devrait-elle pas lui demander de s'abstenir de les manipuler inutilement? Cependant, il était archéologue, diplômé et...

Avec une affreuse inquiétude, elle le regarda rouler à nouveau le document avant de le remettre à sa place avec insouciance et en saisir un autre pour le traiter avec le même manque de précaution.

— Ah, du grec! s'exclama-t-il avec un ronronnement de plaisir. Dieu sait quels trésors sont contenus là-dedans! J'ai hâte de pouvoir enfin commencer leur traduction!

Et ce disant, il agita d'un geste nonchalant le précieux manuscrit comme s'il s'agissait d'une vulgaire feuille de papier.

Les lèvres de Robyn s'ouvrirent pour protester, mais au même moment, Rafica entra en portant un plateau chargé d'autres papyrus. Elle posa doucement son précieux chargement avant de regarder fixement le rouleau que Hassan Tarsi tenait toujours à la main.

Il le reposa avec une lenteur délibérée.

— Bonjour, Rafica.

Elle lui répondit par un hochement de tête glacial.

— Cela a été un plaisir de converser avec vous, Miss Douglas, murmura-t-il avant de leur tourner le dos et de s'en aller avec précipitation.

Dès qu'il fut sorti, Rafica explosa de colère.

— Que diable faisait-il ici et que lui a-t-il pris de manipuler ce papyrus ainsi ?

— Dieu merci, vous êtes arrivée à temps ! J'étais sur le point de lui conseiller d'être plus prudent, mais il est supposé être un professionnel compétent... Il parlait de son désir de commencer la traduction au plus tôt...

— La traduction ! Rafica la considéra avec stupéfaction.

— Il n'aura rien à y voir ! Ce sera la tâche du Dr Gaddabi, du Dr al Rashad et d'une équipe de spécialistes.

Elle secoua la tête d'un air intrigué.

— Sa présence ici avait une autre raison. Il a profité du fait que vous étiez seule, n'est-ce pas ?

Robyn grimaça un sourire.

— Il est venu me demander d'envoyer un rapport favorable à son égard au Dr Wayland.

— Nous devrons en parler au Dr al Rashad. Je n'ai aucune confiance en cet homme. Si jamais il revient...

Elle s'interrompit et réfléchit quelques instants.

— Ce soir je fabriquerai une pancarte précisant que les rouleaux ne doivent pas être manipulés sans mon autorisation expresse.

Rafica regarda Robyn et elle ajouta en baissant la voix :

— J'espère que vous avez oublié mon absurde moment de faiblesse au déjeuner. Mes parents ne sont pas des monstres au cœur de pierre. Ils m'aiment beaucoup et une femme en Egypte a toujours le droit de refuser un mariage. Vous avez dû me prendre pour une petite idiote.

— Pas du tout, Rafica. L'amour est toujours très difficile lorsqu'il va à l'encontre des projets que les êtres qui vous sont chers ont formés pour vous.

— Mon père et ma mère se sont montrés très tolérants déjà en me laissant aller à l'université. Cela leur a coûté de gros efforts financiers... et pour eux il était difficile d'imaginer que je puisse être heureuse loin du cadre rassurant de notre village. Quand j'ai pleuré, ce n'était pas seulement pour moi, mais également pour tous les miens. Comment pourrons-nous être tous heureux à l'avenir ? Notre sort est entre les mains d'Allah.

— *Inch Allah*, répondit Robyn à voix basse.

— Il existe un autre mot en arabe : *bukra*. Il signifie : peut-être... un jour. C'est la seule réponse que je me donne à moi-même. Un jour ma vie deviendra claire et je n'aurai plus à me poser de questions. C'est pour cela que je ne veux pas que Bahyia m'apprenne ce que l'avenir me réserve. Jamais je ne pourrais supporter de savoir...

Brusquement son expression redevint toute professionnelle.

— Enfin, rêver ne sert à rien. Nous avons encore beaucoup de travail devant nous avant que les voitures ne viennent nous chercher. Le Dr al Rashad a dû être retenu en ville. Il lui faudra peut-être plusieurs jours pour trouver une foreuse adéquate et surtout disponible. C'est à nous de mettre ce laps de temps à profit pour rattraper notre retard.

— *Aiwa*, acquiesça Robyn en souriant.

Lorsqu'ils arrivèrent au *Palestine Hotel* ce soir-là, chacun était fatigué et couvert de cette poussière ocre qui s'insinuait dans les moindres replis de la peau.

— Nous pourrions aller dîner ensemble après avoir pris une bonne douche ? proposa Robyn. Je meurs d'envie d'essayer la cuisine égyptienne !

Tom secoua négativement la tête.

— Je n'ai pas le courage de retourner encore une fois en ville.

— Il reste toujours le restaurant de l'hôtel. Nous devrions pouvoir y manger de manière acceptable.

— Je n'ai pas très faim, s'excusa Rafica. Je préfère aller directement me reposer. Bonne soirée.

La jeune femme s'éloigna et Tom la suivit des yeux d'un air songeur.

— Elle partage sa chambre avec l'une de ses amies, Amina. Son budget est assez réduit et elle est trop fière pour avouer qu'elle n'a pas les moyens de s'offrir un repas dans un établissement de luxe et cela n'aurait servi à rien de lui proposer de payer à sa place. Elle est très susceptible, comme tous les gens d'ici.

— J'avais pensé... commença Robyn avant de s'interrompre en rougissant de confusion.

— Vous êtes américaine et vous n'y pouvez rien, l'apaisa Tom en souriant. Nous dînerons donc tous les deux, mais je vais essayer de trouver Sandi, peut-être acceptera-t-elle de se joindre à nous. Rendez-vous à huit heures dans le hall, d'accord ?

— Entendu. A ce soir.

A sept heures et demie, Robyn était déjà prête et pour passer le temps, elle descendit dans le vestibule et se promena dans la galerie marchande. Il y avait de nombreuses boutiques de souvenirs et, mentalement, elle prit note de ce qu'elle pourrait rapporter à sa mère et à ses amis restés en Californie.

Dans un angle, près de l'entrée de la boîte de nuit, un buffet était mis en place par des serveurs en grande tenue et elle admira l'art avec lequel toutes les délicieuses victuailles étaient disposées sur des plateaux d'argent. Un banquet sans doute...

Quelques minutes avant huit heures, elle se dirigea sans se presser vers le restaurant. Tom était déjà là et il consulta sa montre en souriant.

— Vous êtes ponctuelle. Il ne manque plus que Sandi. Allons voir au bar, il y a de grandes chances pour qu'elle y soit. Elle adore l'atmosphère qui règne dans ce genre d'établissement.

Effectivement, ils n'eurent pas de peine à découvrir la jeune photographe dans une sorte de petite alcôve à l'écart de l'animation du comptoir. Elle finissait une bière et dès qu'elle les vit, elle mit un doigt sur sa bouche pour leur intimer d'être discret.

— Asseyez-vous, murmura-t-elle d'une voix sourde. Je veux vous montrer quelque chose.

Tom l'observa avec perplexité.

— Que se passe-t-il?

— J'aurais été à l'heure si Huntley Saunders n'était pas entré au bar il y a quelques minutes. Je n'avais pas envie de le rencontrer — pour des raisons personnelles — et j'ai donc attendu le moment propice pour m'en aller sans être vue de lui. C'est sur ces entrefaites que Hassan Tarsi est entré également. Il s'est dirigé directement vers la table de notre ami texan. Si vous tournez la tête un peu vers la droite, vous les apercevrez tout au fond de la salle.

Tom et Robyn regardèrent dans la direction indiquée et entrevirent les deux hommes apparemment plongés dans une discussion animée.

— Je me demande bien de quoi ils peuvent parler, murmura Tom avec inquiétude. Hassan est très doué pour raconter des histoires lorsqu'il a besoin d'argent. Il faudra que j'aie un mot avec Saunders afin de savoir ce que notre estimé collègue avait à lui dire. Un souci de plus pour Sayed, ajouta-t-il avec un profond soupir.

— J'ai pensé que cela vous intéresserait, observa Sandi avec un sourire. Venez, sortons d'ici maintenant et allons dîner. De toute façon, nous n'y pouvons rien.

Au restaurant, ils choisirent une table à l'écart, loin de la foule des touristes et des hommes d'affaires.

— Très vite on se sent appartenir à ce pays, remarqua Tom tandis qu'ils commandaient les apéritifs. Et l'on ressent une sorte de pitié pour tous ces gens qui viennent ici en voyage organisé.

— Nous sommes mardi, n'est-ce pas? Ce doit être l'Egypte alors! s'exclama Sandi en imitant avec une mimique très bien jouée l'expression satisfaite de l'Américain en vacances.

Un éclair amusé passa dans le regard de Tom.

— Ce doit être horrible! Il y a plus d'un an que je suis ici et il y a encore tant de choses que je n'ai pas eu le temps de visiter! Une vie entière n'y suffirait pas.

— Oh, oh, il est vraiment très touché! murmura Sandi en souriant. Regardez ses yeux, Robyn. N'a-t-il pas l'air d'un véritable drogué? L'Egypte, pour certaines personnes est plus dangereuse que la cocaïne. Pauvre Tom...

— Vous avez raison, chère amie. Et prenez-y garde c'est contagieux. Je vous ai maintes fois espionnée et la manière dont vous mitraillez les petits bédouins et le désert n'est pas un très bon signe.

Sandi sembla heureuse que Tom l'ait remarquée.

— J'aurais besoin parfois d'un historien pour m'aider dans mes reportages, souffla-t-elle d'une voix tentatrice sans quitter des yeux le jeune homme. J'ai pris quelques clichés extraordinaires, mais pour les légendes, je ne suis guère compétente. Regardez celle-ci par exemple, ajouta-t-elle en tirant une boîte de diapositives de son sac à main. Je l'ai prise l'autre jour dans la rue Nebi Daniel. Je voulais fixer sur ma pellicule cet amoncellement de marchandises si pittoresque, mais si l'on étudie la photo de plus près, on aperçoit derrière un pilier et une arcade rendue aveugle par un mur de brique. Savez-vous de quoi il s'agit?

Tom la prit et la regarda attentivement avant de la passer à Robyn.

Il est très possible que ces vestiges aient appartenu à la célèbre bibliothèque. En fait, personne n'a de preuve formelle à ce sujet. Le Cheikh de la mosquée voisine a expliqué à Sayed qu'elle avait été édifiée à l'emplacement d'anciens bâtiments publics, une école ou un collège d'après lui.

— Des fouilles doivent-elles être entreprises? s'enquit Robyn avec curiosité.

— Dans ce pays, il est difficile de toucher à un édifice religieux et il y a tant d'autres ruines... Alexandrie était une ville immense dans l'antiquité et, presque partout, il suffit de creuser pour trouver des restes de colonnades ou des mosaïques.

— Vous semblez si bien connaître l'histoire de cette ville, jeta Sandi d'une voix charmeuse, que vous pourriez peut-être m'écrire quelques paragraphes pour commenter mes photos. J'envisage de constituer un recueil pour les présenter à un éditeur.

Tom éclata de rire.

— Vous avez le sens des affaires, s'exclama-t-il d'une voix amusée. Il y a plus d'idées dans votre ravissante tête blonde que je ne l'aurais soupçonné. Vous ressemblez un peu aux fouilles de Troie, au fur et à mesure que l'on creuse, on découvre des niveaux de plus en plus intéressants.

— Quelle romantique métaphore ! s'extasia Sandi avec une lueur moqueuse au fond des yeux !

Le dîner se poursuivit dans la bonne humeur et ils en étaient arrivé au dessert, lorsque la jeune photographe observa entre deux bouchées :

— Nous ne sommes pas précisément seuls ce soir. Je viens d'apercevoir notre séduisant patron en compagnie de quelques amis.

Robyn tourna la tête et reconnut immédiatement les gestes élégants et aristocratiques de Sayed. Il était assis au milieu de cinq ou six personnes — des hommes d'affaires probablement. Il n'y avait aucune femme parmi eux, une constatation qui la rendit heureuse malgré elle.

Sandi s'éclaircit la gorge et adressa un clin d'œil à Tom.

— J'ai l'intention d'aller me coucher tôt et Tom également. Cela vous ennuie-t-il si nous vous laissons seule ?

L'attention de Robyn était fixée sur la table où se

trouvait Sayed et elle répondit d'une voix absente qui ne trahissait que trop la réalité de ses émotions.

— Pas du tout. Je désire prendre une dernière tasse de café avant de monter. Une mauvaise habitude que j'ai prise depuis mon entrée en faculté et je n'arrive plus à m'en défaire.

Sandi se leva et prit le bras de Tom tout naturellement.

— Entendu, ajouta-t-elle en souriant, mais n'oubliez pas que si un homme est arrivé jusqu'à trente-sept ans sans que personne n'ait réussi à le séduire, c'est qu'il y a sans doute de bonnes raisons à cela...

Une fois ses collègues disparus, Robyn eut l'impression bizarre d'être brusquement devenue le point de mire de la salle tout entière. Jusqu'à présent, les larges épaules de Tom l'avaient masquée à la vue de Sayed et elle baissa les yeux en rougissant lorsque leurs regards se croisèrent. Aussitôt il se leva et s'approcha d'elle en souriant.

— Quel heureux hasard, Robyn ! Je parlais justement à mes amis du Dr Wayland et de la collaboration de votre université à nos travaux. Je vous en prie, permettez-moi de vous présenter à quelques-uns des membres les plus influents de la Société archéologique d'Alexandrie.

Et, sans attendre sa réponse, il prit son bras et l'emmena avec lui vers sa table.

— Miss Robyn Douglas est l'assistante du Pr Wayland, déclara-t-il à la cantonade d'une voix presque triomphale. Elle est ici en mission d'observation et l'aide qu'elle a bien voulu nous apporter nous est très précieuse.

L'un après l'autre, les dignes notables se levèrent et elle leur serra la main en souriant. Ils avaient également fini de dîner et Sayed profita de l'occasion

pour prendre congé d'eux en prétextant un travail
urgent à terminer avec Miss Douglas.

— Je veux vous montrer quelque chose, expliqua-
t-elle en entraînant Robyn. Vous n'aurez peut-être
jamais plus une aussi belle occasion pendant le reste
de votre séjour en Egypte. Il la guida vers le hall où
une foule de gens en habits de fête était rassemblée
devant l'entrée de la boîte de nuit.

— C'est la deuxième fois déjà que vous m'épar-
gnez une soirée fastidieuse, ajouta-t-il en souriant.
Les personnes que vous venez de voir sont mes amis
de longue date, mais leur conversation manque
terriblement de diversité. Vous allez avoir le privilège d'assister à un mariage égyptien traditionnel !

— Mais... mais, je ne suis pas habillée pour une
telle cérémonie, protesta-t-elle faiblement.

— Aucune importance. La seule chose qui
compte est de s'amuser et ici personne ne vous
tiendra rigueur de votre tenue. N'entendez-vous pas
les tambourins ? Ecoutez...

Il la tira par la main d'une démarche décidée
jusqu'à un endroit d'où ils virent un cortège
commencer à se former. Les tambourins — il devait
y en avoir un douzaine au moins — semblaient venir
des profondeurs mêmes de l'hôtel et soudain un
chant étrange et perçant s'éleva de la foule.

Les jeunes mariés venaient d'arriver et ils furent
accueillis par des applaudissements et des cris avant
d'être littéralement engloutis par la vague enthousiaste de leurs parents et amis.

Peu à peu, Robyn avait l'impression de perdre
pied avec la réalité tellement le bruit et le spectacle
différaient de tout ce qu'elle aurait pu imaginer.

Le cortège s'ébranla avec à sa tête un groupe
d'hommes vêtus avec une élégance naturelle d'une

longue robe de cérémonie et jouant un air assourdissant sur de grands instruments à vent ressemblant à des cornemuses. Ils étaient suivis par des danseuses et des demoiselles d'honneur à la démarche grave et sérieuse. Chacune d'entre elles avait à la main un cierge allumé et derrière elles venaient enfin le marié et la mariée.

Sayed prit son bras doucement et elle ne fit rien pour le retirer. C'était si bon, si agréable d'être ainsi tout près de lui et de sentir la présence de son corps et sa chaleur tout contre le sien.

Lentement, et dans un bruit presque indescriptible, l'assemblée pénétra dans les salons de l'hôtel où un orchestre remplaça les hurlements des femmes et les tambourins.

Sayed se tourna vers Robyn dès que la porte se fut refermée derrière eux.

— Le reste de la soirée appartient aux mariés et à leurs familles. Je savais qu'il y aurait une réception ce soir et je craignais n'avoir personne, hormis mes lugubres amis archéologues, pour partager la joie d'une telle cérémonie. Ce à quoi vous avez assisté est un peu le reflet de la société égyptienne d'aujourd'hui. Un mélange d'archaïsme et de traditions sur lequel est venu se greffer la technologie occidentale.

— Le spectacle était extraordinaire, murmura Robyn encore sous le charme de ce qu'elle venait de voir et d'entendre.

— Peut-être aurez-vous la chance d'assister un jour à un mariage dans la rue. Vous ne l'oublierez jamais. On a l'impression d'être transporté dans un autre siècle. Vous y seriez très bien accueillie d'ailleurs, comme tous les étrangers et vous auriez toutes les peines du monde à refuser leur hospitalité.

Tout en parlant, il l'avait conduite vers l'ascenseur

et il attendit qu'elle fût à l'intérieur avant d'ajouter sur un ton professionnel :

— Il faudra vous lever tôt demain matin, Robyn. A propos, si vous voulez envoyer un télex au Dr Wayland, je me ferai un plaisir de vous rendre ce service depuis le Bureau des Antiquités d'Alexandrie. L'appareil de l'hôtel est toujours en panne et il ne sera pas réparé avant plusieurs jours.

Robyn eut la sensation qu'il allait lui baiser la main, mais au lieu de cela, il s'inclina légèrement et prit congé en souriant tandis que la porte de la cabine se refermait entre eux.

Non, elle ne lui donnerait pas son message pour le Dr Wayland, car elle voulait poser à son patron plusieurs questions délicates. Notamment à propos de ses relations professionnelles avec le Dr al Rashad. Sur un plan plus personnel, elle ne savait que trop ce qui était en train de lui arriver et elle ne pouvait — ni même ne voulait l'arrêter. Mais il le fallait ! Se conduire comme une petite sotte ne la mènerait à rien, protesta une voix au fond d'elle-même.

L'ascenseur la déposa en cahotant au quatrième étage et elle se dirigea pensivement vers sa chambre. Oh, pourquoi cette maudite foreuse avait-elle refusé de marcher le premier jour ? La caméra aurait pu être descendue et elle serait déjà de retour aux Etats-Unis. Tout aurait été si simple...

5

L E lendemain matin, Robyn se réveilla très tôt. Une bonne nuit de sommeil avait eu l'avantage de calmer ses nerfs et elle se leva, prête à une dure journée de travail et de réflexion.

Au chantier, Georges Lewis, le jeune assistant qu'elle avait rencontré le matin de son arrivée, s'était joint à eux pour déterrer et trier un à un les précieux fragments de manuscrits. Sandi, de son côté, continuait ses prises de vues destinées à fixer à jamais toutes les phases des travaux. Elle semblait être partout à la fois et son exubérance contrastait de façon comique avec le calme grave et sérieux de Tom et de Lewis.

Le Dr al Rashad et le Dr al Gaddabi étaient tous deux absents. D'après la rumeur, ils étaient partis au Caire afin d'essayer d'y trouver une nouvelle foreuse. Sayed ne lui en avait pas parlé, songea Robyn avec un peu de déception, mais elle se rappela à l'ordre immédiatement. Après tout, elle n'était encore qu'une simple observatrice de l'université !

Vers midi, Georges, Tom et Rafica apparurent à la porte de l'atelier en portant une masse sombre aussi religieusement que s'il s'était agi d'une relique sainte.

C'était un bloc compact de feuilles de parchemin qu'ils avaient découvert tout au fond de l'une des niches.

Ils le déposèrent soigneusement sur l'une des tables et Tom se pencha pour l'examiner avec une grosse loupe.

— C'est du vélin ! Eh bien, bonne chance à toutes les deux, mais ne vous y attaquez pas tout de suite. J'apporterai demain une bombe de fixateur.

Il inspecta à nouveau l'épaisse liasse et la toucha du doigt avec prudence.

— Mon Dieu, c'est terriblement sec ! Cependant, les feuillets ne sont pas encore désagrégés. Voyez... C'est du grec, je crois, ajouta-t-il pensivement en montrant les premières lignes d'un fragment. Et si...

Devant les visages curieux et attentifs des autres, il s'interrompit et sourit.

— Je pensais... au fait que jusqu'à présent nous n'avions trouvé que des papyrus.

Au même moment, Sandi poussa la porte.

— Vous allez trop vite pour moi. Je voudrais prendre un cliché ou deux. De quoi s'agit-il au juste ?

Un éclair malicieux brilla dans les yeux de Tom et il prit un air docte et professoral.

— Avez-vous donc tout oublié des leçons d'histoire de votre enfance ? Ne vous souvenez-vous donc pas de la rivalité entre les deux grandes bibliothèques de l'antiquité, celle d'Alexandrie et celle de Pergame ?

Tous hochèrent la tête, sauf Sandi.

— Vers le IIe ou le IIIe siècle avant le Christ, les Egyptiens décrétèrent un embargo sur la vente des papyrus, ce qui provoqua d'énormes problèmes à Pergame. Plus de papier pour copier les livres et pour rédiger les contrats et les actes de la vie courante ! Les gens de Pergame ont donc été obligés de chercher une matière similaire et ils ont inventé le vélin en utilisant les peaux au grain très fin des chèvres et des moutons.

Par ailleurs, et c'est là que cela devient intéressant pour nous, Marc Antoine, deux siècles plus tard se mit dans la tête d'impressionner Cléopâtre et de la séduire. Après avoir conquis Pergame, il s'appropria la bibliothèque de cette ville et en envoya tous les ouvrages à sa rivale d'Alexandrie. Un cadeau royal, en quelque sorte...

Il s'arrêta et sourit à la manière d'un conférencier qui tient en haleine son auditoire.

— Peut-être tenons-nous là l'un de ces fameux recueils transféré par lui à Alexandrie. Ce serait fantastique, car, par la même occasion, nous aurions également l'explication de la provenance de tous ces documents !

Un frisson d'espoir parcourut Robyn.

Ces peaux vieilles de plus de deux mille ans allaient peut-être leur donner une réponse définitive à ce qu'ils cherchaient depuis le début.

Elle serait si heureuse de pouvoir mettre entre les mains de Sayed une preuve vraiment irréfutable ! Il recevrait alors tout l'argent qu'il voudrait et pourrait travailler pendant des années, tranquillement, sans se presser, et découvrir d'autres salles au contenu encore plus passionnant.

Rafica les ramena à la réalité en recouvrant d'une pièce de tissu blanc la liasse de vélin.

— Nous nous y mettrons demain, décréta-t-elle.

— Avez-vous donc peur qu'ils prennent la poussière ? questionna Sandi avec une lueur ironique dans les yeux.

Rafica se contenta d'éclater de rire et chacun retourna à son poste.

Pendant tout le reste de la journée, les pensées de Robyn tournèrent autour de ces manuscrits imprégnés de terre du désert.

Ses mains tremblaient un peu et manquaient de précision. Son esprit vagabondait malgré elle et s'égarait parfois dans la chaleur étouffante de l'atelier. Il y avait des mystères étranges tout autour d'elle — dans ces parchemins desséchés, dans le vent du désert, dans le tourbillon qui s'était emparé brusquement de sa vie personnelle.

Fortuitement, elle remarqua que les hiéroglyphes inscrits sur le fragment qu'elle tenait dans ses pinces étaient assez lisibles pour être déchiffrés à l'œil nu. Il s'agissait du premier verset d'un hymne à la gloire de Ptah.

« Oh Ptah, sage entre les sages
donnez-moi la force de... »

Le visage de Sayed passa fugitivement devant ses yeux et machinalement, elle termina à voix basse la prière inachevée :

« ... résister à la tentation. »

Peu après, Rafica revint avec un chargement de petits morceaux de vélin trouvés à l'endroit où la liasse avait été découverte.

Elles continuèrent de travailler en silence jusqu'au moment où elles entendirent les autres fermer le chantier. Tous les soirs, de grandes bâches étaient étendues sur les parois de l'excavation pour protéger les niches du vent et des chiens errants du désert qui auraient pu y chercher un abri pour la nuit. La clôture amovible qui entourait les fouilles était ensuite fermée à clef jusqu'au lendemain.

Le moment du départ était donc presque arrivé et ce fut précisément cet instant-là que Huntley Saunders choisit pour leur rendre visite dans sa belle Mercedes blanche.

— Nous allons devoir rester jusqu'à ce qu'il décide de s'en aller, gémit Rafica avec une grimace.

Accompagné de Tom et de Georges, elles le virent se promener de long en large dans les fouilles en discourant à voix haute comme s'il en était le maître. D'après les lambeaux de phrases qui parvenaient à leurs oreilles, il cherchait à les impressionner par ses connaissances. Finalement, il s'approcha de leur atelier et en ouvrit la porte pour leur adresser un signe joyeux de la main.

— Vous faites du bon travail, mesdemoiselles, observa-t-il depuis le seuil avant de venir regarder avec curiosité par-dessus leurs épaules.

— Ahhh ! C'est vraiment de l'ouvrage de professionnel ! Moi-même, j'ai une certaine expérience du métier, mais il s'agissait de fragments de poteries et de bijoux incas, sur l'un des chantiers auquel j'ai participé en Equateur.

— Nous allions justement nous en aller, monsieur Saunders, déclara Rafica sans se laisser impressionner.

— Je vous en prie. Je ne voudrais pas vous retarder. Je vais jeter simplement un petit coup d'œil çà et là. N'ayez crainte, je fermerai la porte derrière moi.

Et, sur ces mots, il se baissa pour ramasser un fragment de papyrus déjà classé.

— Ne touchez pas aux manuscrits !

La voix de Rafica avait claqué sèchement et une lueur de colère brilla dans les yeux du Texan.

— Ecoutez Miss, j'ai le droit d'être ici. Je ne suis pas un vulgaire touriste, mais le mécène qui a financé tout cela.

— Ces rouleaux sont sous ma responsabilité et je ne sortirai pas d'ici tant que vous y serez.

— D'accord, céda-t-il en haussant les épaules tandis que Robyn lui prenait le morceau des mains et le remettait à sa place.

— Je dois admettre que vous montez la garde avec vigilance, ajouta-t-il avec un sourire hypocrite. D'après vous, combien de rouleaux ont-ils déjà été découverts ?

Rafica jeta un coup d'œil entendu à Robyn.

— Aucun n'est encore complet. Peut-être réussirons-nous à en reconstituer un ou deux entièrement et les autres partiellement. Ces manuscrits ont été terriblement endommagés par leur séjour dans la terre. A l'origine, ils ont été probablement déposés dans cette salle avec précipitation. Nous espérons que la chambre inférieure contiendra des documents en meilleur état.

Huntley Saunders hocha la tête avec approbation.

— Si vous ne vous trompez pas, notre découverte sera l'égale des plus grandes. Enfin, je ne voudrais pas vous retarder plus longtemps. C'est heureux que tout le monde soit honnête ici ! Des collectionneurs donneraient une fortune pour quelques-uns seulement de ces vestiges si émouvants du passé.

Sans les attendre, il sortit de la pièce et Rafica patienta avec Robyn jusqu'à ce que sa voiture ait démarré avant de verrouiller soigneusement la porte et d'allumer les lampes extérieures pour la nuit.

Le trajet de retour s'effectua silencieusement.

Assise à côté de Tom, Sandi se mit à somnoler presque aussitôt sur son épaule.

— La pauvre enfant est épuisée, l'excusa le jeune homme avec un sourire un peu embarrassé en se déplaçant légèrement pour qu'elle puisse appuyer sa tête plus confortablement.

Georges, de son côté, dormait sur la banquette arrière. A l'avant, Robyn pensait malgré elle à Sayed. Toute la journée, elle avait eu l'oreille aux aguets, espérant inconsciemment entendre le bruit de sa voiture.

— C'est absurde, marmonna-t-elle soudain à voix haute sans s'en rendre compte.

— Qu'avez-vous dit ? questionna Rafica en la regardant avec un air intrigué.

— Rien.

Un sourire effleura les lèvres de la jeune Egyptienne.

— Vous aussi, vous êtes fatiguée. La journée a été rude pour tout le monde.

Robyn se ressaisit et hocha la tête.

— Je dînerai dans ma chambre ce soir. Voulez-vous être mon invitée, nous mangerons ce qu'il y a, bien sûr ? proposa-t-elle en souriant.

— Merci, j'en serai très heureuse, accepta Rafica aussitôt. Je suis si souvent toute seule !

Le lendemain matin, Sayed amena au chantier une nouvelle équipe de foreurs appartenant à une entreprise du Caire. A son arrivée, il adressa un signe amical à la cantonade avant de descendre dans l'excavation.

Malgré elle, Robyn envia Rafica qui avait le droit de travailler auprès de lui. Le cœur battant, elle se concentra sur ses pincettes et elle avait fini de trier deux plateaux lorsque Sayed entra dans l'atelier en compagnie de Tom et de Rafica.

— Ainsi, nous avons enfin trouvé quelque chose !

Il souleva le voile du tissu qui protégeait la pile du parchemin et ses yeux s'écarquillèrent de surprise.

— *Ya salam!* Dieu soit loué... C'est merveilleux !

Il effleura la liasse poussiéreuse du bout des doigts et examina les produits chimiques rapportés par Tom.

— Cela devrait être suffisant.

Puis il soupira de manière significative.

— J'aurais bien aimé vous aider, mesdames, mais j'ai confiance en vous et en l'adresse de vos mains. Cependant, ne négligez pas le reste non plus.

Il posa une main rassurante sur l'épaule de Tom.

— Vous êtes impatient de découvrir une preuve, je le sais, mais il vaut mieux ne pas agir avec précipitation.

Et, sur ces mots, il fit demi-tour et retourna vers les fouilles en compagnie du jeune homme.

— Comment est-il capable d'attendre ? se lamenta Robyn. A sa place, je serais déjà plongée dans la lecture !

Rafica éclata de rire.

— En Egypte, nous apprenons très jeune la vertu de la patience. Souvenez-vous du Sphinx...

La journée s'écoula plus vite que la précédente. A midi, la vieille Bahyia apparut avec sa troupe d'enfants. Sayed l'accueillit respectueusement et distribua quelques bonbons. Elle devait avoir une idée en tête, car, au bout de quelques minutes elle hocha la tête et se pencha vers lui.

— *Alim, Maktaba qadim,* déclara-t-elle en montrant les fouilles du doigt.

Tom s'inclina vers Robyn pour lui traduire ses paroles.

— Elle vient d'évoquer l'existence d'une ancienne bibliothèque.

— *Ya rit !* répondit Sayed en souriant.

Mais l'expression de Bahyia devint brusquement grave.

— *Muktir…*

Ses yeux se tournèrent dans la direction de Robyn et elle ajouta d'une voix inspirée :

— *Letif !*

Puis, elle fit demi-tour et s'en alla, suivie de la troupe de petits bédouins.

— Elle vient de parler d'un danger, chuchota Tom, et elle trouve que vous êtes belle.

— Vraiment ? Je n'aurai pas perdu ma journée au moins, observa Robyn en riant pour dissimuler son trouble.

L'avertissement était clair, mais destiné à Sayed cette fois-ci.

Elle surprit Sandi qui les observait. La main de Tom était toujours amicalement posée sur son épaule et elle s'écarta de lui machinalement. Pour elle, Tom était le frère qu'elle n'avait jamais eu, songea-t-elle avec un peu de pitié pour Sandi et en s'irritant de la complexité de ses propres émotions.

Après un rapide déjeuner, chacun retourna à sa tâche. Rafica travaillait diligemment à sa table depuis un moment, lorsqu'elle leva vers elle un visage grave.

— Je me demande comment cette vieille femme a pu deviner nos espoirs de découvrir une bibliothèque et à quelle menace elle faisait allusion ?

— Elle a dû écouter bavarder les bédouins.

— Probablement, mais j'ai un étrange pressentiment. Que vous a-t-elle raconté exactement la dernière fois ?

— Oh, répondit Robyn évasivement, rien de plus que n'importe quelle diseuse de bonne aventure.

— Peut-être avez-vous raison, murmura Rafica en baissant à nouveau les yeux sur son travail.

L'après-midi s'écoula de façon studieuse. Sans cesse, le regard de Robyn revenait à la pile de parchemins avec le même sentiment d'anticipation que lorsque son père lui avait rapporté un présent de ses lointains voyages et qu'elle entreprenait d'en défaire l'emballage.

— Vous devriez être archéologue, remarqua en riant Rafica après avoir observé plusieurs fois son manège. Vous avez toute la curiosité d'un savant !

La journée se terminait et elles venaient juste de ranger leur matériel, lorsque Georges passa la tête à leur porte.

— Les voitures seront en retard. Vous avez un répit de trois quarts d'heure au moins pour continuer à vous amuser, jeta-t-il en souriant avant de disparaître à nouveau.

Rafica ne parut guère enthousiaste à cette idée.

— J'en ai assez d'être courbée en deux dans cette atmosphère confinée. Si nous allions nous promener ? Nous pourrions aller visiter les fouilles du Dr Tarsi, par exemple...

— Sera-t-il là-bas ?

— Ne vous inquiétez pas, il donne des cours à l'université aujourd'hui. En dehors des lézards et des moutons, nous ne verrons personne.

— Alors, c'est entendu.

Robyn se leva et suivit Rafica sans regarder derrière elle vers l'excavation dans laquelle Sayed et Tom poursuivaient inlassablement leurs recherches.

Toutes deux escaladèrent la petite colline et une fois arrivées au sommet, Robyn aperçut une étroite vallée au fond de laquelle des murs de fondation étaient à demi dégagés.

Elles descendirent avec prudence jusqu'à ces vestiges d'un autre temps et Rafica lui montra quelques mosaïques très endommagées.

— Autrefois, il existait des puits, expliqua la jeune Egyptienne, et une sorte d'oasis. Avec de l'eau, tout pousse dans le désert. Il y avait peut-être de magnifiques jardins et des fontaines... Savez-vous que le Dr Tarsi affirme qu'il se trouvait ici un palais de Cléopâtre ?

— Vous y croyez ?

Rafica haussa les épaules.

— Elle avait des domaines un peu partout en Egypte.

— Ces ruines ne sont-elles pas vraiment modestes pour un palais ? objecta Robyn d'un air dubitatif.

— Un rendez-vous de chasse, peut-être, envisagea Rafica avec un clin d'œil. Destiné à abriter pour un temps des amours licencieuses...

— A moins qu'elle n'y ait invité Jules César lui-même. Je l'imagine très bien avec un tablier de cuisine et lui préparant du *Foul* ou de l'*Aish baladi* pour le séduire, répondit Robyn sur le même ton.

Toutes deux éclatèrent de rire à cette évocation romantique et fantaisiste du passé, mais au même moment, la voix grave de Sayed les appela.

— C'était donc bien ici que vous vous cachiez !

Immédiatement Rafica redevint sérieuse.

— Oh, je suis désolée ! Vous nous attendiez ?

Sayed s'approcha de sa démarche souple et rapide et Robyn sentit son cœur battre plus vite.

— Non, non, ne vous inquiétez pas. Les voitures

ne sont pas encore arrivées, l'apaisa-t-il avec un sourire charmeur. Tom m'a dit que vous étiez parties dans la direction de Tarsiville et j'ai suivi vos traces. Pour trouver quoi ? Je vous le demande ? Deux houris dans un Paradis perdu...

— Ainsi, continua-t-il, Rafica vous fait visiter le petit rêve de ce pauvre Hassan. Il a quelque temps que je n'étais pas venu ici. Il a trouvé plusieurs murs de plus, si je ne m'abuse.

— Etait-ce vraiment l'une des demeures de Cléopâtre ? questionna Robyn malgré elle.

Il secoua la tête avec un peu de tristesse.

— Hélas non. Ce sont probablement les soubassements d'une ville. Un simple hameau de quelques maisons. Sans doute un relais pour les caravanes. Mais, venez avec moi, j'ai quelque chose de plus intéressant à vous montrer.

Robyn et Rafica lui emboîtèrent le pas et tous trois se remirent à gravir la petite colline par un chemin différent de celui qu'elles avaient pris à l'aller. Ils enjambèrent plusieurs murets à demi démolis et vers le sommet, ils arrivèrent soudain dans un espace rectangulaire qui avait dû être une pièce autrefois.

Là, Sayed s'assit sur une pierre plate et Rafica s'accroupit à côté de lui, tandis que Robyn se demandait ce qu'il pouvait bien y avoir d'intéressant dans cet endroit désert.

Rafica ramassa un tesson de poterie et commença à gratter le sol avec précaution. Sayed suivit son exemple et soudain, la jeune fille poussa une exclamation. Elle ramassa fébrilement une sorte de petit caillou et le fit briller au soleil dans la paume de sa main.

Robyn s'approcha avec curiosité. Il s'agissait d'un petit morceau de verre légèrement bleuté.

Au même moment, Sayed se pencha et brandit triomphalement un objet d'une belle couleur verte.

Tous deux éclatèrent de rire devant la surprise de Robyn.

— Nous appelons cet endroit l'atelier des verriers, expliqua Sayed. Sans doute était-ce une boutique ou un entrepôt.

Il lui tendit son instrument rudimentaire et proposa en souriant :

— La chasse au trésor vous tente-t-elle ? Essayez donc ici, à côté de moi. L'emplacement a l'air d'être bon.

Docilement Robyn s'accroupit et commença à creuser le sol. Soudain, un rayon bleu-vert apparut au fond de sa petite excavation.

Avec fébrilité, elle dégagea l'objet et le sortit de sa gangue de terre. Il s'agissait d'un cylindre incurvé d'environ trois centimètres de longueur.

— Regardez !

Sayed le prit entre ses doigts et il étincela dans le soleil.

— La poignée d'une petite bouteille de parfum, sans doute. Ce n'est pas si mal pour un premier essai !

Rafica découvrit un autre fragment sans forme, puis l'on n'entendit plus que le grattement de leurs pelles improvisées. Soudain, Robyn se rendit compte que Sayed avait changé dc rythme et qu'il enfonçait son outil plus à fond en se servant de sa main gauche pour se guider. Enfin, ses propres efforts furent récompensés — cette fois-ci par une boule de verre terminée par une sorte de pied. Un bouchon de carafe probablement.

Sayed murmura doucement :

— Je vous échange vos deux trouvailles contre la mienne. Etes-vous prête à prendre le risque ?

Il tenait sa découverte dans son poing serré et Robyn hésita une fraction de seconde, tandis que Rafica arrêtait de creuser.

— Oui, fit-elle en lui donnant ses deux morceaux de verre.

— Alors, fermez les yeux, exigea-t-il avec un sourire espiègle.

Elle obéit et sa main effleura la sienne pour y prendre ses trésors et les remplacer par le sien. Puis, ses doigts la forcèrent à refermer les siens et elle sentit une forme oblongue et lisse. Elle essaya de deviner de quoi il s'agissait, mais en vain.

— Vous pouvez regarder maintenant, déclara-t-il en relâchant son étreinte.

Elle ouvrit les paupières et découvrit avec une exclamation de surprise une petite bouteille en parfait état, hormis un éclat à la hauteur du goulot. Elle était pleine de terre et Rafica l'examina avec curiosité.

— C'est un lacrymatoire ou un flacon de parfum, déclara la jeune Egyptienne pensivement.

— Vous portez chance Robyn, observa Sayed en souriant. Jusqu'à présent, je n'avais trouvé que des tessons de bouteille informes. Etes-vous satisfaite de votre présent ?

— Mon présent ?

Brusquement, elle se rendit compte que cela n'avait pas été un jeu. Il lui avait réellement donné la bouteille !

— Je... je croyais, bredouilla-t-elle en rougissant. Elle est vraiment à moi ? Comme c'est merveilleux !

Rafica et Sayed sourirent de son bonheur.

— Elle est à vous, murmura-t-il en lui prenant à nouveau la main.

Grâce à un effort surhumain, Robyn réussit à contenir son émotion et à ne rien laisser transparaître des battements désordonnés de son cœur.

— Merci. Vous n'auriez pas pu choisir un cadeau plus ravissant !

Ses doigts se desserrèrent lentement et il se tourna vers Rafica avec une lueur malicieuse dans les yeux.

— Pensez-vous que je me sois suffisamment racheté pour ma détestable conduite à l'égard de Robyn le jour de son arrivée ?

— Un présent offert avec sincérité et sans arrière-pensée a une valeur inestimable, répondit Rafica d'une voix grave.

Une pensée soudaine traversa l'esprit de Robyn.

— Ne sommes-nous pas dans le périmètre des fouilles du Dr Tarsi ?

— Non, nous sommes sur le site que j'ai prospecté en premier lieu. Je me suis très vite rendu compte qu'il n'y avait rien d'intéressant et Hassan n'est même pas au courant de l'existence de cet entrepôt de verrier.

Robyn soupira. Cette bouteille resterait à jamais le témoin de leur amitié. Au même moment, un coup de klaxon les rappela à la réalité.

— Tom a besoin de moi pour charger le matériel et effectuer une dernière inspection. Je pars devant, rejoignez-nous aussi vite que vous le pourrez, déclara Sayed en se levant et en se hâtant à grandes enjambées vers le chantier.

Robyn regarda sa silhouette souple s'éloigner et songea aux rapides messagers du Pharaon qui jadis parcouraient en tous sens les routes de l'Egypte.

— Nous devrions y aller également, chuchota

Rafica d'un air pensif, tout en jetant son tesson de poterie.

Rêveusement, Robyn la suivit. Le visage de la jeune Egyptienne était grave et, à mi-chemin, elle observa d'une voix un peu hésitante :

— J'ai quelque chose à vous dire, Robyn. Sayed al Rashad est un homme de bien et il est très respecté dans sa profession. Mais il a près de quarante ans et il n'est toujours pas marié. C'est une chose rare dans un pays musulman.

Robyn se raidit involontairement. Elle ouvrit la bouche pour nier tout intérêt envers Sayed, mais Rafica l'arrêta avec un geste d'impatience.

— Laissez-moi terminer, Robyn. Il y a tant de choses que vous ignorez à propos du Dr al Rashad — sa mère par exemple. C'est une Anglaise, pleine de charme et d'élégance. Vous avez remarqué la couleur de ses yeux, n'est-ce pas ? C'est d'elle qu'il les tient.

Le cœur de Robyn se serra, comme pour se prémunir contre une éventuelle blessure.

— Ses parents étaient connus pour leur adoration mutuelle, poursuivit Rafica. Quand son père est mort, il y a dix ans, le Dr al Rashad s'est rapproché encore davantage de sa mère. Il était normal pour lui de prendre la place laissée vacante de chef de famille. Dans leur maison du Caire, ils mènent une vie très retirée et il n'est pas facile d'y être admis.

Robyn, immédiatement, eut la vision d'une vieille dame digne et rigide, habituée à donner des ordres et à être obéie sans discussion. Un frisson la parcourut.

— Les gens qui connaissent le Dr al Rashad sont également au courant de sa... réputation. Il attire les femmes et beaucoup seraient prêtes à le suivre jusqu'en enfer.

Elle poussa un soupir et poursuivit inexorablement.

— Parfois, cela l'amuse et le flatte, mais le plus souvent, cela l'ennuie à mourir. Il choisit lui-même ses amies et ne les garde pas longtemps. Elles sont toujours très belles et très sophistiquées.

Ses yeux se posèrent sur Robyn avec une profonde sollicitude.

— Il vous a accordé certaines attentions, mais j'espère que vous n'avez pas encore perdu la tête pour autant. Sincèrement, ce serait préférable pour vous.

Robyn demeura silencieuse. Son attirance pour Sayed était-elle donc si évidente ? Il était vrai qu'il avait fait preuve de beaucoup de galanterie avec elle aujourd'hui... Mais avec combien d'autres femmes s'était-il montré sous un jour aussi charmant ? De nouveau, elle regretta de ne pas lui avoir avoué la vérité dès le début. N'était-il pas dangereux qu'il voie en elle une autre de ces jeunes Américaines écervelées du Dr Wayland, facilement séduites et aussitôt rejetées ?

A leur arrivée au chantier, Sayed était déjà parti en compagnie de Tom, de Sandi et du Dr Gaddabi. Avec Rafica et Georges, elle monta dans la voiture de Fawzi.

Mentalement, Robyn calcula l'heure qu'il était en Californie. Le jour était sans doute levé et elle ne risquerait pas de réveiller le Dr Wayland. Il ne devrait plus être nécessaire pour elle de s'attarder encore très longtemps en Egypte. Les contrats étaient tous approuvés et signés et elle avait pris suffisamment de notes sur les fouilles. De toute façon, il y aurait toujours Tom pour servir de relais en cas de nouvelle découverte. Il était inutile pour elle d'attendre que Sayed ait réussi à forer le trou destiné à descendre la caméra. Une telle opération prendrait peut-être des semaines — ce qui serait long, beaucoup trop long pour elle.

Pendant le trajet, Rafica et Georges restèrent silencieux et dès leur arrivée, Robyn s'excusa et se dirigea sans attendre vers le standard téléphonique derrière la réception.

— Je veux appeler les Etats-Unis, demanda-t-elle d'une voix pressée.

La jeune femme derrière le guichet la regarda avec un sourire désarmant.

— Je suis désolée, madame. Il y a douze heures d'attente. Si vous voulez bien me donner le numéro de votre chambre, je vous préviendrai dès que la liaison pourra être établie.

Robyn prit un air résigné. Décidément, son destin était écrit...

— Ne vous donnez pas cette peine. Je reviendrai plus tard.

— Le télex ne marche pas non plus, madame, ajouta l'opératrice sur un ton obligeant. Les choses iront peut-être mieux demain.

— Je l'espère. Merci.

La jeune femme fit demi-tour lentement et s'éloigna vers l'ascenseur. S'enfuir serait absurde. Il y avait beaucoup d'autres choses en jeu ici et elles étaient plus importantes que sa tranquillité d'esprit.

Tout en attendant l'arrivée hypothétique de la cabine, elle réfléchit à la conduite à suivre. Avec le Dr al Rashad, elle limiterait ses relations au plan strictement professionnel. Elle avait été bien naïve de croire qu'il était autre chose que ce qu'il paraissait être : un être orgueilleux et sûr de lui, cherchant en toute occasion à obtenir le maximum de ses collaborateurs.

Il était encore temps d'oublier ses rêves absurdes. Elle n'avait rien d'une femme exceptionnelle et ne pouvait prétendre réussir là où toutes les autres avaient échoué. Mieux valait laisser Sayed graviter dans son monde à lui et poursuivre sa route de son côté.

6

L E téléphone à côté du lit sonna en même temps que son réveil.

— Bonjour Miss, déclara la voix de l'hôtesse de la réception. Il y a un message pour vous de la part de M. Perkins. Il a quitté l'hôtel très tôt et m'a chargée de vous annoncer que vous étiez libre aujourd'hui.

— Merci Miss. Rien d'autre ?

— Si. M. Perkins a laissé une enveloppe pour vous. Des cartes et des dépliants touristiques. Bonne journée, Miss Douglas.

Robyn s'assit sur son lit et regarda fixement devant elle. Sa résolution avait survécu à sa nuit sans sommeil. Elle ne renoncerait pas ! Elle sourit de sa frêle victoire et tira sa serviette sur ses genoux.

Du fait de sa fatigue et de ses préoccupations, ses papiers étaient affreusement en désordre. Ce matin, Robyn sentait une nouvelle vitalité en elle et elle avait plusieurs jours de notes à retranscrire. Sayed, au moins, ne la prendrait pas en défaut sur ce plan-là ! Il ne manquerait pas une virgule à son rapport et chaque observation serait dûment étayée par les documents appropriés. Elle était déterminée à l'établir de telle façon qu'aucun comité ne puisse refuser de financer la continuation des fouilles.

Avec un soin minutieux, elle consigna toutes les découvertes déjà effectuées, chaque fragment de rouleau de papyrus, la liasse de parchemin et décrivit dans le détail les problèmes rencontrés avec la foreuse.

Une fois qu'elle eut terminé ce que sa tante avec son romantisme invétéré aurait désigné sous le terme de « prose aride », Robyn sentit une vague de nostalgie l'envahir presque comme si elle se trouvait au moment du bilan de son interlude égyptien.

Elle aurait voulu être capable de fixer à jamais chaque pensée et chaque sensation, ne pas laisser s'effacer de sa mémoire ce trouble qui jour après jour s'était emparé de son cœur — même au risque de souffrir et d'être malheureuse. Le bleu si troublant des yeux de Sayed, son corps à la fois si puissant et si gracieux, la vibration étrange qu'elle ressentait en sa présence et l'Egypte elle-même — les visages merveilleux des gens, les inoubliables couchers de soleil sur la Méditerranée et le bruit majestueux des vagues se brisant sur les rochers de la côte. Quand elle serait vieille, tout cela vivrait-il en elle comme une expérience irremplaçable, comme une expérience chargée de promesses qui ne l'avaient conduite nulle part ?

Avec un sentiment de frustration, Robyn relut les phrases concises et sèches de son rapport. Cette journée de liberté était malgré tout la bienvenue. Demain, elle aurait retrouvé suffisamment d'équilibre et de dignité pour affronter à nouveau Sayed sans trop de risques.

Robyn referma ses dossiers et se leva avec un peu

d'impatience à l'idée qu'elle allait enfin visiter cette ville à laquelle elle avait tant rêvé.

Elle choisit une robe bleu ciel, sans manches, et enfila des sandales légères. Aujourd'hui elle avait l'intention d'être une parfaite touriste.

Dans le hall régnait toujours la même atmosphère de vacances. Robyn alla directement au restaurant et commanda d'emblée un confortable petit déjeuner. Aucun des membres de l'équipe n'était là et elle se demanda si Rafica avait profité de ce répit pour rencontrer Karim. Pourquoi donc les relations entre les hommes et les femmes étaient-elles toujours aussi difficiles ? s'interrogea-t-elle pensivement en attaquant ses œufs au jambon.

En sortant, elle prit à la réception l'enveloppe laissée par Tom et se dirigea vers la station de taxis. Les jours précédents, il avait été si simple d'avoir Mohammed pour l'attendre devant la porte, qu'elle se sentit d'abord un peu perdue lorsqu'il lui fallut s'expliquer avec un chauffeur ne saisissant que des bribes d'anglais.

Enfin, avec des signes et à l'aide de sa carte, elle réussit à obtenir qu'il la conduise au Musée Gréco-Romain pour la somme forfaitaire de soixante-quinze piastres.

La voiture s'engagea en cahotant dans des rues ombragées et Robyn avait presque atteint le mur imposant marquant l'entrée du parc Montaza, lorsqu'un brusque à-coup dans la direction annonça une crevaison. Le chauffeur se gara le long du trottoir et sortit.

Tout autour d'eux, des parterres de fleurs parsemaient un gazon parfaitement entretenu.

— Je suis désolé, Miss, s'excusa-t-il en un anglais

laborieux. Je suis obligé de changer la roue. Pouvez-vous attendre ?

Robyn acquiesça volontiers et tandis qu'il s'activait avec fébrilité, elle descendit et se promena dans les jardins. Soudain, comme par magie, une main brune se tendit vers elle pour lui offrir un bouquet de roses rouges et d'asters bleus. Elle leva les yeux et rencontra le regard bienveillant d'un vieux jardinier.

— Pour vous, Miss.

Il sourit et elle accepta son présent avec un visage radieux.

— *Ingleezi ?* questionna le vieil homme avec curiosité.

— Non, américaine, répondit-elle en secouant la tête.

— *Aiwa,* murmura-t-il respectueusement en lui tendant la main. *Kuli en nas hum ikkwan* — Tous les hommes sont frères.

Soudain, il y eut un crissement de freins derrière eux. Robyn tourna la tête et découvrit avec stupeur la petite voiture de sport de Sayed.

— Que se passe-t-il, Robyn ?

Avant qu'elle ait eu le temps de répondre, le jardinier se mit à gesticuler et à parler avec volubilité en arabe en montrant le chauffeur de taxi qui était en train de s'acharner sur l'un des boulons rouillés de sa roue.

Sayed étouffa un petit rire et lui demanda où elle allait.

— A Alexandrie. Je n'ai pas encore eu le temps de visiter la ville et je me proposais de commencer par le Musée, répondit-elle un peu à contrecœur.

— Je peux vous y accompagner, proposa Sayed avec une lueur amusée dans le regard. Je vais justement là-bas... J'y ai un rendez-vous avec le conservateur.

Robyn hésita une fraction de seconde, mais il était difficile de refuser.

— Merci, mais il faut d'abord que je paie mon taxi.

Elle tendit la main vers son sac, mais Sayed la prit de vitesse en jetant un billet plié en quatre à l'Egyptien qui avait observé la scène avec curiosité. Les deux hommes échangèrent quelques phrases rapides en arabe puis Sayed se retourna vers elle avec bonne humeur.

— Il me connaît. Je lui ai expliqué que vous apparteniez à mon équipe.

Il lui ouvrit la portière et elle s'assit sur le siège à côté de lui.

Pendant quelques minutes, ils roulèrent en silence. Décidément, songea Robyn, le destin et le Dr al Rashad étaient de connivence pour l'empêcher de s'en tenir à sa résolution !

Mais, pouvait-il vraiment y avoir un malentendu sérieux entre eux ? Le ciel et la mer étaient bleus, ses mains fines et aristocratiques tenaient le volant avec fermeté... Si seulement le temps voulait bien cesser d'égrener ses minutes ! Ils pourraient franchir ses barrières, vagabonder ensemble dans le passé...

— Je donnerais volontiers quelques piastres pour connaître vos pensées, entendit-elle murmurer la voix de Sayed.

— Je m'imaginais en train de voyager dans le temps, répondit Robyn en revenant avec peine à la réalité.

— Un excellent thème de réflexion. Et où donc vous avait conduite votre machine extraordinaire ?

Elle risqua un coup d'œil dans sa direction et vit un léger sourire effleurer ses lèvres.

— Je pensais qu'il serait merveilleux de voir surgir soudain la ville au temps des Ptolémées. La découvrir à son apogée, à l'époque où César aimait Cléopâtre…

Il étouffa un petit rire et elle se mordit les lèvres involontairement.

— Je crois avoir découvert une jeune fille romantique en vous Robyn, en dépit de toute votre efficacité occidentale. Je suis content de voir que vous ne pensez pas uniquement à vos rapports et aux contrats… Pour ma part, je dois avouer que j'ai souvent des rêves similaires et que tout archéologue se désespère à l'idée de ne pas pouvoir percer le mur impénétrable du temps. Espérons qu'un jour, vos compatriotes américains, avec leur génie de la technique, inventeront une caméra capable de soulever ce voile insupportable des siècles.

Il poussa un profond soupir.

— Que ne donnerais-je pour apercevoir l'espace d'un instant la grande bibliothèque à l'époque où Euclide et Archimède la fréquentaient !

Il tourna la tête vers elle et la regarda avec franchise.

— Vous voyez, vous n'êtes pas la seule…

Elle lui rendit son sourire et une étrange complicité sembla s'instaurer entre eux. Entre-temps, ils étaient arrivés sur la Corniche et Robyn regarda avec curiosité la foule bariolée qui se pressait le long de la mer. Les hommes et les enfants se promenaient et jouaient en maillot de bain, mais aucune femme n'était dévêtue.

— Les Egyptiennes n'ont-elles pas le droit de se

baigner ? questionna Robyn sur un ton légèrement réprobateur.

— Si, répondit Sayed de sa voix grave, mais la pudeur est encore très grande en Islam.

— Hum. Cela ne doit pas être très amusant de nager tout habillée !

— C'est notre religion qui l'exige, chère amie. La modestie est une vertu encore très prisée.

Un éclair avait brillé dans son regard et la voix de Robyn se fit aussitôt apaisante.

— Je ne critique pas votre façon de vivre, c'est seulement que les Américaines sont habituées à plus de liberté.

— Sont-elles plus heureuses pour autant ? La recherche du bonheur n'est pas une chose facile. Ne croyez-vous pas que la société et la famille sont là pour nous aider à le trouver ? Tenez, prenez par exemple notre amie Sandi. Retire-t-elle une joie quelconque de ses aventures nombreuses ? J'imagine qu'elle souhaiterait autre chose et je dois avouer que les Occidentales qui viennent travailler ici ont souvent une agressivité presque masculine dans leur comportement.

Ne trouvant pas de réponse satisfaisante, Robyn choisit de rester silencieuse. De nouveau la main de Sayed se posa sur la sienne.

— Ne soyez pas fâchée. J'ai rencontré nombre de femmes intelligentes et agréables dans votre pays et d'autres tout à fait sottes. C'est la même chose partout et il en va de même des hommes.

— Mais, j'ai lu que vous lapidiez les pauvres malheureuses qui…

La fin de sa phrase se perdit dans un cahot, car soudain il avait ralenti et bifurqué pour emprunter une petite route perpendiculaire à la Corniche.

— Je n'ai jamais lapidé quiconque de ma vie ! se défendit-il d'une voix moqueuse en glissant son bras au-dessus de son dossier d'un geste protecteur. Si nous étions toujours dans votre machine à remonter le temps, où croyez-vous que nous serions en ce moment ? ajouta-t-il en arrêtant la voiture.

Ils se trouvaient à proximité d'une petite statue dans une zone plantée d'arbres couverts d'une poussière fine et blanche. Une chaîne et une barrière interdisaient l'accès à une langue de terre qui pénétrait dans le port et sur laquelle étaient érigées des antennes et des coupoles de radars probablement militaires.

Elle se souvint des quelques remarques de Tom à propos de l'ancienne Cité Royale, le lendemain de son arrivée.

— Je pense savoir où nous nous trouvons, murmura-t-elle avec une lueur passionnée dans le regard. Quel dommage qu'il ne reste rien ! Ici, nous sommes sur la pointe Lochias, n'est-ce pas ? Les palais des Ptolémées étaient construits tout autour de nous. Et là-bas...

Elle montra du doigt une longue péninsule à l'extrémité ouest du port, le long de laquelle de petits bateaux étaient amarrés et que surmontait une sorte de forteresse.

— ... c'est l'île du Pharo. Là où fut érigé le phare légendaire d'Alexandrie.

— Si le temps nous jouait une farce, Cléopâtre ne serait peut-être guère satisfaite de nous trouver au milieu des salons de son palais.

— Est-il certain qu'il ait été bâti exactement à cet emplacement ?

— Oui. La mer en a envahi une bonne part, mais les historiens s'accordent pour affirmer que c'est ici que tous ces rois et ces reines ont vécu, ont aimé et sont morts, parfois dans d'horribles tourments.

Sayed effectua un demi-tour et bientôt ils rejoignirent la circulation du bord de mer.

— Connaissez-vous encore autre chose à propos de cette ville ? questionna-t-il au bout d'un moment.

— Sur son passé ou sur son présent ?

— Savez-vous par exemple que nous longeons maintenant le port est ? C'est autour de lui qu'Alexandre autrefois a dessiné les rues et les édifices de sa cité. Au-delà, c'est le port d'Eunostos — le bon retour, en grec. C'est là-bas que les bassins du port actuel ont été construits.

Quand Alexandre est arrivé pour la première fois ici, il a trouvé une grande baie, idéale pour le mouillage des bateaux de l'époque et une longue île étroite à quelques encablures de la côte : Pharos. Pour la relier au continent, il construisit une digue... Mais je vous ennuie avec ma conversation pédante ! J'ai tellement l'habitude de me trouver devant mes étudiants...

Robyn éclata de rire devant son expression confuse. Elle aurait pu tout lui pardonner en ce moment.

— Ne me conduisez-vous donc pas au Musée ? questionna-t-elle en remarquant qu'ils n'avaient pas bifurqué pour rentrer en ville.

Sayed continua de sourire mais sans faire mine de ralentir. Ils passèrent devant une grande mosquée au moment même où le muezzin appelait les croyants à la prière.

— *Allabu'Akbar*... Seul Dieu est grand, traduisit-il tandis que Robyn écoutait la mélodie envoûtante du *mollah*.

— C'est si beau, murmura-t-elle. N'étiez-vous

pas... je veux dire... n'auriez-vous pas dû vous arrêter pour prier?

— Avec cette circulation, cela n'aurait pas été facile. Non, le Coran nous laisse la liberté de répondre aux cinq appels de la journée à notre manière et selon nos possibilités. Par ailleurs, vous aviez raison tout à l'heure. Le Musée se trouve derrière nous, en centre ville, ajouta-t-il tandis qu'ils roulaient à travers des rues encombrées et à l'atmosphère moins moderne que le reste d'Alexandrie.

— J'ai décidé de vous faire traverser les quartiers anciens. Là en bas, vous avez le *Yacht Club* et nous sommes en ce moment même sur la digue d'Alexandre qui, avec le temps, est devenue très large et très solide.

Robyn se pencha à la fenêtre et observa avec attention tout ce qu'elle voyait.

— C'est un plaisir de faire du tourisme avec vous, Robyn, observa-t-il devant son enthousiasme débordant, et j'ai eu une chance extraordinaire en vous rencontrant par hasard dans le parc de Montaza.

Robyn rougit de plaisir.

— Vous êtes trop gentil! C'est merveilleux au contraire d'avoir l'opportunité de visiter tout cela en compagnie d'un guide aussi érudit et passionné. Mon père m'avait promis de m'emmener un jour en Egypte et...

— Voulez-vous dire que je joue un peu son rôle? l'interrompit-il avec un sourire énigmatique.

Aussitôt le visage de Robyn devint écarlate.

— Non... ce... ce n'est pas du tout cela, bredouilla-t-elle avec embarras. Je suis très heureuse que vous soyez avec moi et...

— Il n'est pas nécessaire de vous défendre, l'arrêta-t-il d'un geste apaisant. Je voulais plaisanter simplement.

Ils venaient de longer une route étroite avec la mer d'un côté et un grand mur de l'autre au-dessus duquel se profilait la silhouette d'une tour massive. Il gara la voiture et coupa machinalement le contact.

— Voici tout ce qu'il reste du célèbre phare !

Elle suivit des yeux les lignes qui s'élançaient vers le ciel et il continua d'une voix presque solennelle :

— Cet endroit a eu un passé long et terrible. Mais, hélas, nous n'aurons pas le temps de le visiter aujourd'hui, ajouta-t-il en consultant sa montre. Il est déjà tard et je suis si heureux d'être avec vous que j'allais presque oublier mon rendez-vous.

D'un air songeur, il redémarra et la petite voiture bondit pour retrouver bientôt les rues grouillantes d'une circulation incessante et enfiévrée.

Robyn se laissa aller dans son siège, le cœur débordant de joie. Il était heureux d'être avec elle !

— Si vous êtes libre pour le déjeuner, je connais un très bon petit restaurant pas loin du Musée. Une fois votre visite terminée, je pourrais vous y emmener. Qu'en pensez-vous, Miss Douglas ?

— Cela me plairait beaucoup, mais je ne voudrais pas empiéter sur votre emploi du temps.

— Ne vous inquiétez pas pour cela. Grâce à Allah et à mes prérogatives de chef, je n'ai de comptes à rendre à personne, répondit-il avec un sourire conquérant.

Ils traversèrent des places, longèrent des monuments et finalement firent halte devant un grand mur blanc dissimulant un bâtiment dont l'entrée était ornée de colonnes classiques. Le Musée Gréco-Romain.

Le nom du Dr al Rashad suffit pour qu'ils soient

admis gratuitement et il l'entraîna d'une démarche rapide sous des arcades et à travers un jardin rempli de statues antiques pour la conduire dans les bureaux du Musée où il la présenta à plusieurs des membres du personnel.

— Veuillez m'excuser maintenant, mais il faut que j'aille à mon entretien...

Elle le regarda s'éloigner vers le cabinet du conservateur et presque au même moment, un vieil homme entra et déposa sur une table un plateau avec des petites tasses d'un café turc très noir.

Deux des assistants du Musée, une vieille dame au maintien sévère et un jeune homme à la mine grave lui proposèrent ensuite de lui montrer les collections et elle accepta volontiers de se laisser guider.

Ils étaient remplis de véritables trésors et elle se sentit obligée d'admirer tout particulièrement les objets que l'on désignait à son attention, mais il lui aurait fallu des journées entières pour détailler toutes les merveilles qui y étaient rassemblées.

Sous leur conduite, elle traversa les salles byzantines avant de retourner peu à peu en arrière dans le temps jusqu'à la fondation de la ville.

Dans d'autres salles, elle put observer des verreries anciennes aux couleurs lumineuses qui lui rappelèrent la petite bouteille offerte par Sayed et elle se pencha sans se lasser sur les vitrines où étaient exposées une multitude de pièces en argent ou en or portant les effigies de tous les Ptolémées.

Sur des piédestals elle put contempler également les bustes d'empereurs romains déguisés en Pharaons avec des yeux d'agathe et celui de Jules César qui, lui, avait été trop fier pour vouloir être autre chose que le plus grand et le premier des Romains. Il y avait également Alexandre — ce sauvage et étrange conquérant — avec la beauté classique des traits de son visage, son abondante toison bouclée et ses lèvres un peu méprisantes.

Mais la grandeur des rois et des empereurs n'était que peu de chose pour Robyn à côté des témoignages humbles et émouvants d'un passé depuis si longtemps révolu. Quelques mots d'amour sur un papyrus, un peigne de bois ébréché ou une petite flûte de Pan dont plus jamais aucun son ne sortirait…

Par un escalier métallique, on l'emmena ensuite à la bibliothèque du Musée où on lui présenta un livre que Napoléon avait demandé à ses ingénieurs et à ses artistes d'illustrer lors de son bref séjour en Orient. Les dessins dépeignaient l'Egypte en 1800, alors qu'Alexandrie n'était encore qu'un immense champ de ruines à demi enfoui dans les sables.

Une autre tasse de café l'attendait à son retour dans les bureaux avec une note de Sayed d'une écriture énergique et élancée :

« Robyn,
Je suis obligé d'aller immédiatement à l'université pour y rencontrer les représentants du Bureau des Antiquités. Notre ami Saunders a une fois de plus commis des bévues et il me faut réparer les dommages. Je discuterai de cela avec vous dans la soirée. Pardonnez-moi de ne pas vous attendre. Hosni, un honnête chauffeur de taxi, vous attend devant le Musée. J'ai pris la liberté de régler par avance ses services et il a pour instruction de vous conduire partout où vous le désirerez. Merci pour ce matin.
                                          Sayed. »

Robyn n'eut pas de mal à partager son exaspération. Comment Saunders pouvait-il se conduire avec un tel manque de diplomatie ? S'il ne s'était agi que d'elle, elle l'aurait immédiatement renvoyé à ses puits de pétrole, mais il fallait d'abord qu'elle prenne l'avis du Dr Wayland. Il n'avait sûrement pas prévu que le principal bienfaiteur de l'université soit aussi dénué de tact.

Elle remercia le personnel du Musée pour son amabilité et trouva Hosni en bas des marches de l'entrée principale.

Sur sa demande, il la ramena à l'hôtel où grâce sans doute à Allah, la standardiste lui annonça qu'il n'y avait qu'une petite demi-heure d'attente pour avoir les Etats-Unis. Cette fois-ci, ses idées étaient claires et elle savait exactement ce qu'elle désirait demander à son patron.

La voix du Dr Wayland était encore tout endormie lorsqu'il décrocha.

— Robyn, que se passe-t-il ? Vous ne m'avez pas sorti du lit sans une raison valable, j'espère ?

En quelques mots elle lui expliqua son problème avec Huntley Saunders.

— Quel imbécile ! Robyn, écoutez-moi bien, c'est vous et vous seule qui représentez notre université. Vous devez agir comme vous le jugez bon. Je vous donne carte blanche pour mettre un terme aux facéties de notre ami texan et dites-lui bien que je ne manquerai pas de démentir formellement toute affirmation erronée de sa part. Qu'en pense Sayed ?

— Il est furieux. Nous serons deux pour affronter M. Saunders.

— C'est bien. A propos quelle opinion avez-vous de notre collègue égyptien ?

— Il...

Elle hésita une fraction de seconde.

— Il connaît bien son métier et je… l'aime bien.
Il sait ce qu'il veut et ses collaborateurs l'apprécient.
Tout le monde le respecte profondément.

A l'autre bout du fil, le Dr Wayland étouffa un
petit rire.

— Alors, vous n'êtes pas tombée follement
amoureuse de lui, n'est-ce pas ?

— Bien sûr que non ! s'exclama-t-elle avec indignation.

— C'est bien, chère amie. Pour Saunders, ne
vous inquiétez pas, vous êtes capable de lui tenir
tête. A propos de Sayed, quelle a été sa réaction en
découvrant que le vieux professeur s'était transformé en une charmante jeune femme ? J'ai appris
que mon télex ne lui était pas parvenu à temps.

— Il… n'a pas été très satisfait. Mais très vite il a
réfléchi et il s'est excusé de son accès de mauvaise
humeur.

Sa remarque fut accueillie par un franc éclat de
rire.

— C'est bien la première fois ! Il s'est vraiment
excusé ? Alors, je ne me suis pas trompé en vous
envoyant à ma place ! Sait-il que vous avez pratiquement votre doctorat ?

— Non, et il ignore également que je me suis
spécialisée dans les manuscrits anciens.

— Et vous ne lui avez rien appris non plus sur
l'identité de votre père ?

— C'est une chose dont j'aurais dû lui parler dès
le premier jour afin d'éviter des malentendus ulté-
rieurs.

— Enfin, vous êtes majeure, agissez comme bon
vous semble ! Le principal est que vous ayez gardé la
tête froide. Côté fouilles, où en sommes-nous ?

— Jusqu'à présent, nous n'avons pas retrouvé de

rouleaux entiers, mais seulement une grande quantité de fragments. J'ai accepté d'aider l'assistante du Dr al Rashad pour en effectuer le classement. C'est une charmante Egyptienne diplômée de l'université du Caire.

— Avez-vous retrouvé des indices permettant de déterminer la provenance de ces documents ?

— Non. La plupart sont en grec, certains en démotique et d'autres en hiéroglyphes. D'après ce que j'ai vu, les sujets sont très divers, littéraires et scientifiques. L'écriture est souvent difficile à déchiffrer.

— Bien, poursuivez votre travail. Je pense que vous êtes d'avis que nous pouvons continuer à financer sans danger ce projet, n'est-ce pas ?

— Certes ! Ce serait absurde de renoncer au point où nous en sommes… et dangereux, car l'endroit est connu et les pillards éventuels ne manqueraient pas. En ce qui concerne la chambre inférieure, nous n'avons encore aucune indication sauf qu'il y a un vide et que ce vide est recouvert par un dallage parfaitement étanche. Avec la nouvelle foreuse, le Dr al Rashad espère réussir à creuser un trou suffisant pour descendre la caméra.

— Parfait Robyn ! Envoyez-moi un rapport détaillé au sujet de tout cela. J'en ai besoin pour défendre le projet auprès du Comité. Par ailleurs, j'ai un autre mécène tout disposé à nous aider pour peu que nous ayons de bonnes chances de succès. Ainsi, l'aide financière de Saunders aura moins d'importance. Saluez Sayed de ma part.

— Entendu, je vous enverrai mon rapport dès que possible.

— Et surtout, encore une fois, ne vous laissez pas impressionner par Saunders. Il n'est pas le seul à nous financer et s'il s'avérait que nous ayons découvert la célèbre bibliothèque, les fonds se mettraient à affluer sans même être obligés de les demander. A bientôt, Robyn. Je vous envie d'être là-bas.

Un déclic marqua la fin de la conversation et Robyn reposa pensivement le récepteur. C'était à elle de résoudre le problème Saunders et avec suffisamment de doigté pour éviter des ennuis supplémentaires à Sayed et à l'université. Avec son argent et ses relations, il pouvait se révéler un personnage très encombrant.

Il fallait tout d'abord qu'elle discute avec Sayed de la conduite à suivre et pour le moment, il n'y avait rien d'autre à faire qu'attendre son retour.

Une fois dans sa chambre, Robyn s'installa sur le balcon et ouvrit un livre pour passer le temps. La brise de mer était tiède et parfumée, et bientôt, elle commença à somnoler.

La sonnerie du téléphone la réveilla en sursaut et elle se leva avec précipitation pour aller répondre.

Un frisson de bonheur la parcourut quand elle entendit le timbre grave de Sayed.

— C'est vous Robyn ? Hosni vous a donc ramenée entière jusqu'à l'hôtel ?

— Oui, merci. Il s'est montré très aimable.

— Vous avez trouvé mon message à propos de Saunders ? Cet individu fait tout ce qu'il peut pour ruiner notre travail ! Il s'est encore une fois mis dans la tête d'alerter toute la presse ! J'ai déjà eu un appel d'*al-Ahram,* le journal du Caire et un autre d'une télévision américaine. Il se promène partout en clamant que nous avons découvert des manuscrits extraordinaires portant la signature des plus grands noms de l'antiquité !

— Je suis désolée. Je n'aurais jamais imaginé qu'il aille aussi loin, surtout après sa conférence de presse aux Etats-Unis. C'est terrible.. Je viens d'avoir le Dr Wayland au téléphone à ce sujet.

— Ah, et quelle a été sa réaction ?

— Il a été furieux également. Il m'a donné pleine et entière autorité pour régler ce problème, en collaboration avec vous, bien sûr.

Il y eut un silence bref et froid à l'autre bout du fil.

— Dans ce cas, je vais contacter Saunders pour que nous ayons un entretien ensemble ce soir après le dîner. Je suis invité par des amis au restaurant de l'hôtel. Nous pourrions nous retrouver dans le hall vers neuf heures. Cela vous convient-il ?

— J'y serai. Et merci pour ce matin. J'ai beaucoup apprécié la visite du Musée… Et, grâce à vous, j'ai été merveilleusement reçue.

— Vous n'avez pas à me remercier, Robyn, l'interrompit la voix de Sayed avec une courtoisie un peu sèche. Tout le plaisir était pour moi. A ce soir.

Il y eut un déclic et Robyn reposa le récepteur avec un peu de déception. Il avait paru surpris lorsqu'elle lui avait annoncé que le Dr Wayland lui avait donné carte blanche et il n'y avait rien d'étonnant à cela. Pourquoi aussi avait-elle été assez stupide pour ne pas lui avouer la vérité et le laisser croire qu'elle n'était qu'une simple secrétaire ?

Avec un soupir, Robyn s'allongea sur son lit et s'efforça de se concentrer sur un traité de démotique que le Dr Wayland lui avait offert en guise de lecture de voyage.

Elle en était encore à la préface, lorsque la sonnerie du téléphone résonna à nouveau. Sayed aurait-il changé ses plans ? Peut-être qu'il… Elle prit

une profonde inspiration avant de se décider enfin à
décrocher l'écouteur.

— Allô ?

— C'est vous Robyn !

C'était la voix de Huntley Saunders et immédiatement, elle fut sur ses gardes.

— Bonjour, monsieur Saunders.

— Je viens d'avoir un appel de Sayed. Que
signifie cette réunion à neuf heures ? Il ne m'a donné
aucune précision, mais je n'ai pas du tout aimé le ton
sur lequel il me l'a annoncée.

— Je n'en ai pas la moindre idée, répondit-elle
d'une voix évasive en se reprochant intérieurement
son manque de courage.

— Allons, chère amie ! Il se trouve que je vous ai
aperçue ce matin dans une petite voiture italienne à
côté de notre cher Sayed. Vous n'allez pas prétendre
qu'il…

— C'est au Dr al Rashad et pas à moi de vous
faire part de ses remarques, le coupa-t-elle d'une
voix embarrassée.

— Je n'ai pas l'intention d'attendre en me mor-
fondant. Je suis à deux étages en dessous et je monte
tout de suite afin d'avoir le fin mot de cette histoire !

Il raccrocha d'un coup sec. Robyn songea avec
appréhension que le moment de vérité était venu.

Elle se leva avec vivacité et en quelques gestes
rapides défroissa ses couvertures. Elle avait à peine
terminé qu'une main rageuse frappa à sa porte.

— Ne m'en voulez pas, Robyn, déclara le Texan
d'une voix faussement joviale en entrant, une bouteille de champagne et deux coupes à la main. J'ai
pensé que nous n'avions pas encore fêté notre
arrivée en Egypte. Vous savez, au fond, je ne suis pas
un si mauvais garçon…

Avec nonchalance, il posa les verres sur une table basse et se cala confortablement sur le divan avant d'entreprendre de déboucher la bouteille.

Robyn prit place en face de lui sur le rebord d'une chaise, après avoir pris bien soin de laisser la porte grande ouverte sur le couloir.

— Allons, ne prenez pas cet air pincé! observa Huntley Saunders qui avait regardé son manège avec une visible réprobation. Et, je vous en prie, fermez cette porte. J'ai horreur des courants d'air. Vous n'avez aucune crainte à avoir avec moi...

Instinctivement, elle se raidit encore plus et lui jeta un coup d'œil glacial. Il n'était plus temps de tergiverser.

— Il ne s'agit pas de cela, monsieur Saunders, mais nous sommes ici en pays musulman et il n'est pas d'usage qu'un homme puisse entrer librement dans la chambre d'une femme en Egypte. Je tiens à ne choquer personne, bien que dans un hôtel, les employés soient habitués aux coutumes étrangères. D'autre part, je n'ai pas soif.

Un éclat de rire hypocrite lui répondit et les yeux du Texan se rétrécirent dangereusement.

— Bien, cela ne prive que vous. A présent, parlons un peu de Sayed. Il m'a pratiquement donné l'ordre de vous rencontrer, lui et vous, ce soir à neuf heures. Je n'ai pas l'habitude d'être traité ainsi et il aurait pu au moins se souvenir que c'est grâce à mon argent qu'il a entrepris ses fouilles!

Robyn rassembla tout son courage et riposta :

— J'ai eu une conversation cet après-midi avec le Dr Wayland. Je l'ai informé des fuites graves qui se sont produites à propos des découvertes du Dr al Rashad. Non seulement ces informations que vous avez transmises à la presse sont fausses, mais en plus, vous devriez savoir combien une telle attitude est contraire au code de déontologie de la profession. *Al-Ahram* et des reporters de télévision ont contacté le Dr al Rashad à ce sujet et sa colère est tout à fait légitime.

— Ah, c'est donc cela !

Il but sa coupe de champagne d'un seul trait et une expression belliqueuse durcit ses traits.

— Ecoutez, al Rashad a été bien content de toucher mon argent et de pouvoir utiliser ma caméra. En échange de ma participation, j'ai droit, au moins, à un peu de considération, sinon à une parcelle de gloire. J'avais envisagé d'accorder à votre faculté une donation supplémentaire, mais dites bien au Dr Wayland qu'il n'aura pas un centime de plus si tout le monde s'entête à vouloir me tenir totalement en dehors de cette affaire.

Au fur et à mesure qu'il parlait, le visage de Robyn s'était empourpré de colère. Qui donc croyait-il être pour avoir le front de lui donner ainsi ses ordres et pour estimer avoir un privilège quelconque sur les fouilles, alors qu'il n'avait aucune qualification ?

— Le Dr Wayland m'a chargée de vous prévenir qu'il était prêt à démentir toutes les informations que vous transmettrez à la presse, répliqua-t-elle sur un ton sec. Cette caméra dont vous revendiquez la propriété a été acquise au moyen de fonds fournis en partie par vous, mais également par d'autres bienfaiteurs. Elle vous a été confiée par courtoisie pour la durée du voyage, mais actuellement, c'est le Dr al Rashad qui en a la pleine et entière responsabilité.

— Et vous-même, pour qui vous prenez-vous, Miss Douglas ? la coupa le Texan avec une fureur non déguisée. Vous croyez peut-être m'impressionner avec vos grands airs ?

— Je suis ici pour représenter l'université et je suis seule autorisée à convoquer la presse si une découverte importante le rendait nécessaire. Je pourrais très bien rendre public un communiqué afin de réfuter les propos inconsidérés tenus par un Américain incompétent et mal informé — en l'occurrence, vous.

La menace était claire et un sourire hypocrite éclaira aussitôt le visage de Huntley Saunders.

— Bien, vous gagnez. J'avoue avoir parlé peut-être un peu trop vite, mais cela s'est limité à des réflexions çà et là dans des dîners ou au cours de réceptions en ville. Les journalistes exagèrent toujours...

— Personne ne vous a chargé de la moindre déclaration, pas plus officielle qu'officieuse.

— Et si, pour l'année prochaine, je prenais la décision de retirer ma participation...

— C'est votre droit et ce n'est pas moi qui chercherai à vous en empêcher.

— Vous êtes vraiment jolie quand vous êtes en colère, murmura-t-il avec un regard en biais. Allons, il est inutile de nous fâcher. Après tout, je ne suis pas un monstre...

Le ton de sa voix était mielleux et Robyn ne prit pas garde qu'il s'était levé et avait contourné la table avec une souplesse surprenante pour sa corpulence. Avant qu'elle ait eu le temps de réagir, ses lèvres se posèrent sur les siennes avec un grossier éclat de rire.

— Ce n'était pas désagréable, n'est-ce pas ? J'ai toujours pensé qu'un baiser était encore le meilleur moyen pour régler un différend...

Robyn le repoussa avec une fureur mal contenue.

— Allez-vous-en, *immédiatement !*

La main lourde et chargée de bagues du Texan allait se poser sur son épaule, lorsqu'une voix sèche l'arrêta net.

— Miss Douglas a raison. Vous feriez mieux de quitter sa chambre sans délai.

Une grimace déforma les traits de Huntley Saunders.

— Je pensais que notre réunion était fixée à neuf heures...

— Puisque nous sommes tous les trois ensemble, il est inutile d'attendre, répliqua Sayed sans aménité. Mes invités étant en retard, je venais voir Miss Douglas afin de nous concerter sur la conduite à tenir à votre égard. Mais, d'après ce que j'ai entendu, elle vous a déjà fait part de l'essentiel. J'y ajouterai seulement que, au cas où vous persisteriez dans vos indiscrétions, je n'hésiterais pas à vous interdire purement et simplement l'accès du chantier et je donnerai aux journaux les raisons qui m'ont conduit à agir ainsi. Ce ne serait pas une excellente publicité pour les sociétés contrôlées par votre famille. Je veux bien vous garder dans notre équipe, monsieur Saunders, mais seulement en qualité d'observateur silencieux et si jamais...

— Bien, bien. Un tel drame n'est pas indispensable. J'ai eu simplement quelques paroles malheureuses et les journalistes transforment si facilement...

— C'est justement pour cette raison qu'il vaut mieux s'abstenir de bavarder inutilement avec eux.

Dompté, en surface du moins, le Texan hocha la tête.

— Vous avez trouvé en Miss Douglas une fervente partisane ! observa-t-il d'une voix pincée avant de tourner les talons. Qui se serait douté qu'une aussi frêle jeune fille soit capable d'une telle passion ?

Et, sur ses mots, il sortit à grands pas, sans même emporter sa bouteille et ses verres, Robyn poussa un soupir de soulagement. La guerre était déclarée.

— N'avions-nous pas convenu de l'affronter ensemble ? murmura Sayed sur un ton de léger reproche après avoir refermé la porte derrière lui.

— Il m'a téléphoné pour exiger une explication et comme je ne voulais pas lui en donner, il est monté ici de sa propre autorité. Il... il avait bu et une chose en a amené une autre.

— D'après ce que j'ai entendu, vous avez bien pris la situation en main, mais vous auriez dû lui refuser catégoriquement votre porte. Et ce champagne...

— Il l'a apporté lui-même, mais j'ai refusé de boire en sa compagnie.

Le visage de Sayed s'adoucit un peu.

— *Aiwa.* Cet homme est une véritable malédiction. Mais, vous étiez à sa merci. Qu'auriez-vous fait si je n'étais pas intervenu ? Auriez-vous été capable de l'arrêter ?

— Bien sûr ! se récria-t-elle en rougissant malgré elle.

Pour qui la prenait-il donc ? N'avait-elle pas montré amplement qu'elle était de taille à se défendre ?

— Peut-être, mais à l'avenir, attendez-moi avant d'agir. Enfin, nous verrons bien comment il va riposter. Juste avant de monter ici, j'ai appelé le Dr Wayland pour lui demander confirmation de son message. Il m'a recommandé de prendre soin de vous, mais c'est beaucoup exiger de moi, si vous prenez de telles initiatives sans me prévenir à l'avance.

Il y avait une intonation paternelle dans sa voix, et Robyn fut gagnée par une irritation instinctive. Avait-il imaginé qu'elle lui avait menti quand elle lui avait affirmé avoir les pleins pouvoirs du Dr Wayland? Elle aurait voulu se révolter, mais le bleu froid de ses yeux la contraignit au silence.

— J'ai des amis très haut placés. Je leur parlerai de nos ennuis avec notre bienfaiteur.

Il consulta son bracelet-montre et ajouta avec précipitation :

— Oh, il faut que je me sauve! Mes invités doivent déjà se demander où je suis passé!

Il se pencha vers elle et effleura sa joue d'un geste protecteur qui l'agaça encore un peu plus.

— Vous n'avez pas à vous inquiétez, mais évitez-le dans la mesure du possible. Il n'est pas homme à accepter d'avoir été mis en échec par une simple femme.

La porte se referma derrière lui, la laissant avec un sentiment amer. Robyn n'avait pas faim et désirait encore moins descendre toute seule au restaurant de l'hôtel. Sayed pouvait dîner avec qui il voulait, cela ne la concernait en rien.

Machinalement, elle se déshabilla, alla prendre une douche et enfila son peignoir. Incapable de se plonger à nouveau dans son livre, Robyn sortit sur le balcon et respira avec délice l'air de la nuit. Rêveusement, elle contempla l'éclat immuable des étoiles et peu à peu, la jeune femme se rasséréna en écoutant le ressac régulier de la mer.

Pourtant, je suis en Egypte, songea-t-elle mélancoliquement, dans cette Egypte où j'ai toujours souhaité venir. C'est ici que le cœur de Cléopâtre a battu, ici qu'elle a vécu, dans son palais sur la pointe Lochias.

Alors pourquoi se sentait-elle si affreusement seule ? Que lui manquait-il pour être heureuse ?

Robyn leva les yeux vers le firmament et deux larmes roulèrent le long de ses joues... Quelqu'un pour s'émerveiller avec elle, répondit une petite voix tout au fond d'elle-même.

On frappa à sa porte. Elle se raidit et rentra dans sa chambre.

— Oui ? cria-t-elle après une seconde ou deux d'hésitation.

— Le dîner, Madame !

La porte s'ouvrit et un vieil homme souriant entra en poussant une table recouverte d'une nappe blanche.

— Mais, je n'ai rien commandé..

— C'est de la part d'un gentleman.

— Quel gentleman ? s'étonna Robyn déjà sur la défensive à l'idée d'une nouvelle tentative de Huntley Saunders.

— Le Dr al Rashad. Il a expliqué que vous aviez eu une dure journée et que vous désiriez que l'on vous serve un repas léger dans votre chambre. Voulez-vous un peu de soupe de légumes, pour commencer ? Il y a ensuite du saumon fumé et une salade niçoise...

Courtoisement, il avança une chaise devant la table et Robyn sentit son cœur bondir de joie.

— Je reviendrai tout à l'heure pour voir si vous avez envie d'une tasse de café ou d'une infusion. Bon appétit, Madame.

Le velouté de légumes était délicieux et, avec une étrange allégresse, Robyn beurra un toast pour accompagner le saumon. Comment avait-il pu deviner que c'était l'un de ses plats préférés ?

Elle poussa un soupir. Décidément, elle ne comprendrait jamais rien aux Egyptiens — ni aux hommes en général d'ailleurs.

Une journée de plus s'était écoulée auprès de Sayed, une journée pleine d'espoir, de résolutions et de malentendus. Demain, la foreuse devrait enfin être là et grâce à Allah, le Dr al Rashad serait totalement absorbé par sa mise en place.

7

DEPUIS son arrivée au chantier, Robyn n'avait pas levé la tête de son travail. A la première heure, elle avait posté son rapport au Dr Wayland, car elle savait qu'il lui serait indispensable pour l'obtention de subventions éventuelles.

A midi, elle déjeuna seule, puis retourna à sa table avec satisfaction en constatant le nombre de fragments qu'elle avait déjà répertoriés.

Pendant toute la matinée, Rafica était restée dans l'excavation et ne lui avait rien dit sur la façon dont elle avait passé son jour de congé. Son humeur était difficile à sonder — gaie en surface, mais un peu triste en profondeur.

En début d'après-midi, la jeune Egyptienne apparut brusquement sur le seuil de la porte, le visage tout excité.

— Regardez ce que je viens de découvrir !

Soigneusement, elle posa sur la table un rouleau intact encore partiellement protégé par un genre d'enveloppe en rafia presque complètement désagrégée. Un feuillet s'en détacha et Rafica le ramassa délicatement.

Il s'agissait d'une illustration dont les couleurs étaient à peine passées. L'artiste s'y était exprimé dans le style consacré de l'ancienne Egypte, mais en y ajoutant une grâce et un délié inhabituels pour cette époque.

— Cela me fait penser à la tendance au naturalisme de la période d'Amarna, s'exclama Robyn le regard brillant de curiosité.

Rafica lui jeta un coup d'œil étonné.

— Avez-vous donc étudié cette période ?

— Oui, je...

Robyn s'interrompit brusquement. Elle avait failli se trahir !

— J'ai lu un article à ce sujet dans un journal, expliqua-t-elle évasivement.

— Le dessin a une apparence presque moderne, murmura Rafica comme si elle n'avait pas remarqué son hésitation. On distingue très bien un canal bordé d'arbres et une jeune fille agenouillée au bord de l'eau...

— J'aimerais tant que l'on puisse traduire ce texte, soupira Robyn. Pour une fois que nous trouvons un document complet !

— *Aiwa*. Je suis persuadée qu'il doit raconter une histoire merveilleuse. Voulez-vous vous charger de le répertorier ? Moi je retourne au chantier pour m'efforcer d'en trouver d'autres.

La porte se referma derrière Rafica et Robyn se pencha sur le rouleau. Le papyrus était encore souple et elle hésita une fraction de seconde. Le texte était écrit en démotique, une langue qu'elle connaissait presque aussi bien que l'anglais pour l'avoir étudiée pendant de longues années avec son père.

Machinalement, elle prit une feuille de papier blanc et commença à transcrire les premières lignes.

« ... *Je me suis levée avant l'aube pour l'attendre au bord du canal, espérant qu'il viendrait aujourd'hui encore comme cela lui arrive parfois.*

Lui qui est ma destinée...

Lui qui vient comme Horus, le Dieu aux yeux bleus, dans la lumière du matin.

Mais qui suis-je pour oser espérer qu'un jour son regard descendra jusqu'à moi ? »

Le visage de Bahyia passa fugitivement dans sa mémoire et des larmes amères obscurcirent sa vue.

« *Comment pourrais-je lui avouer mon amour ?*

Il est si loin au-dessus de moi !

Je ne suis rien de plus pour lui qu'un petit oiseau du matin auquel il sourit en passant.

Je voudrais être capable de voler au-dessus de sa tête et étendre mes ailes pour le protéger du soleil, mais...

Un pli avait rendu quatre ou cinq lignes illisibles.

« ... *Je lui demanderai une faveur — Qu'il m'embrasse une fois, une seule, afin que ma vie soit illuminée à jamais...*

Oh, toi Isis, qui a tant aimé Osiris, prends ma main et... »

Le précieux manuscrit commençait à craquer sinistrement et elle n'osa pas continuer à le dérouler.

— Que faites-vous ?

La voix courroucée de Sayed la ramena brusquement à la réalité.

— Vous n'êtes pas autorisée à manipuler ainsi ces papyrus !

Ses yeux étincelaient de fureur et il saisit avec fébrilité le fragment illustré.

— Regardez votre travail !

Le visage écarlate, elle se leva et se récria aussitôt avec la véhémence de l'innocence outragée.

— Ce n'est pas vrai ! Il était déjà déchiré. Rafica vous le confirmera. Il s'est détaché tout seul et je…

— Et ça, qu'est-ce que c'est ?

Avant qu'elle ait eu le temps de la dissimuler, il saisit sa traduction et commença à lire en suivant des yeux le texte en démotique, puis il haussa les sourcils d'un air interrogateur.

— Comment avez-vous… ?

— Je… je suis désolée. Plusieurs fois j'ai voulu vous expliquer, mais… Mon père m'a appris et je… Les mots sont venus d'eux-mêmes.

— *Douglas*… James Arthur Douglas ? questionna-t-il à voix basse.

Elle hocha la tête silencieusement.

— C'est impossible ! Pourquoi ne m'en avez-vous pas parlé plus tôt ? Il a été mon professeur à l'université de Chicago…

Pendant de longues minutes, il la regarda sans rien dire, les sourcils froncés avec une expression de totale incompréhension.

— Je suis confus. Pardonnez-moi, Robyn. Vous avez dû bien vous amuser lorsque je me suis permis de vous donner une leçon d'archéologie élémentaire en vous prenant pour une jeune fille à peine sortie du lycée ! Mais pourquoi cette mystification ? Vous deviez bien avoir une raison ?

— Je… Le Dr Wayland a estimé que c'était préférable. Après tout, je suis une femme et en pays musulman, il est mal admis que…

Sayed l'interrompit avec un brusque accès de fureur.

— Pour qui nous preniez-vous donc ? Nous ne sommes tout de même pas des sauvages ! Par Allah,

vous avez une bien étrange idée de l'Islam ! Je ne
vois pas en quoi votre connaissance d'une langue
ancienne aurait pu blesser ma fierté masculine. Mais
ce qui m'embarrasse le plus dans toute cette affaire,
c'est votre manque de franchise à mon égard... Elle
prouve un esprit tortueux et...

Robyn l'avait écouté les yeux baissés en tournant
machinalement autour de son doigt le grenat que lui
avait donné son père. Elle ne vit donc pas le sourire
qui avait effleuré les lèvres de Sayed au milieu de
son courroux. Elle releva la tête et vit qu'il était en
train de lire sa traduction.

« *Oh, toi Isis, qui a tant aimé Osiris, prends ma
main et...* » déclama-t-il doucement sur un ton grave
et mélodieux.

— C'est excellent Robyn ! Vous avez trouvé à la
fois le rythme et l'esprit de ce poème !

Lentement, il reposa la feuille de papier sur la
table.

— Mais maintenant, il vaut mieux répertorier ce
document et le mettre en sécurité.

Avec des gestes précis et adroits, il roula à
nouveau le papyrus et le glissa dans une grande
enveloppe doublée de mousse de plastique. Il prit
ensuite le stylo de Robyn et inscrivit son numéro sur
la liste en ajoutant entre parenthèses : « Poème
dédié à un Dieu aux yeux bleus. »

Comment se terminait l'histoire ? se demanda
Robyn en regardant disparaître le rouleau avec un
peu de regret. Comme Cendrillon ? A moins que le
Prince Charmant n'ait passé son chemin après avoir
condescendu à accorder un baiser nonchalant à sa
jeune admiratrice...

— Pour cette fois-ci, je considérerai qu'il s'agissait d'un accident, déclara Sayed d'une voix indul-

gente, mais dorénavant, je ne tolérerai plus la moindre tentative pour dérouler un manuscrit.

— Ne vous inquiétez pas, docteur al Rashad, promit Robyn d'une voix soumise.

— A propos, êtes-vous capable de déchiffrer également les hiéroglyphes ?

Elle hocha la tête silencieusement.

— Hum. Et le grec ancien peut-être ?

— Oui et le latin également.

— J'aurai dû m'en douter la première fois que j'ai vu votre nom sur le registre de l'hôtel... Personne d'autre que mon vénéré professeur n'aurait pu appeler sa fille : « Petit oiseau au milieu des fleurs. » Quelqu'un d'autre a-t-il fait la relation entre vous et votre père ?

— Le Dr Gaddabi, murmura Robyn.

— Et il a juré de garder le secret ! Enfin, l'incident est clos. Continuez votre travail comme auparavant.

Sur ces mots, il sortit à grandes enjambées et fut presque aussitôt absorbé dans l'éclatante lumière du soleil, tandis que Robyn baissait la tête à contrecœur sur la pile de fragments non encore classés.

Elle aurait voulu avoir le courage de le défier et de poursuivre sa traduction. Ce Dieu aux yeux bleus l'intriguait et elle se souvint fugitivement du visage prophétique de Bahyia.

Quelques minutes plus tard, Rafica revint avec un panier rempli de papyrus.

— Nous dormirons ici cette nuit, déclara-t-elle en posant son chargement. Enfin, si vous le désirez...

Devant la surprise de Robyn, elle sourit.

— Ce n'est pas si terrible. Il y a des lits de camp, des oreillers et des couvertures. Le Dr al Rashad a prévu de quoi dîner. Cela nous est déjà arrivé plusieurs fois...

— Etes-vous certaine que nous soyons supposées rester toutes les deux ? s'inquiéta Robyn avec une étrange appréhension.

— Oui. Afin de commencer très tôt demain matin. Si possible, il faudrait achever le classement de ce que nous avons déjà exhumé du chantier afin de tout expédier au Musée d'Alexandrie dans l'après-midi. Si la foreuse arrive bientôt, nous aurons besoin de beaucoup de place.

— Peut-être avez-vous raison et, en outre, il doit être agréable de profiter de la fraîcheur des premières heures du matin. Et puis, une nuit dans le désert.... Ce sera une expérience de plus à raconter à mes amies !

Elles travaillèrent jusqu'à la tombée de la nuit. Vers sept heures, Georges entrebâilla leur porte et leur annonça qu'il était l'heure de manger. Son visage ouvert et franc rappela Robyn à la réalité et Rafica lui proposa d'aller aider le jeune homme à mettre le couvert. Toute l'équipe restait sur place, y compris les chauffeurs et les étudiants égyptiens de Sayed. Hassan Tarsi avait été absent toute la journée ainsi que Huntley Saunders.

Quand elles sortirent, Georges se penchait au-dessus d'une grande casserole qui dégageait une bonne odeur de *Foul*. Sur des assiettes étaient déjà disposés des tomates et des oignons coupés en rondelles ainsi que de la pâte de césame destinée à être étalée sur l'*aish baladi*, le petit pain rond égyptien.

Robyn plaça les bouteilles d'Evian sur la table. Hormis l'eau minérale française, tout le reste constituait le repas type des habitants du Moyen-Orient depuis des millénaires.

Plusieurs projecteurs puissants éclairaient l'excavation et les silhouettes de Tom, de Sayed et des autres travailleurs se mouvaient avec précaution dans leurs faisceaux.

Georges émit une sorte de hurlement guttural et cria que le dîner était servi.

Ils dégustèrent leur plat dans le calme. Robyn n'avait encore jamais passé de nuit dans le désert et elle sentit une paix presque tangible l'envahir peu à peu.

Sayed était assis avec Tom au milieu de ses élèves. Rafica, Georges et Robyn s'étaient installés quant à eux à une petite table constituée de deux barils vides et d'un panneau de porte en aggloméré.

Malgré elle, les oreilles de Robyn étaient attirées par la voix de Sayed. Il parlait arabe et, bien qu'elle fut incapable de saisir le sens de ses paroles, son timbre grave et chaud emplissait son cœur d'allégresse.

Rafica lui demanda le pain et elle le lui tendit machinalement.

— *Shokran.*

— *Afwan,* répondit Robyn en se souvenant de la formule de politesse égyptienne.

Peu à peu, des nuées de moustiques s'étaient agglutinées autour des ampoules au-dessus des tables improvisées et Tom suggéra avec sagesse :

— Il vaudrait mieux les éteindre et laisser ces maudites bêtes aller bourdonner autour des projecteurs du chantier.

Le dîner s'acheva rapidement. Sayed proposa du café et se leva pour aller le préparer lui-même sur le réchaud à gaz.

Dans la pénombre, chacun sirota silencieusement le breuvage noir à l'arôme presque envoûtant. Parfois, une allumette craquait et révélait un visage l'espace d'un instant. Une sérénité apparemment éternelle semblait être descendue sur eux.

Quelqu'un dans le village bédouin se mit à chanter accompagné par le bêlement occasionnel des moutons que les bergers finissaient de rentrer. Les étoiles brillaient au firmament comme des diamants et, soudain la brise du désert retint son souffle comme pour ne pas être la seule à troubler cette paix presque irréelle.

Tout à coup, Tom s'asséna une gifle et grommela.

— Au lit! En dehors du duvet il n'y a pas de salut... C'est le seul endroit où l'on ait encore une chance d'échapper à ces insectes voraces.

Chacun souhaita bonne nuit à la cantonade. Rafica et Robyn se retirèrent dans leur atelier où deux lits de camp avaient été dressés avec d'épaisses couvertures en guise de matelas et des sacs de couchage. Le seul luxe était constitué par des oreillers de plume.

Les deux jeunes femmes firent leur toilette rapidement dans un seau d'eau fraîche, se déshabillèrent et tâchèrent de s'installer à peu près confortablement pour la nuit.

Très vite, la respiration de Rafica devint régulière, mais Robyn ne trouva pas aussi facilement le sommeil. De là où elle était, elle voyait l'enveloppe dans laquelle était glissé le rouleau du Dieu aux yeux bleus.

« Qui suis-je pour oser... » murmura une voix au fond d'elle-même.

Les siècles avaient passé, mais l'amour n'avait pas changé, il était resté immuable et éternel.

Soudain, Robyn se réveilla en sursaut. Une voix avait prononcé son nom — ou plutôt son prénom égyptien. Rafica dormait toujours profondément.

— J'ai dû rêver, essaya-t-elle de se rassurer avec un frisson involontaire.

Elle s'était couchée beaucoup plus tôt que d'habitude et elle n'avait plus sommeil.

L'air était étouffant dans la petite pièce et quelques rayons grisâtres commençaient à filtrer à travers les fentes des volets. Il ne servirait à rien de se tourner et de se retourner sur son lit, et elle préféra se lever, sans bruit, afin de ne pas déranger Rafica. Ses chaussures à la main, elle ouvrit la porte et sortit silencieusement.

La brise du nord rafraîchit son corps baigné de sueur et elle gonfla ses poumons avec délice. Le seau d'eau de la veille était toujours là et elle se lava le visage avec un indicible plaisir.

Les dernières étoiles s'éteignaient une à une et quelques lueurs bleues perçaient çà et là le gris uniforme du ciel. L'atmosphère était chargée de mystère et le cœur de Robyn se mit à battre à grands coups irréguliers. Elle éprouvait une impression bizarre dont elle n'arrivait pas à déterminer l'origine.

Brusquement, une étrange impulsion la poussa en avant et elle s'éloigna à grandes enjambées du camp encore endormi. Au loin, se profilait le sombre alignement des arbres le long de l'ancien canal et ses pas la dirigeaient instinctivement vers eux.

Les pins étaient couverts de poussière et des touffes d'herbes croissaient au milieu de ce qui avait dû être autrefois un ruban argenté couvert de feuilles et de fleurs de nénuphars.

Elle s'assit sur la rive à demi effondrée et attendit. De l'autre côté, un troupeau de chèvres et de moutons s'éveillait lentement. Certains d'entre eux la regardèrent avec curiosité, mais aucun n'osa s'approcher.

Lorsque le soleil apparut au-dessus de l'horizon, Robyn aurait voulu se lever et saluer le Dieu antique à la manière des anciens. Elle n'était plus tout à fait dans le présent et avait l'impression de flotter hors des limites du réel.

Puis, brusquement, comme si elle surgissait de la lumière, la silhouette d'un homme apparut entre les arbres. Il portait une longue robe blanche et semblait se déplacer aussi vite que les rayons multicolores de l'astre du jour.

Robyn resta immobile. C'était lui qu'elle attendait.

« *Lui qui est ma destinée... Il vient comme Horus, le Dieu aux yeux bleus, dans la lumière du matin...* »

Il lui tendit la main en souriant et la voix grave de Sayed pénétra comme par magie dans le monde de ses rêves.

— Petit oiseau du matin, voulez-vous m'embrasser afin que ma vie soit illuminée à jamais ?

Ses bras s'enlacèrent autour de sa taille et ses lèvres se posèrent sur les siennes. La vue de Robyn se troubla ; l'espace et le temps parurent se dissoudre. Plus rien n'existait, plus rien hormis le contact tiède et délicieux de sa bouche enfiévrée.

Puis, doucement, son corps s'écarta du sien. Le soleil était au-dessus de l'horizon et son rêve d'un seul coup s'évanouit dans sa majesté divine.

— Pourquoi êtes-vous ici ? chuchota Sayed.

— Je n'avais plus sommeil. Une voix m'a appelée et je me suis réveillée...

— N'est-ce pas étrange, petit oiseau du matin, de nous retrouver ainsi tous les deux, acteurs involontaires d'une belle légende sortie de la nuit des temps? Pardonnez-moi, mais je n'ai pas su résister au désir de vous embrasser...

Elle hocha pensivement la tête.

— Je ne sais pas pourquoi je suis venue ici. Je crois que je vous attendais.

— Moi aussi. Venez, rentrons, sinon notre absence risque d'être remarquée.

Leurs yeux se croisèrent et tous deux rebroussèrent chemin sans un mot.

Dehors il n'y avait que Tom. Il haussa les sourcils d'un air étonné en les voyant arriver, mais il se contenta de leur adresser un bonjour amical avant de replonger la tête dans le baquet d'eau fraîche qui lui servait à faire sa toilette.

8

— JE n'avais plus sommeil, expliqua Robyn à Rafica en rentrant dans l'atelier.

Avec tact, la jeune Egyptienne ne posa pas de question et Robyn entreprit de plier ses couvertures.

Que lui était-il donc arrivé? Par quel tour de magie Sayed était-il apparu dans son rêve juste au moment où elle-même...?

Rafica posa la main doucement sur son épaule.

— Venez-vous déjeuner?

— Ah oui! Je n'y pensais plus. Une tasse de café me fera du bien.

— Je vais vous apporter un plateau. Peut-être préféreriez-vous ne pas sortir à nouveau...

La matinée se déroula dans le silence et Robyn se concentra avec soulagement sur sa tâche en remerciant intérieurement Rafica de sa discrétion et de sa compréhension.

Vers midi, Tom vint annoncer que l'équipe des foreurs n'était toujours pas arrivée au Caire. L'excavation était enfin prête à recevoir la machine, mais ce retard des ouvriers était fâcheux. En outre, c'était le deuxième jour que Hassan Tarsi était absent sans qu'il n'ait pris la peine de fournir la moindre explication.

— Il était chargé de réceptionner les employés à Alexandrie, expliqua Tom en passant sa main dans ses cheveux. Sayed vient de partir avec Mohammed afin d'essayer de les retrouver.

— Je suis désolée pour le Dr al Rashad, murmura Rafica d'une voix inquiète. Il est sensible à la négligence et au manque de loyauté. Peut-être attend-il trop des autres, mais jamais plus qu'il n'en exige de lui-même. Je l'admire, mais parfois... j'en ai un peu peur, ajouta-t-elle avec un soupir.

— Pour ma part, observa Robyn, l'absence du Dr Tarsi m'est indifférente, mais à cause de sa défection, le Dr al Rashad sera obligé de résoudre bien des problèmes mineurs dont il se serait volontiers déchargé.

— Bien, en attendant, le mieux à faire est encore de déjeuner, proposa Tom avec un sourire. Votre chef habituel, Georges, se trouve à Alexandrie où il est allé chercher des pièces pour le groupe électrogène, aussi vous devrez vous contenter de mes maigres talents.

Un calme insolite régnait sur le chantier. L'air était très chaud et chargé de particules de sable qui s'insinuaient partout. Les étudiants de Sayed étaient assis autour d'une table à l'ombre d'un bâtiment. Tom, Robyn et Rafica s'installèrent un peu à l'écart et, tout naturellement, tandis qu'ils inventoriaient le contenu de leur plateau-repas, la conversation s'engagea sur les ennuis du moment.

— La disparition de Hassan est un coup dur, observa Tom en attaquant un sandwich avec appétit. Sayed n'a jamais eu confiance en lui et encore moins en sa compétence en matière d'archéologie. Même s'il découvrait un palais de Cléopâtre, il serait bien incapable de le conserver assez longtemps en état pour que les journalistes puissent venir le photographier.

Robyn le regarda avec curiosité. Sayed ne lui avait jamais expliqué par quel hasard il avait décidé d'entreprendre ses recherches ici, à proximité du site de Hassan Tarsi.

— Le Dr Tarsi cherchait-il également la bibliothèque d'Alexandrie, ou l'idée lui est-elle venue seulement après la découverte par Sayed des premiers rouleaux?

Tom haussa les épaules.

— Rien n'est impossible avec un esprit aussi tortueux que le sien. En tout cas, sans le génie de Sayed, l'emplacement de cette cache n'aurait jamais été soupçonné. Certes, il s'est aidé de vieux manuscrits et de légendes, mais c'est surtout son intuition qui l'a guidé. J'étais avec lui, à l'atelier des verriers, tout au début de ses recherches. Il humait l'air comme un animal du désert et ses yeux... Vous auriez dû voir ses yeux! Ils scrutaient le paysage comme si...

Huntley Saunders choisit cet instant pour arriver avec sa Mercedes et son chauffeur. Robyn aurait eu envie de l'étrangler.

— Eh bien, tout le monde est au repos, on dirait! observa-t-il sur un ton jovial en descendant de voiture. Miss Robyn, Miss Rafica, comment allez-vous aujourd'hui?

Il leur adressa un petit signe de tête et Tom s'avança pour l'accueillir.

— Nous avons passé la nuit ici, monsieur Saunders, et le Dr al Rashad est reparti en ville car les foreurs ne se sont pas présentés ce matin. La salle supérieure est entièrement dégagée et il ne nous reste plus rien d'autre à faire qu'à attendre. Voulez-vous déjeuner ? ajouta-t-il en lui montrant un plateau encore garni.

— Merci, mais j'ai eu une nuit éprouvante au *Yacht Club* et pendant un jour ou deux, je n'aurai plus très faim. Vous auriez dû être avec nous, et vous aussi Miss Robyn. C'est agréable de temps à autres de se détendre un peu... Et, de toute façon, cela aurait été préférable à une nuit dans le désert avec les moustiques et les scorpions.

Il essuya son visage ruisselant de sueur et jeta un coup d'œil critique autour de lui.

— Bien, cela ne sert à rien de perdre mon temps ici. Ma caméra se trouve en sécurité au moins ? Mon banquier n'apprécierait guère si je devais vous en offrir une autre ! A propos, Tom, ajouta-t-il en se dirigeant vers sa voiture, Sandi ne viendra pas aujourd'hui. Elle m'a chargé de vous prévenir. Ne lui en voulez pas, elle n'a guère dormi la nuit dernière ! Au revoir tout le monde. A bientôt.

La Mercedes démarra et Tom étouffa un juron avant de s'éloigner d'une démarche nerveuse vers les fouilles.

Robyn et Rafica rentrèrent dans leur atelier.

— Pauvre Tom, pauvre Sandi, murmura Rafica doucement en refermant la porte derrière elle.

Sayed revint les mains vides. Il s'entretint longuement avec Tom et tous deux fixèrent avec inquiétude l'horizon... Le *Khamsin* était tout proche.

En fin d'après-midi, Georges apparut également en compagnie du Dr Gaddabi et tous deux rejoignirent aussitôt Tom et Sayed. Quelques minutes plus tard, ce dernier s'approcha du seuil de l'atelier.

— Je suis désolé de vous interrompre, mesdames, mais je viens de recevoir la nouvelle que notre estimable collègue le Dr Tarsi a déposé une plainte au ministère des Antiquités mettant en doute la validité de notre autorisation de recherche. C'est suffisant pour interrompre nos travaux pendant plusieurs jours — des semaines peut-être — le temps qu'il faudra au ministère pour mener son enquête et Dieu sait si les fonctionnaires ne sont pas des gens pressés !

Sayed soupira et secoua la tête avec exaspération.

— La situation est si délicate... La tension générale dans le pays, les politiciens. Et il y a les rapports défavorables sur Saunders. Par routine, une enquête est effectuée sur toutes les personnes arrivant en Egypte... Il faudra que j'atteste que Saunders n'a aucun pouvoir et surtout que nous n'avons passé aucun contrat avec lui concernant le produit de nos recherches. Demain matin, vous viendrez avec moi au Caire, Robyn. Nous irons rendre visite ensemble aux hauts fonctionnaires chargés de notre dossier. C'est le seul moyen pour nous de nous dédouaner rapidement.

Une journée entière avec lui ! Le cœur de Robyn bondit de joie.

— Bien sûr ! acquiesça-t-elle aussitôt. A quelle heure désirez-vous partir ? Tous mes papiers sont déjà prêts et en ordre.

Le visage de Sayed se détendit un peu.

— Bien. Je savais que je pouvais compter sur vous. Il faudrait que nous soyons au Caire avant dix heures. Six heures, ce n'est pas trop tôt ?

— Entendu. Je serai prête.

La soirée s'était écoulée paisiblement et Robyn se préparait à se coucher quand elle eut la surprise de voir Sandi entrer dans sa chambre.

— J'ai pensé que vous seriez intéressée par les derniers ragots, déclara-t-elle sur un ton sarcastique en refermant la porte derrière elle. Cette fois-ci, je crois avoir réussi. Tom doit penser que je suis au moins Mata Hari ! Il fallait voir son air quand il m'a rencontrée dans le hall. Il m'a littéralement bondi dessus et, à l'entendre, j'aurais dû être au courant de tous les projets machiavéliques de Saunders !

Robyn la considéra avec incrédulité. Comment avait-elle pu se conduire avec autant de légèreté, alors qu'elle connaissait la susceptibilité de Tom au moins aussi bien qu'elle ?

— Je croyais que vous n'aviez aucune attirance pour Huntley Saunders. A quoi bon avoir passé la nuit avec lui au *Yacht Club* ?

— Je m'ennuyais. Quand je reste toute seule dans ma chambre, je me demande sans cesse où est Tom. Je ne me suis même pas amusée là-bas, mais au moins, avec lui, je n'ai pas l'impression d'être sans arrêt déplacée.

— Vous n'exagérez pas un tout petit peu ?

— Tom a besoin d'être bousculé. Et vous-même, où en sont vos amours avec notre chef ? A propos, Huntley semble avoir des griefs contre vous et Sayed. Vous devriez le prévenir. Le surveiller ne serait probablement pas inutile...

Robyn hocha la tête.

— Le mal est déjà fait et nous allons demain au Caire ensemble afin de tenter d'arranger les choses.

— Hum. Vous avez de la chance, murmura Sandi avec un sourire entendu. Je ne peux pas en dire autant avec Tom. Au Caire, tout peut arriver entre un homme comme Sayed et une jolie jeune fille comme vous. J'ai vu la façon dont il vous regardait... Je suis photographe, ne l'oubliez pas et par profession, je sais ouvrir l'œil.

— Sandi ! C'est absurde et vous le savez bien, se récria Robyn avec un peu d'irritation.

— Vous pouvez prétendre ce que vous voulez, observa la jeune femme en souriant tout en choisissant un journal d'archéologie sur la pile de livres de Robyn. Puis-je vous l'emprunter ? J'ai besoin de me documenter un peu afin de pouvoir parler avec Tom.

Le cœur de Robyn se serra. Il y avait quelque chose de pathétique dans l'expression de Sandi.

— Bien sûr, acquiesça-t-elle en hochant la tête.

Robyn régla son réveil sur cinq heures du matin, puis lut quelques pages avant de s'endormir. Des rêves impossibles peuplèrent son sommeil et après une nuit brève et agitée, la sonnerie aigrelette la rappela à la réalité. Le soleil rougeoyait là-bas, tout au loin sur la mer et elle sortit sur son balcon afin de respirer l'air vivifiant du large.

La sonnerie du téléphone résonna dans sa chambre et elle se précipita pour répondre.

— C'est bien, vous êtes réveillée, s'exclama la voix pleine d'entrain de Sayed. Pensez à emporter quelques vêtements. Nous devrons sans doute passer la nuit au Caire. J'ai demandé que l'on nous prépare une petite collation. Elle nous attendra à la réception. Serez-vous prête à six heures ?

— Bien sûr !

Il étouffa un petit rire et raccrocha.

En bas, le hall était désert. Le personnel de jour venait juste de prendre la relève et sur le comptoir de la réception, elle remarqua deux sacs en plastique.

— Ah, voilà les petits déjeuners commandés par le Pr al Rashad, déclara l'employé, le regard encore tout endormi.

La pendule de l'hôtel indiquait six heures moins dix et Robyn décida d'attendre dehors, sous le porche. Elle prit les deux sacs et se dirigea vers les grandes portes vitrées.

Juste au moment où elle allait les pousser, elles s'ouvrirent devant elle et Sayed lui prit ses bagages des mains.

Son petit coupé de sport était garé le long du trottoir, la capote baissée.

En un éclair, sa valise fut déposée sur le siège arrière et il lui ouvrit la portière avec empressement.

Le cœur battant à se rompre, Robyn s'installa confortablement et Sayed se glissa avec souplesse derrière le volant.

— Nous sommes prêts à partir et il n'est même pas six heures ! Décidément, vous êtes une femme extraordinaire, un véritable joyau...

Il tourna la clef du contact et la petite voiture bondit en direction de la Corniche. Les rues étaient encore désertes et Robyn savoura la brise fraîche qui soufflait de la mer.

— Nous passerons par le delta, déclara Sayed d'une voix enjouée. Je pense que vous préférerez traverser le grenier à blé de l'Egypte plutôt que de contempler une terre aride et sans attrait.

Le visage de Robyn s'éclaira de bonheur.

— C'est merveilleux ! Je craignais de ne même pas avoir l'opportunité de le visiter avant mon retour aux Etats-Unis.

Imperceptiblement, ses doigts se serrèrent sur son volant.

— Avez-vous déjà réservé votre place?

— Non. Le Dr Wayland m'a laissé toute latitude pour prolonger mon séjour en fonction de ce que nous montrera la caméra.

— Bien.

Ses mains se détendirent et Robyn observa avec fascination leur souplesse et leur puissance. De nouveau elle songea au Prince de la troisième dynastie... Elle imagina leur contact doux et caressant sur son corps et un frisson l'envahit tout entière. Même avec John elle n'avait jamais réagi ainsi et pourtant, Sayed ne l'avait pas encore touchée! Que lui arrivait-il donc?

Elle concentra son attention sur le paysage verdoyant et peu à peu, ses nerfs se calmèrent. Les champs étaient cultivés avec soin et parfois ils longeaient ou traversaient un canal sur lequel glissaient des felouques et des barques à fond plat. Vers sept heures, ils s'arrêtèrent à l'ombre d'un vénérable sycomore au bord d'un petit ruisseau. Sur la berge opposée, un âne faisait tourner une antique roue à eau de son pas lent et monotone.

Le petit déjeuner se composait de tranches de pain beurrées, de fromage de chèvre local et d'oranges égyptiennes. Dans l'atmosphère flottait une bonne odeur de feu de bois provenant de la cheminée d'une ferme voisine et Sayed sourit en dévissant la Thermos et en lui versant une tasse de café.

— En respirant cet air, je revois toute mon enfance, murmura-t-il avec une sorte de tendresse dans la voix. La tasse de thé du matin, le visage franc du vieil Ahmed, notre fidèle domestique... Mais vos premières années ont dû être bien différentes, n'est-ce pas ?

— Peut-être, pour toute campagne nous n'avions qu'un petit jardin, mais ma mère adorait son potager avec ses quelques rangs de haricots, son carré de salades et ses radis. Nous avions aussi un figuier et un abricotier.

— Ah, *mish-mish* — c'est ainsi que l'on appelle les abricots en Egypte. Ils sont délicieux lorsqu'on les cueille sur l'arbre et qu'on les déguste encore tièdes de la caresse des rayons du soleil.

Elle hocha la tête et la main de Sayed se posa sur la sienne.

— Ainsi, nous avons en quelque sorte des souvenirs communs... Mais, puisque pour une fois j'ai un auditoire encore tout neuf, je vais en profiter pour vous parler un peu de moi, ajouta-t-il avec des yeux rieurs.

— Je me souviens du plaisir un peu coupable de patauger dans la boue douce et fine du canal qui coulait lentement devant chez nous, reprit Sayed... des feuilles de laitue que je lavais dans l'eau du puits et qui craquaient sous les dents comme...

Robyn sourit et l'interrompit joyeusement :

— Ma tante serait folle d'inquiétude si elle savait que j'ai osé manger de la salade verte ici ! Elle a tellement peur des amibes et des microbes...

— Et elle a raison. Dans chaque pays il existe des micro-organismes spécifiques auxquels la population locale est habituée, mais ce n'est pas le cas des touristes. A Chicago — à l'époque où j'étais l'un des étudiants de votre père — j'ai moi-même été malade pendant plusieurs semaines à cause des produits chimiques contenus dans l'eau...

En quelques gestes rapides, il rassembla les

miettes de leur petit déjeuner auquel Robyn avait à peine touché.

— Les moineaux vont avoir un véritable festin, s'exclama-t-il en souriant avant de descendre de voiture et de les éparpiller au bord du ruisseau, tandis que Robyn restait assise à le regarder, fascinée par la puissance de chacun de ses mouvements.

« C'est impossible ! » chuchota une voix pleine d'allégresse au fond d'elle-même. « Est-ce donc cela l'amour ? »

Les vertes frondaisons du sycomore se penchaient vers elle comme un véritable rideau de feuilles et un poème d'Omar Khayyam effleura sa mémoire avec l'image fugitive d'une illustration qu'elle avait maintes fois admirée dans l'un des livres du Dr Johnston, un ami d'enfance de son père.

Elle représentait un couple arabe assis sous un arbre et partageant un frugal repas. Elle avait si souvent rêvé à ce spectacle champêtre, si souvent imaginé être à leur place et rompre ainsi son pain et son fromage avec un être aimé...

Quand Sayed revint s'installer à côté d'elle, elle n'osa pas lever les yeux de peur de se trahir involontairement.

— J'aime l'odeur des sycomores, murmura-t-il au bout de quelques instants. Vous êtes bien silencieuse Robyn ?

— Je songeais à une illustration de la *Rubaiyat*. Le décor était étrangement similaire à celui-ci.

— Ah oui... « *La solitude, un morceau de pain que l'on partage et toi qui chante à côté de moi...* »

Robyn hocha la tête en fixant le sol.

— Oh, Robyn...

Un sourire plein de tendresse illumina son visage et il se pencha vers elle pour ajouter à voix basse :

— Cette solitude ne serait-elle pas proche du paradis si nous étions tous les deux ensemble ?

Avec une douceur irréelle ses lèvres se posèrent sur ses cheveux, puis sur son front et descendirent lentement sur ses joues pour s'arrêter en hésitant sur sa bouche.

Robyn aurait voulu résister, mais tout son être cédait instinctivement et répondait avec une ardeur qu'elle ne pouvait maîtriser.

Par un effort surhumain, elle s'arracha à ce vertige qui la saisissait et supplia avec des yeux implorants :

— Je vous en prie... Je ne m'attendais pas à...

Il éclata de rire.

— Vous ne vous attendiez pas à quoi ? N'aviez-vous donc pas envie d'entrevoir le paradis ?

Il la contempla pendant quelques instants avec une expression énigmatique, puis, brusquement, il mit le contact et la petite voiture s'élança à nouveau sur la route.

Son changment d'attitude déconcerta Robyn. Un baiser n'avait-il donc aucune importance pour lui ? N'avait-ce été qu'un simple jeu un peu cruel ?

Mieux valait oublier ce qui venait de se passer entre eux et se comporter comme si ce geste n'avait eu aucune signification pour elle. Au cours des minutes suivantes, elle s'efforça de masquer son trouble et de calmer les battements effrénés de son cœur. Il serait trop dangereux qu'il se rende compte de l'émoi dans lequel il l'avait plongée.

Au bout d'un moment, Sayed se décida enfin à briser le silence qui s'était instauré entre eux. Il lui parla de ses longs séjours aux Etats-Unis et de ses études sous la direction de son père. Elle était heureuse qu'il connaisse enfin son secret, et, insensiblement, il l'amena à raconter toute l'histoire de sa vie et ses longues heures passées dans le bureau de James Douglas, au milieu de ses collections.

— Je comprends mieux pourquoi le Dr Wayland a une telle confiance en vous. Vous avez eu un grand privilège en ayant un père tel que James Douglas. Vous étiez le rayon de soleil de sa vie, son petit oiseau — *Sesha Neheru,* sa plus grande fierté.

Elle hocha la tête, la gorge serrée au souvenir de celui qui avait illuminé son enfance et la main de Sayed se posa sur la sienne de manière apaisante.

— Parlons plutôt des papyrus. Je vois que vous avez hérité de lui son amour des civilisations disparues. Peut-être pourrez-vous participer aux traductions dès que le ministère nous aura autorisés à poursuivre notre travail. Celle que vous avez commencée était excellente.

— J'aimerais bien essayer, fit-elle le cœur vibrant d'espoir. Etre près de lui un peu plus longtemps, travailler avec lui...

Sayed ralentit et montra du doigt un village dans le lointain.

— Rafica est née là-bas. Toutes ces terres nous appartenaient, mais elles ont été rendues à ceux qui les avaient cultivées pendant des millénaires. Il nous reste une ferme et notre fidèle Ahmed. Un jour, je vous emmènerai là-bas. Cela vous plairait-il ?

Les yeux de Robyn brillèrent d'anticipation et il éclata de rire.

— C'est agréable d'être en votre compagnie. Vous êtes toujours si enthousiaste, si naturelle, la taquina-t-il gentiment.

Robyn fronça les sourcils. Voyait-il en elle une enfant, une étudiante savante mais naïve ? se demanda-t-elle avec une étrange détresse. Impulsivement, elle questionna d'une voix grave :

— A propos, Tom vous a-t-il parlé des problèmes de Rafica ?

— Oui…

— Avez-vous accepté de l'aider ?

Une lueur d'irritation passa dans son regard et son pied appuya sans raison sur l'accélérateur.

— Ne vous mêlez pas de cette affaire à laquelle vous ne connaissez rien. Vous ne pouvez comprendre ni les nécessités de la famille de Rafica, ni ce que l'on attend d'une femme en Egypte.

Le visage triste de Rafica passa fugitivement dans l'esprit de Robyn et elle se révolta aussitôt.

— L'amour n'a-t-il donc aucune importance ? Vous l'avez poussée à aller à l'université et vous êtes le Cheikh de son village. Vous pourriez au moins vous entretenir avec son père !

— Elle vous a dit beaucoup de choses, mais la situation est toute différente de celle que vous imaginez. Ce serait un choc terrible pour les siens si elle refusait Mustapha. C'est un homme de bien, convenablement éduqué et il la traitera avec respect.

— Peut-être, mais elle est amoureuse d'un autre, s'obstina Robyn. Comment pouvez-vous être aussi insensible, aussi brutalement matérialiste ?

— L'amour est un sentiment passager. Regardez chez vous, en Amérique, où les femmes se marient et divorcent sans cesse. Par ailleurs, vous n'avez pas la moindre idée non plus du rôle d'un Cheikh. C'est un homme écouté et respecté pour sa sagesse et son instruction, mais aussi un garant de la tradition. Si je m'immisçais dans cette affaire, les autres estimeraient que son éducation l'a empêchée de se conformer à son devoir de femme. Je vous en prie Robyn, ne discutons plus de cela…

Mais la jeune femme n'était pas décidée à céder aussi facilement.

— Si Mustapha en aime une autre, sera-t-il libre de choisir, lui ?

Un silence pesant suivit ses paroles et Robyn ressentit une terrible frustration. Sa plaidoirie n'avait servi à rien et l'opinion de Sayed sur les Américaines irritait profondément son sens de la justice.

— Il y a beaucoup de mariages heureux dans mon pays et la plupart des femmes sont fidèles et honnêtes envers l'homme qu'elles aiment.

— Bien sûr, concéda-t-il sur un ton poli et un peu ennuyé.

Elle aurait voulu lutter, se battre contre cette manifestation de supériorité masculine, le forcer à voir en elle une égale et l'obliger au moins à lui reconnaître le droit d'avoir un avis.

Sayed ralentit avant de doubler une charrette tirée par un âne et il tourna vers elle un regard charmeur.

— Ne m'en voulez pas Robyn. Je voudrais tant que vous soyez heureuse aujourd'hui ! Tenez, accepteriez-vous de peler une orange et de la partager avec moi ?

D'un seul coup domptée, Robyn obéit et elle se mit à détacher machinalement la peau fine du fruit.

— Il va falloir me nourrir comme un petit enfant, car la circulation devient plus dense et j'ai besoin de mes deux mains avec tous ces véhicules et ces troupeaux.

Docile, elle sépara un quartier et le glissa entre ses lèvres.

— Délicieux ! Goûtez-en un, vous verrez...

Robyn suivit son conseil. Sa chair était douce et pulpeuse.

— C'est de l'ambroisie et vos doigts valent cent fois ceux des *houris,* ajouta-t-il avec de la tendresse dans la voix. Peu d'hommes ont ainsi la chance de jouir des plaisirs du paradis avant le terme de leur vie.

Avec précipitation, Robyn mangea un autre morceau afin d'éviter d'avoir à lui répondre.

— Pardonnez-moi. Je ne vous taquinerai plus. J'en reprendrais bien encore un peu...

En s'efforçant de calmer le tremblement nerveux de ses doigts, elle lui donna le reste du fruit.

— Merci. C'était excellent.

Un sourire irrésistible éclaira à nouveau son visage et Robyn pour créer une diversion aborda le sujet des contrats sur un ton aussi professionnel que possible.

Sayed la suivit sur la même voie et ils discutèrent entre autres du problème posé par Huntley Saunders et par Hassan Tarsi.

A mesure qu'ils approchaient du Caire, les terres arides peu à peu remplaçaient les champs et les riches cultures de la grande plaine alluviale et bientôt, les premiers faubourgs de la capitale apparurent.

La pauvreté était partout présente dans ces bidonvilles apparemment sans fin et le cœur de Robyn se serra à la vue des enfants mal nourris et de tout ce peuple grouillant et misérable.

— Mes compatriotes ont survécu à de nombreuses invasions, mais notre population augmente et la terre ne donne plus assez. Notre entrée dans le monde moderne est difficile comme celle de tant d'autres pays du tiers monde. Heureusement, nous appartenons à une race paisible et ennemie de la guerre et du sang. Nous avons toujours été des bâtisseurs et peut-être que dans un avenir proche...

— Vous gagnerez cette ultime bataille, murmura Robyn avec conviction. L'Egypte est vaste et un jour le désert refleurira.

Sayed freina pour s'arrêter à un carrefour.

— Merci. Vous plairait-il de participer à cette renaissance à laquelle nous aspirons ?

— Bien sûr ! s'exclama-t-elle sans réfléchir à l'implication de ses paroles.

Qu'avait-il voulu dire ? Etait-ce une allusion à son futur travail de traduction, ou bien... ?

Mais aussitôt elle tempéra l'absurde espoir qui avait jailli en elle. Non, il n'allait pas tomber amoureux d'elle uniquement parce qu'elle avait une profonde admiration pour son pays !

La circulation était devenue très dense et Sayed se concentra à nouveau sur sa conduite. Robyn traversait Le Caire pour la première fois et elle était littéralement fascinée par l'animation de la bruyante cité.

De temps à autre, Sayed jetait un coup d'œil amusé vers elle.

— Je n'ai jamais beaucoup voyagé, expliqua-t-elle sur un ton défensif après avoir remarqué un sourire indulgent sur ses lèvres. Mais je crois que si j'avais été un homme, j'aurais probablement choisi une profession me permettant de courir aux quatre coins du globe. Pilote de ligne peut-être...

— N'avez-vous donc pas envie d'un foyer et d'une famille comme la plupart des femmes ?

— Seulement si je trouve un homme capable de m'aimer, de me comprendre et de partager mes idées et mes activités...

Elle s'interrompit et son visage s'empourpra sous l'intensité de son regard.

— Ainsi vous voudriez un mari qui soit en même temps un compagnon. Vous n'avez pas à rougir d'un aussi noble désir.

Son sourire ensorceleur lui fit perdre le peu de sang-froid qui lui restait.

— Je veux vivre et utiliser mes connaissances afin d'apporter ma contribution au savoir humain.

— Je ne vois pas pourquoi la fille de James Arthur Douglas échouerait dans cette entreprise. Mais, que se passera-t-il si un homme réussit à vous tourner la tête ?

— Il n'y a aucune chance ! protesta-t-elle avec un peu trop de véhémence.

— Hum… La première femme du Prophète était elle aussi une femme de tête. Elle lui a donné six enfants. Mahomet n'a jamais été opposé à ce qu'une femme ait son mot à dire dans le choix de son époux…

— Alors Rafica pourrait…

— En théorie, oui, mais la tradition est parfois plus pesante que les paroles du Prophète lui-même.

Tout en bavardant, ils étaient arrivés devant le Musée des Antiquités égyptiennes et Sayed gara la voiture dans un parking à proximité.

— C'est exactement comme mon père me l'avait décrit, murmura-t-elle en s'arrêtant pour contempler la porte monumentale de la vénérable institution. Il me suffit de fermer les yeux et d'imaginer… A droite il doit y avoir une statue en pied d'Alexandre le Grand et à gauche, une exposition sur le Haut Empire.

Le souvenir de son père était si vivace en elle que des larmes coulèrent silencieusement sur ses joues.

Par pudeur, elle détourna la tête, mais pas assez vite pour que Sayed ne les voie pas.

— Ne pleurez pas, petit oiseau, chuchota-t-il en prenant sa main dans la sienne. James Douglas doit être très heureux de vous voir suivre ses traces.

— Excusez-moi... J'avais tant espéré venir un jour ici avec lui.

Sayed sourit et ses doigts serrèrent imperceptiblement les siens.

— Vous n'êtes pas seule. Je suis auprès de vous...

Tous deux montèrent les marches lentement et pénétrèrent dans ce hall prestigieux où régnait une atmosphère fraîche et presque recueillie.

— Avant tout, il nous faut obtenir un entretien avec les gens de l'Administration centrale, expliqua Sayed en se dirigeant vers la réception.

Dès qu'il eut présenté sa requête, un huissier les conduisit dans une salle d'attente avant de les introduire une demi-heure plus tard dans un grand bureau lambrissé de chêne où ils furent accueillis courtoisement par deux hauts fonctionnaires.

Sayed les connaissait et, après les politesses d'usage, ils lui transmirent une photocopie de la lettre de Hassan Tarsi.

Il y accusait l'université d'avoir conclu un accord secret avec Sayed concernant les découvertes les plus intéressantes. D'après lui, M. Huntley Saunders n'était pas satisfait de la manière dont avançaient les travaux et soupçonnait de louches tractations. Pour appuyer ses dires, il affirmait avoir été prié de se tenir à l'écart par le Dr al Raschad dans le but évident de lui dissimuler des manœuvres frauduleuses. Le Dr Tarsi préconisait la fermeture immédiate du chantier afin de procéder aux indispensables investigations.

— Vous connaissez ma réputation professionnelle, murmura Sayed d'une voix douce en rendant la feuille de papier.

— Certes...

— Alors, vous ne pouvez pas donner foi à un pareil tissu d'inepties ! s'exclama-t-il avec indignation. D'ailleurs, je possède une fortune personnelle non négligeable et je n'aurais pas exercé ce métier si j'avais voulu m'enrichir à tout prix.

L'un des deux hommes s'éclaircit la gorge avec embarras.

— Le Dr Tarsi affirme que vous seriez grisé par votre gloire...

— Et il prétend, ajouta le second, que M. Saunders a été gravement insulté. Tout cela est bien délicat, docteur al Rashad... Nos relations avec les Etats-Unis... Vous comprenez, nous n'avions pas le choix...

— La réputation de Tarsi n'est plus à faire et ses méthodes de travail sont pour le moins controversées.

— Puis-je me permettre une observation ? intervint Robyn. Etant la fille du Dr James Douglas et la seule représentante de notre université, je pense avoir une certaine compétence en la matière. M. Saunders nous a déjà posé de nombreux problèmes aux Etats-Unis. Principalement à cause de la publicité tapageuse dont il a entouré ce projet en s'en arrogeant tout le mérite alors que sa participation était en fait strictement limitée à l'aspect financier de ces fouilles. D'ailleurs, d'autres mécènes ont accepté de nous aider et son retrait n'aurait plus guère d'importance actuellement. M. Saunders est simplement furieux que nous l'ayons rappelé à l'ordre et ses accusations ne sont fondées sur aucun fait précis. C'est une manière maladroite et stupide de se venger.

Quant au Dr Tarsi, c'est un homme intelligent mais jaloux. Il n'a jamais admis d'avoir échoué là où le Dr al Rashad a réussi presque du premier coup.

— Merci de votre précieux témoignage, Miss Douglas, répondit le plus âgé des deux fonctionnaires avec un visible respect. Nous connaissons la réputation d'intégrité de votre père et votre impartialité dans cette affaire ne saurait être mise en cause. Je pense que nous pouvons rejeter cette plainte comme étant sans objet, n'est-ce pas ? ajouta-t-il en se tournant vers son collègue.

Ce dernier acquiesça et il agita la sonnette posée sur son bureau. Aussitôt, un serviteur entra avec un plateau chargé de tasses de café fumant.

— Je pense que vous apprécierez une tasse de café après une aussi longue route, proposa en souriant celui qui semblait être le chef. Si vous le voulez bien, Miss Douglas, je vous demanderai ensuite de signer une déclaration écrite afin de pouvoir clore cette regrettable affaire et je vous serai reconnaissant de nous présenter les contrats entre votre faculté et le Dr al Rashad afin d'en effectuer une photocopie pour notre dossier.

Le reste de la réunion se déroula dans la bonne humeur et, sur la fin, les deux Egyptiens prièrent Sayed de venir avec eux afin de régler des problèmes concernant un autre chantier de fouilles dont il avait la supervision. Comme cela ne concernait en rien Robyn, elle prit congé d'eux en souriant.

Tous trois se levèrent pour lui serrer la main et Sayed lui adressa un clin d'œil complice en lui chuchotant à l'oreille d'une voix reconnaissante :

— Bien joué Robyn ! Je regrette de devoir vous

abandonner, mais telle que je vous connais, vous ne vous ennuierez pas ici. Si vous voulez déjeuner, le *Hilton* est tout près, juste de l'autre côté du boulevard. La cuisine y est raisonnablement bonne. Je vous rejoindrai vers quatre heures dans le hall du Musée.

9

ROBYN passa des heures enchanteresses dans ces grandes salles où toute l'antiquité était rassemblée. Ses yeux s'émerveillèrent devant les trésors de la tombe de Toutankhamon, mais elle était surtout attirée par les manuscrits et les étoffes.

Elle se pencha longuement sur une vitrine contenant un antique contrat de mariage et son cœur, une fois de plus, se mit à battre plus vite. Elle était si absorbée qu'elle en oublia ses pieds fatigués et l'heure du déjeuner.

Quatre heures arrivèrent sans qu'elle s'en fût rendu compte et elle dut se hâter pour ne pas arriver en retard au rendez-vous que lui avait fixé Sayed.

Il était déjà là et tous deux ressortirent dans la chaleur et le bruit de la ville.

— Avez-vous aimé votre visite? questionna-t-il avec curiosité en lui ouvrant la portière de sa voiture.

Elle lui sourit.

— Je suis toujours là-bas. J'en suis restée au premier siècle avant Jésus-Christ. Cette circulation, ces immeubles autour de nous n'existent pas, n'est-ce pas? Et vous-même, vous êtes un rêve sans doute...

Il éclata de rire joyeusement.

— Avez-vous mangé?

Elle secoua la tête négativement.

— Je m'en doutais. J'ai téléphoné à ma mère. Elle nous attend pour le thé.

Robyn descendit brutalement sur terre et devint subitement très pâle. Comment allait la juger la froide et aristocratique Mme al Rashad?

Assez vite ils quittèrent le centre de la cité pour pénétrer dans un quartier résidentiel composé de grandes villas entourées de vastes jardins et clos par de hauts murs.

Sayed lui jeta un regard perplexe. Son émoi ne devait être que trop apparent.

— Vous verrez, Robyn, ma mère n'a rien d'un dragon. Je suis sûr que vous l'aimerez.

— J'en... j'en suis certaine également, bredouilla-t-elle d'une voix blanche.

Un grand sourire éclaira le visage de Sayed.

— Où est donc passée la jeune femme qui m'a défendu avec tant d'éloquence ce matin?

Avec un geste théâtral, il glissa sa main dans la poche intérieure de son veston et en tira un petit écrin qu'il déposa sur ses genoux.

— N'êtes-vous pas curieuse de voir ce qu'il contient?

Elle souleva le couvercle avec un peu d'hésitation et découvrit un petit camée bleu entouré par une chaîne en or.

— Comme c'est beau! C'est Ptah, le dieu de Memphis, n'est-ce pas? murmura-t-elle d'une voix tremblante.

— Je vous l'offre en remerciement de l'aide que

vous m'avez apportée aujourd'hui. Grâce à vous, tout est réglé et nous n'aurons plus que quelques signatures sans importance à donner demain matin.

— J'espère que vous ne m'en voulez pas de m'être ainsi imposée, mais je n'ai pas pu me retenir, tellement j'étais furieuse contre Tarsi et contre cet imbécile de Saunders.

— Au contraire... Votre plaidoirie a été beaucoup plus convaincante que la mienne ne l'aurait été.

La voiture franchit un grand portail et s'arrêta au bout d'une allée semi-circulaire devant un perron de marbre. Robyn leva les yeux et découvrit avec un peu d'étonnement une grande maison classique à l'aspect désuet des vieilles demeures provinciales.

Dans le vestibule un épais tapis persan amortit le bruit de leurs pas et une jeune domestique égyptienne les introduisit dans un charmant petit salon éclairé par une grande baie vitrée et égayé par une profusion de fleurs coupées et de plantes exotiques. Ce n'était pas du tout le cadre dans lequel Robyn aurait imaginé qu'une douairière anglaise puisse habiter...

Sayed serra imperceptiblement le bras de Robyn. Une femme grande et distinguée s'était levée à leur entrée. Son sourire était lumineux comme celui de Sayed et ses yeux étaient d'un bleu très clair. Elle était habillée avec une élégance naturelle et tout en elle dénotait l'aisance d'une aristocrate.

— Je suis si heureuse de votre visite, mon chéri ! s'exclama-t-elle avec un accent typiquement britannique. Et vous êtes sans doute Robyn Douglas ! Entrez, je vous en prie...

Devant la chaleur de son accueil, Robyn se

détendit aussitôt et elle accepta avec joie la main qu'elle lui tendait.

— J'ai rencontré votre père plusieurs fois lors de ses nombreux séjours en Egypte. Vous deviez être encore très jeune alors... Vous avez les mêmes yeux que lui, tout à la fois sérieux et graves... Mais sans doute désirez-vous vous rafraîchir avant le thé. Wafah va vous montrer votre chambre et Famy montera votre valise.

Une jeune femme au visage très doux apparut sur le seuil de la porte et lui fit signe de la suivre. Dans son sillage, Robyn traversa un autre salon meublé à la française et pourvu d'une grande cheminée de pierre, puis d'autres pièces de style oriental avant de s'engager dans un escalier orné d'une belle rampe en fer forgé.

Au premier étage, Wafah l'introduisit dans une chambre éclairée par deux grandes fenêtres. Une salle de bains toute revêtue de marbre y était attenante et un balcon donnait sur le soleil levant.

— Le thé sera servi dès que vous descendrez, déclara Wafah en souriant avant de s'en aller discrètement en refermant la porte derrière elle.

Une fois seule, Robyn fit le tour de la pièce avec curiosité. Un grand lit était disposé contre un mur et en haut de son baldaquin une moustiquaire était soigneusement repliée. Le mobilier était en style égyptien et elle s'extasia devant les accoudoirs richement sculptés des fauteuils et les têtes de sphinx qui ornaient la commode et le petit secrétaire.

L'un des murs était recouvert par une grande tapisserie représentant une scène villageoise haute en couleurs et pleine de poésie bucolique.

Tout respirait un confort riche et de bon aloi. Robyn aperçut aussi une aquarelle d'un paysage anglais avec un petit bois et, dans le lointain, un village aux maisons à colombages et aux toits de chaume.

Le balcon donnait sur un vaste jardin et Robyn distingua entre les arbres de discrètes statues et une fontaine dont l'eau ruisselait dans un bassin ovale recouvert de fleurs de lotus.

Sayed habitait donc ici... Mais il y avait également le petit hameau du delta avec ses champs verdoyants et sa tranquille vie paysanne.

Au même moment, un coup léger fut frappé à sa porte et un jeune garçon entra et déposa sa valise... Famy, sans doute.

Pensivement, elle passa dans la pièce à côté et fit couler un peu d'eau fraîche pour baigner son visage en sueur. Elle allait donc passer la nuit ici ! Sous le même toit que Sayed...

Quand elle redescendit au salon, Sayed et sa mère étaient assis l'un à côté de l'autre. Sa main était posée sur son bras avec une affection toute maternelle et le visage de son fils avait une expression presque juvénile.

A son entrée, tous deux s'interrompirent et Sayed se leva pour lui proposer son fauteuil. Comme par magie, Famy apparut et déposa sur la table, sans bruit, un plateau d'argent portant une théière et des tasses en délicate porcelaine de Sèvres.

— Le thé est toujours bien meilleur lorsqu'il est infusé dans de la porcelaine, observa Mme al Rashad. Dans de l'argent, il a souvent un petit arrière-goût métallique. Mais peut-être est-ce simplement le reflet d'une manie typiquement britannique, comme aime à dire Sayed !

— Ma mère serait sans doute du même avis que vous, répondit Robyn. Et je crois qu'elle a raison.

— Ah, enfin quelqu'un qui me soutient! s'exclama Mme al Rashad avec un sourire de satisfaction. Vous le prenez avec du citron ou bien avec un nuage de lait? Un morceau de sucre?

— Du citron, s'il vous plaît, mais pas de sucre.

Il avait un goût très fin d'Orange Pekoe et Robyn le savoura en se servant généreusement de petits fours pour calmer un peu sa faim.

— Robyn n'a pas déjeuné, l'excusa Sayed avec indulgence. Je l'ai laissée au Musée et quand je suis revenu, elle avait été tellement captivée par sa visite qu'elle en avait oublié de manger.

— Ah, vous êtes bien la fille de votre père! Mon fils m'a raconté que vous représentiez votre université et que vous étiez l'assistante du Dr Wayland. Vous êtes encore si jeune... et si jolie! Mais vous ne vous êtes pas laissée impressionner pour autant par les hauts fonctionnaires du ministère!

— Je me suis contentée de leur dire la vérité, se défendit-elle avec un sourire complaisant.

Ainsi Sayed lui en avait déjà parlé!

— Vous n'avez pas perdu votre sang-froid. C'est la preuve d'un caractère bien trempé. Etre capable de crier haut et fort ce qu'on pense est une grande qualité. Vous savez, je n'ai jamais regretté d'avoir quitté Londres — en partie parce qu'en Egypte il y a moins d'hypocrisie et que les gens sont plus francs.

Sayed se pencha en avant dans sa chaise et ajouta d'une voix grave:

— Mon père m'a souvent conseillé de choisir une femme assez honnête pour révéler sa vraie nature avant le mariage et non après. Lui-même avait eu beaucoup de chance...

— Mais il avait connu votre mère avant de

l'épouser, ne put s'empêcher d'observer Robyn. Ce n'est pas toujours le cas dans les mariages de raison.

Le regard perspicace de Mme al Rashad alla de Sayed à Robyn.

— Je suppose que vous voulez parler des unions en pays musulman. Il est encore très courant qu'elles soient arrangées, surtout dans nos campagnes. Mon mari et moi-même, nous nous sommes aimés, mais j'étais anglaise et il semblait naturel que... l'on me traite de manière un peu différente, ajouta-t-elle en souriant.

— Mais le statut de la femme n'évolue-t-il pas partout dans le monde ? poursuivit Robyn avec passion.

— Y a-t-il une raison particulière à votre sensibilité sur ce sujet ? questionna Mme al Rashad en regardant Robyn avec intérêt.

Robyn hocha la tête et Sayed, patiemment, raconta l'histoire de Rafica et de son amour impossible.

— Oh, la pauvre enfant ! Comme elle doit être triste. Sa famille est gentille aussi, pourtant...

Elle regarda pensivement son fils, mais il l'arrêta d'un geste.

— Je vous en prie, maman...

— Que voulez-vous dire ? questionna Mme al Rashad avec une fausse innocence. Je crois vraiment que les femmes modernes ont le droit d'être traitées sur un pied d'égalité avec les hommes.

— Elles ont besoin de la protection de l'Islam, répliqua Sayed en fronçant les sourcils. Sinon la plupart d'entre elles se rendraient à la moindre tentative de persuasion masculine.

— C'est faux ! le contredit Robyn avec vivacité. Nous ne sommes pas aussi faibles que vous le croyez.

Et les hommes ne sont-ils pas encore plus coupables ? Ce sont eux qui commencent et ensuite ils rejettent la faute sur nous !

Le visage de Mme al Rashad se détendit et elle sourit de la véhémence de Robyn.

— Il ne faut pas vous formaliser des grandes théories de mon fils. Il adore avoir l'air d'un cynique un peu misogyne et cultiver le paradoxe a toujours été son jeu favori. Son père était exactement pareil. En fait, quelques échecs féminins ajouteraient à son expérience... Mais, sous cette carapace endurcie, se cache aussi un cœur d'or, ajouta-t-elle en riant de l'expression contrariée de Sayed.

Sa main se posa sur son bras et Robyn eut l'affreuse impression que jamais elle n'appartiendrait à leur petit monde clos et bien protégé.

La conversation tourna ensuite autour de sujets divers et, à un moment donné, Mme al Rashad s'interrompit pour décréter.

— Je vous en prie, appelez-moi Daphné. Je voudrais tant que nous soyons amies ! L'étiquette n'est bonne qu'à séparer les êtres.

Robyn lui sourit avec reconnaissance. Très vite, elle s'était rendu compte que Daphné al Rashad s'intéressait à presque toutes les activités humaines et qu'elle n'était pas du tout la veuve victorienne et recluse qu'elle avait imaginée.

— Est-ce que certaines familles en Egypte ont gardé la trace de leurs lointains ancêtres, questionna tout à coup Robyn en profitant d'un moment de silence.

Sayed soupira et leva les yeux au plafond, tandis qu'un sourire radieux éclairait le visage de sa mère.

— Vous venez d'ouvrir une porte qu'il sera

malaisé de refermer, observa-t-il avec un peu de lassitude.

— Ne faites pas attention à lui. C'est merveilleux que vous ayez trouvé aussi facilement mon sujet favori. Oui, il y a des familles qui peuvent remonter jusqu'à Alexandre et jusqu'aux Perses. Les fils sont ténus, bien sûr, mais j'ai quelques manuscrits intéressants en ce qui concerne la nôtre.

— Ce soir, j'ai l'intention de vous emmener dîner toutes les deux à *Kasr el Rachid,* à l'hôtel Méridien, l'interrompit Sayed comme s'il avait voulu faire diversion.

— Excellente idée ! s'exclama Daphné. Nous pourrons ainsi monter avec Robyn tout en haut de la Tour du Caire. Le panorama y est magnifique. Je parie qu'elle n'a même pas encore eu le temps de faire un peu de tourisme !

Elle se tourna vers Robyn et ajouta en se levant :

— La nuit, on peut même apercevoir Saqqara ! C'est merveilleux d'avoir pour une fois un peu de compagnie ! Ma fille vit avec son mari en Arabie Saoudite et mon plus jeune fils est toujours à Cambridge. Quant à Sayed, il ne quitte presque jamais son désert et ses vieilles pierres. Mais peut-être aimeriez-vous vous reposer un peu ? A quelle heure devrons-nous être prêtes, mon chéri ?

— Il faudrait partir d'ici vers huit heures et demie. Pour ma part, j'ai quelques coups de téléphone à donner et un rapport ou deux à terminer. Je serai dans mon bureau.

— Si vous avez besoin de les taper à la machine, je puis vous aider, proposa impulsivement Robyn.

— Vous êtes trop gentille. Plus tard peut-être... Il vaut mieux que vous alliez d'abord vous reposer, petit oiseau.

Une lueur spéculative brilla dans les yeux de sa mère.

— Petit oiseau… ?

— C'est vrai, vous ne savez pas… intervint Robyn avec précipitation. Mon père adorait les langues anciennes et il m'a donné un nom égyptien… Sesha Neheru.

— Petit oiseau au milieu des fleurs, traduisit Sayed. Et Robyn pour tous les jours. Il m'est arrivé de taquiner Miss Douglas, mais ce nom est ravissant, ne trouvez-vous pas ?

— Hum… Oui. Je suis sûre que vous n'avez jamais été embarrassée par ce charmant prénom ?

— En fait, je l'ai toujours beaucoup aimé… Mais, hélas, la plupart des gens ne comprennent pas l'égyptien ancien !

— Et vous-même ? questionna Mme al Rashad en haussant les sourcils.

Cette fois-ci, ce fut Sayed qui répondit à sa place.

— Les hiéroglyphes, le démotique, le grec et le latin, toutes ces langues n'ont pas de secret pour Robyn.

La jeune femme se sentit un peu gênée, mais Mme al Rashad sourit avec gentillesse.

— Mais, c'est magnifique ! C'est votre père sans doute qui vous a appris tout cela — bien sûr ! Il était si enthousiaste…

Elle mit son bras sous celui de Robyn et l'entraîna joyeusement vers l'escalier, tandis que Sayed s'éloignait.

— Venez, allons nous reposer et ensuite nous bavarderons encore un peu.

Mme al Rashad la quitta sur le seuil de la porte de sa chambre en lui murmurant d'une voix presque complice :

— Je voudrais parler avec vous de Rafica. Vous m'en apprendrez sûrement plus que Sayed. Je suis si heureuse que vous soyez ici ! A tout à l'heure.

Une fois dans sa chambre, Robyn s'aperçut que sa valise avait été défaite et que ses affaires avaient été soigneusement rangées — par Wafah sans doute. Dieu merci, elle avait pensé à emporter sa robe de soie jaune paille et une paire de chaussures assorties. Elle se souvint du petit écrin que lui avait donné Sayed... Le bleu du camée devrait s'harmoniser à la perfection avec la teinte pastel de sa robe.

En soupirant, elle regarda le petit bijou dans la paume de sa main et saisit délicatement la chaîne entre ses doigts. Ptah... le dieu des sciences et des arts.

Rêveusement, elle sortit sur le balcon et admira le panorama dans le soleil couchant. Loin, tout là-bas sur la droite, elle distingua le temple et la cité de On et elle se souvint de la légende de Bennu. Bennu, le Phénix des Grecs, cet oiseau merveilleux qui renaquit des cendres de son nid en flammes. Aujourd'hui, il ne restait plus rien de l'endroit sacré où il avait été si longtemps adoré, plus rien hormis un obélisque et quelques pans de murs en ruine.

Comme attirées par une force invincible, ses pensées revinrent à Sayed et elle l'imagina vêtu à la manière d'un prince du Haut Empire avec une longue robe de lin rehaussée de turquoises et de malachites.

« C'est absurde ! » s'exclama-t-elle à mi-voix, irritée par sa réaction.

D'un pas décidé, elle rentra dans la pièce et passa dans la salle de bains. Elle remplit la baignoire et se glissa dans l'eau tiède avec délice. Puis, une fois bien détendue, elle se sécha et enfila sa robe de chambre avant de s'allonger sur son lit.

Elle régla son réveil de voyage sur sept heures et peu après, elle finit par s'assoupir dans le confort douillet de ses couvertures.

Un coup léger frappé à sa porte la réveilla en sursaut.

Elle cria « Entrez ! » d'une voix encore endormie et Wafah pénétra sans bruit dans la chambre.

— Je vous apporte un message du Cheikh al Rashad.

Robyn cligna des yeux et la jeune Egyptienne continua.

— Il vous demande si vous pourriez venir l'aider dans son bureau d'ici une heure. A condition, bien sûr, que vous ayez le temps de vous préparer pour le dîner.

— Répondez-lui qu'il peut compter sur moi.

— Avez-vous besoin de quelque chose, Milady ?

— De rien, merci. Et merci également pour avoir défait ma valise.

Un sourire radieux éclaira le visage de la domestique.

— *Afwan, sitt.*

Elle ressortit et Robyn se leva, le cœur bondissant de joie. Il lui restait une heure pour s'habiller. Dans son imagination, elle avait l'impression d'aller à un rendez-vous d'amour. Sayed ne l'aurait jamais vue aussi élégante, songea-t-elle en enfilant sa robe de soie.

A l'heure dite elle était prête et, après un ultime coup d'œil à son miroir, elle descendit d'un pas allègre le grand escalier. Dans le vestibule, elle hésita une fraction de seconde, mais un froissement de papier provenant d'une porte latérale lui indiqua où se trouvait son bureau.

— Ah, vous voilà ! l'accueillit-il sur un ton affairé qui chassa brutalement les derniers lambeaux de son rêve. Pardonnez mon désordre, s'excusa-t-il en montrant d'un geste large son bureau encombré de documents divers. La machine à écrire est là-bas, devant la fenêtre, venez avec moi.

Docilement elle s'assit devant la petite table et il brancha le fil avant de lui en expliquer rapidement son fonctionnement.

— Il faudrait dactylographier ce texte, ajouta-t-il en lui présentant trois ou quatre feuilles manuscrites. N'hésitez pas à corriger l'orthographe si c'est nécessaire. Je prends souvent mes notes très rapidement...

Robyn se mit au travail et, au bout de quelques minutes, il murmura d'une voix pleine de gratitude :

— Vous ne pouvez savoir combien j'apprécie votre geste, Robyn ! C'est chaque fois un véritable calvaire pour moi...

Elle se retourna et ses yeux croisèrent les siens.

— Si nous avions un peu de temps, je pourrais vous aider à faire un peu de classement, observa-t-elle en jetant un regard critique autour d'elle.

Il n'avait pas eu un seul mot gentil pour admirer sa robe ! Avec des doigts rageurs, elle continua de taper afin de lui prouver au moins qu'elle était une bonne secrétaire.

Pendant près d'une heure, seul le crépitement des lettres troubla le silence du bureau et Robyn ne s'accorda pas un instant de détente.

Dès qu'elle eut fini, elle lui tendit les feuillets et il lui sourit avec gratitude.

— Merci. Jamais je n'y serais arrivé sans vous. Je n'ai, hélas, ni votre vitesse ni votre précision.

Il se leva et ouvrit l'une des grandes portes-fenêtres.

— Venez avec moi dans le jardin. Je voudrais vous montrer quelque chose.

Elle le suivit un peu à contrecœur et il l'emmena vers le bassin couvert de fleurs de lotus qui semblaient briller d'une lumière interne.

— Elles ne changent jamais. Ne sont-elles pas magnifiques ? murmura-t-il en se penchant vers l'eau pour en cueillir délicatement une.

Il la lui tendit avec galanterie en ajoutant d'une voix charmeuse :

— Sa blancheur met en valeur le bleu de votre camée. Vous êtes adorable ainsi, Sesha Neheru...

Robyn rougit de bonheur et accepta son présent d'une main tremblante. Ses rêves la submergèrent à nouveau et une sourde inquiétude monta en elle à l'idée d'être aussi peu maîtresse de ses sentiments.

Grâce à un effort surhumain, elle s'arracha à ses chimères et à son envie de se jeter dans ses bras pour revenir à la froide réalité. Il était si loin au-dessus d'elle...

— Où étiez-vous partie, petit oiseau ? Vous étiez-vous envolée vers le passé ? questionna Sayed avec une lueur tendre et rieuse dans les yeux.

— J'ai si souvent contemplé des peintures représentant une jeune femme tenant à la main une fleur de lotus, répondit-elle sur un ton étrangement calme, que je n'arrive pas à imaginer que celle-ci est vraie et encore pleine de sève et de vie. J'ai peur d'être la proie d'un mirage...

Il rit avec gentillesse.

— Vous êtes bien la fille de mon vieux profes-

seur. Mais maintenant, il nous faut rejoindre ma
mère, si nous ne voulons pas arriver trop tard au
Méridien.

Quand ils rentrèrent dans le vestibule, Mme al
Rashad descendait l'escalier. Elle portait avec élégance une longue robe de soirée bleu pervenche et
une veste de laine blanche.

Elle considéra Robyn avec un hochement de tête
approbateur et presque maternel.

— Vous êtes tout à fait charmante, mais vous
n'avez sans doute pas pensé que les nuits étaient
parfois fraîches en Egypte. Tenez, mettez ceci sur
vos épaules, ajouta-t-elle en lui tendant un châle. Il
serait dommage que vous preniez froid.

Robyn la remercia chaleureusement et Sayed,
pendant ce temps, avança la berline de sa mère
devant le perron.

Ils traversèrent à nouveau le quartier résidentiel et
paisible, et bientôt, ils retrouvèrent la circulation
enfiévrée du centre ville. Dans le lointain, les
pyramides de Guizèh brillaient de tous les feux
d'une grandiose illumination.

L'*hôtel Méridien* était situé au bord du Nil et
Robyn apprécia beaucoup le repas oriental qui leur
fut servi dans un cadre délicieusement désuet.

Daphné al Rashad et Sayed se montrèrent des
hôtes parfaits et, après le café, tous trois allèrent en
voiture jusqu'à la Tour du Caire dont la forme
ressemble un peu à un champignon doté d'une très
longue queue.

Un ascenseur les conduisit tout en haut sur le
belvédère et Robyn put ainsi admirer le magnifique
panorama que l'on découvre depuis son sommet.

Avec un enthousiasme presque juvénile, Sayed lui
indiqua quelques points de repères. La mosquée

Mohammed Ali qui émergeait de la vieille cité toute
baignée de lumière, la citadelle et une véritable forêt
de minarets qui hérissaient tous les quartiers de la
gigantesque métropole.

La lune se reflétait dans les méandres argentés du
Nil et le ciel était d'une extraordinaire pureté.

— Je comprends pourquoi les anciens Egyptiens
avaient une telle passion pour l'astronomie, murmura Robyn hypnotisée par la clarté du firmament.
Jamais je n'avais contemplé la voûte céleste d'aussi
près, jamais les étoiles ne m'avaient semblé aussi
proches...

— Dans le désert, c'est encore plus vrai, observa
Sayed d'une voix assourdie. Les caravanes se sont
toujours guidées sur elles et c'est pour cela que les
nomades ont un sens inné de l'éternité...

Après un rapide bonsoir et un baiser sur le front
de sa mère, Sayed était monté se coucher et Robyn
avait suivi son exemple. Elle était dans sa chambre
depuis quelques minutes seulement lorsqu'un coup
léger fut frappé à sa porte.

— Je vous ai apporté une tisane de carcady,
expliqua Mme al Rashad en entrant. C'est une vieille
coutume égyptienne et certains médecins affirment
que la décoction de cette plante facilite la digestion
et a un effet sédatif tout à fait remarquable.

Elle posa le plateau sur une petite table et ajouta
d'une voix très douce en s'asseyant dans un fauteuil :

— Je vous aime bien, Robyn.

Elle sourit et Robyn lui rendit son sourire.

— Vous avez une influence bénéfique sur Sayed.

En votre présence, il est plus calme et oublie un peu
ses soucis.

— Il a beaucoup de responsabilités…

— Oui… acquiesça Mme al Rashad pensivement
avant de questionner de manière inattendue :

— Vous êtes-vous déjà demandé pourquoi il ne
s'est jamais marié ?

Prise de court, Robyn sursauta et son visage
devint écarlate.

— Non, pourquoi ?

Un léger sourire flotta sur les lèvres de Daphné.

— En fait, je n'en sais rien moi non plus. Il a eu
de nombreuses amies, mais très vite il se lasse. Il les
traite avec un certain cynisme, comme s'il avait eu
un… un chagrin d'amour. J'aimerais tant avoir des
petits-enfants avant d'être trop âgée pour en profiter… Et, notre famille a besoin de s'agrandir, pour
l'Egypte et pour continuer la longue lignée des al
Rashad !

Elle prit sur le plateau un livret recouvert de cuir
et le lui tendit.

— Voici la généalogie dont je vous ai parlé.
Venez vous asseoir à côté de moi, je vais vous la
montrer.

Robyn s'approcha et ouvrit le recueil avec curiosité. Les premières pages étaient en arabe, puis, à
mesure que l'on s'éloignait dans le temps, le grec, le
démotique et les hiéroglyphes prenaient le relais.

Sur un fragment de papyrus, elle déchiffra les
lignes suivantes :

« *En la sixième année du règne glorieux de
Ramsès, fils de Séti, un garçon est né chez Ra-Sa-
Ded, ami et conseiller du Pharaon.* »

Plusieurs manuscrits mentionnaient également le
nom de Ra-Sa-Ded et il y en avait d'autres encore,

notamment un texte officiel établissant que Ptolémée Philadelphe avait conféré la propriété de grands domaines au bord du Nil à un certain Xénios Rasaad.

— La ferme que nous possédons est située exactement à l'endroit décrit, expliqua Mme al Rashad. Bien sûr, notre généalogie est plus complète après le septième siècle.

— Mais, c'est merveilleux ! s'exclama Robyn avec enthousiasme.

— Sayed pense que mes recherches sont absurdes et que la ressemblance évidente entre Ra-Sa-Ded et Rashad ne signifie rien, mais c'est son arrière-grand-mère qui m'a donné ce fragment de papyrus. Elle était en vie lors de mon mariage et avait toute sa tête. D'après elle, la tradition orale était formelle.

Elle poussa un profond soupir.

— Hélas, Khalid, mon mari, ne s'y est jamais intéressé non plus.

La tisane de carcady était encore brûlante et Robyn la goûta avec prudence.

— C'est fascinant. Je ne vois pas pourquoi cela ne serait pas vrai. Aux Etats-unis, nous sommes déjà très fiers si nos ancêtres sont venus d'Angleterre avec les premiers colons du *Mayflower !* La première fois que j'ai vu votre fils, madame, j'avoue avoir tout de suite pensé à un Prince du Haut Empire.

— Ah, vous aussi ! Khalid et lui se ressemblaient beaucoup... Pensez-vous que vous pourriez rester quelque temps en Egypte ? Vous avez vu si peu de choses encore... Si vous décidiez de prolonger votre séjour, vous seriez la bienvenue dans cette maison. Ma fille me manque beaucoup et ce serait un plaisir pour moi de vous avoir sous mon toit.

— C'est très aimable à vous et bien tentant...

Mais que dirait Sayed ? Elle poussa un soupir et changea de sujet avec précipitation pour aborder les problèmes de Rafica.

— Je me moque des préjugés de Sayed ! s'exclama Daphné lorsqu'elle eut entendu la version de Robyn. Pour en avoir le cœur net, j'irai passer quelques jours dans notre ferme et je tâcherai de rencontrer les parents de Rafica.

— Vous me redonnez espoir. J'aime bien Rafica et elle mérite d'être heureuse, fit Robyn avec chaleur.

— Et vous-même, ma chère enfant ? N'avez-vous donc jamais envisagé de l'être ? Il y a en vous une tristesse étrange pour votre âge...

— Je ne suis pas triste — pas vraiment, éluda Robyn. Mais la mort de mon père m'a beaucoup touchée...

— N'avez-vous donc pas un fiancé ou au moins un ami proche ?

— L'archéologie est un sujet trop sérieux pour beaucoup de jeunes gens de mon âge...

— Mais, pourtant, vous êtes charmante. Vous êtes naturelle et votre réussite universitaire ne devrait pas être un handicap, bien au contraire... Il vous manque seulement un peu de confiance en vous.

Robyn regarda Mme al Rashad avec gratitude.

— Merci... Vous êtes trop gentille.

Daphné al Rashad se leva et rassembla les tasses sur le plateau.

— Il faut que je vous laisse maintenant. Sinon, demain vous serez fatiguée et Sayed me grondera avec raison. Bonne nuit, Robyn. Dormez bien.

10

L A tisane de carcady fit merveille et Robyn dormit profondément. Le lendemain matin, elle se leva de joyeuse humeur et sortit sur le balcon pour saluer le soleil.

Elle prit une douche, s'habilla et descendit d'un pas allègre. La table du petit déjeuner était dressée dans le jardin sous une tonnelle ombragée de vigne vierge.

Il n'y avait encore personne dehors et elle se promena le long des allées en admirant à chaque pas la beauté des plantes et des fleurs caressées par les rayons encore timides du soleil.

Les vers de la Kasida de Hadj Abdu et Yezdi lui traversèrent l'esprit et elle se souvint du petit livre à la couverture grise et bleue que son père aimait tant feuilleter :

« *Pourquoi nous rencontrons-nous sur la route du temps ?*
Est-ce seulement pour nous saluer et nous quitter tout aussitôt ? »

— Toujours perdue dans vos songes, petit oiseau ? Où vous étiez-vous envolée cette fois-ci ?

Elle leva les yeux et rencontra le regard de Sayed.

— Je me récitais un poème…

Au même moment, Daphné al Rashad sortit également et s'approcha d'eux d'un pas alerte.

— Vous plaisez-vous ici, ma chère enfant? Mon jardin est pour moi un refuge où j'oublie tous mes soucis.

— Il est si beau…

— C'est l'œuvre de ma mère, expliqua Sayed avec fierté en déposant un baiser sur son front.

Ils prirent leur petit déjeuner sans se presser en bavardant agréablement de botanique et d'horticulture et, lorsqu'il fut l'heure de partir, Robyn ne s'arracha qu'avec peine à ce petit paradis où le temps avait une qualité si irréelle.

Mme al Rashad la serra dans ses bras avec affection avant de prendre congé.

— Il faudra revenir, Robyn. Et, n'oubliez pas ce que je vous ai dit hier soir…

Une vague d'émotion envahit Robyn et ses yeux s'embuèrent de larmes, mais elle se força à redresser la tête et à suivre Sayed. Famy avait déjà chargé ses bagages à l'arrière de la voiture et elle le remercia en quelques mots gentils.

Sayed se mit au volant et bientôt ils roulèrent vers le centre du Caire.

— Que vous a dit Daphné? questionna Sayed au bout de quelques minutes sans cesser de fixer sa route.

— Pardon?

— Elle vous a demandé de ne pas oublier ce qu'elle vous avait dit hier soir, répéta Sayed.

— Ah oui. Elle m'a suggéré de prolonger mon séjour en Egypte afin de visiter un peu mieux le pays et elle m'a proposé avec gentillesse de m'offrir l'hospitalité. Bien sûr, je serais gênée de m'imposer et de profiter de sa générosité ! D'ailleurs, il faut que je rentre en Californie et cela même si je n'ai pas vu tout ce que j'aurais eu envie de voir.

Sayed tourna la tête vers elle avec une expression indéchiffrable.

— Aimeriez-vous vivre en Egypte ? Vous sentez-vous à l'aise ici ou bien avez-vous l'impression d'être dans une contrée étrangère ?

Elle hésita quelques secondes avant de répondre avec franchise.

— En fait, je crois que je m'habitue mieux que je ne l'avais envisagé. Bien sûr, rien n'est comme en Californie. Les gens sont pauvres et souvent les choses ne procèdent pas comme on le voudrait, mais le rythme de vie est plus paisible.

— Et l'avenir, y avez-vous songé ? L'Islam est actuellement en proie à de nombreuses tensions. L'Egypte est l'un des rares pays du Moyen-Orient à avoir choisi la paix et la modération. Combien de temps cela durera-t-il ? Nul ne le sait...

— Mais n'est-ce pas pareil dans le monde entier ? Une guerre nucléaire, ou autre, est toujours possible. En fait, les hommes sont les mêmes partout... C'est une leçon que j'ai apprise en étudiant l'histoire...

Pendant quelques minutes, Sayed resta silencieux, puis il la regarda avec une sincère admiration.

— Vous m'étonnerez toujours, Robyn. Vous possédez une sagesse que bien de nos gouvernants n'ont pas. Moi aussi j'ai toujours cherché dans le passé des raisons d'espérer. Ces papyrus que nous avons découverts, par exemple, je voudrais qu'ils servent à prouver que les arts et les sciences ont besoin de paix pour fleurir et que la connaissance est une acquisition bien fragile, sans cesse remise en cause par la violence et par la barbarie. Nous ne devons plus jamais sombrer dans un âge de ténèbres ! s'exclama-t-il avec passion.

Pendant quelques kilomètres, ils roulèrent sans rien dire, puis il se tourna vers elle avec une expression étrange.

— Comment se fait-il que vous soyez si cultivée et si sage dans certains domaines, tout en étant restée apparemment ignorante dans d'autres ? Pourtant, dans votre pays où les relations entre les hommes et les femmes sont si libres, il est difficile de croire que vous soyez encore complètement innocente...

Robyn rougit et répliqua malgré elle d'une voix un peu sèche :

— Je ne vois pas ce que vous entendez par innocence. Bien sûr, si c'est cela que vous voulez savoir, il m'est arrivé de sortir avec des hommes en Californie... Mais je ne me suis jamais sentie obligée d'accepter le laxisme moral de notre société.

— Hum, je vois...

Le pied de Sayed pressa l'accélérateur et Robyn sentit monter en elle une sourde irritation. Il ne voyait rien du tout et la jugeait arbitrairement en la comparant aux autres Américaines qu'il avait connues. Son attitude envers les femmes avait quelque chose d'exaspérant et il n'était guère étonnant qu'il soit encore célibataire !

Le reste du trajet s'effectua dans le silence et au Musée, un employé leur annonça que les papiers ne seraient prêts pour leur signature qu'en fin d'après-midi. A cette nouvelle, le visage de Sayed s'assombrit et il passa quelques coups de téléphone pour essayer d'accélérer le processus, mais sans succès.

— J'ai deux ou trois affaires à régler avant midi, déclara-t-il alors en se tournant vers elle. Je vous abandonne pour le moment, mais je viendrai vous prendre à l'heure du déjeuner. Je ne voudrais pas que vous dépérissiez à cause de moi. Ensuite, je vous emmènerai visiter la mosquée Mohammed Ali. A notre retour, tout devrait être prêt, je l'espère du moins.

**
*

La matinée s'écoula paisiblement et elle était en train d'admirer les sculptures d'un sarcophage lorsqu'il vint la retrouver.

Le restaurant où ils déjeunèrent avait ses tables en plein air au milieu d'un grand jardin ceint de hauts murs et enserré dans l'un des pâtés de maisons de la vieille ville. La cuisine s'avéra délicieuse et ils parlèrent de choses et d'autres, d'Alexandre et de la grande bibliothèque, des *fellahs* et des petits villages au bord du Nil, des difficultés imprévisibles que l'on rencontrait lorsque l'on se lançait dans des fouilles archéologiques. Très vite, il avait su détendre l'atmosphère et elle rit volontiers des histoires amusantes qu'il lui raconta et de ses propres déboires.

Ensuite, ils allèrent jusqu'à la citadelle et visitèrent la magnifique mosquée Mohammed Ali. On n'y entendait seulement le bruit de ses propres pas que l'écho renvoyait à l'infini et une grande paix s'instaura peu à peu en elle. Sayed lui servit de guide éclairé et, à un moment, il lui montra un escalier conduisant à une chaire en marbre sculpté.

— La tradition veut, chuchota-t-il à son oreille, que quiconque fait un vœu sous cet escalier est immédiatement exaucé.

Docilement, elle se laissa entraîner vers l'étroit passage et se courba pour traverser à sa suite.

Soudain, alors qu'elle était juste en dessous des marches, une voix cria au fond de son cœur : « Mon Dieu, si seulement il voulait bien m'aimer ! »

Il la regardait et Robyn essaya de prendre un air détaché.

— Alors, avez-vous prononcé un souhait ?

— Oui, murmura-t-elle en rougissant.

Il étouffa un petit rire, et riposta :

— J'espère qu'il se réalisera...

Quand ils furent de retour au Musée, les papiers étaient prêts. Il était quatre heures. Sayed était visiblement heureux et de retour à la voiture, il observa d'une voix pleine d'allégresse :

— Maintenant, Tarsi sera bien obligé de se tenir tranquille ! Mais, ne vous avais-je pas promis de vous emmener à Saqqara ? J'ai envie de me détendre un peu avant de retourner voir Saunders et Hassan pour leur signifier ma décision à leur sujet.

Robyn ne dit rien. Elle serait allée n'importe où avec lui et elle avait souvent rêvé de visiter cette fameuse pyramide à gradins. Y aller en sa compagnie était une aubaine qu'elle n'avait pas le cœur de refuser.

— C'est à cette heure du jour que la lumière est la plus belle, murmura Sayed d'une voix inspirée. Si j'étais un artiste, je ne sortirais mes pinceaux qu'au moment où les ombres commencent à s'allonger et où les pierres prennent cette merveilleuse teinte mordorée.

Tout l'amour de sa terre natale se lisait dans ses yeux et il trouva un écho dans le cœur de Robyn. Elle aurait voulu lui parler, mais une sorte d'angoisse l'en empêcha. Et si jamais il ne voyait en elle qu'une autre de ces femmes facilement conquises et facilement rejetées ? Une de ces frivoles Améri-

caines contre lesquelles il avait tant de préjugés ?
Jamais elle ne s'en remettrait...

Lorsqu'ils franchirent les grilles de Saqqara, le
soleil était déjà presque à l'horizon. Avec nonchalance, ils déambulèrent au milieu des temples en
ruine et Sayed lui montra dans des tombes des
peintures délicates datant du Haut Empire et des
sculptures finement ouvragées qui représentaient la
vie quotidienne d'un pays riche et prospère.

— Selon ma mère, c'est après une visite à Saqqara que j'ai été conçu, observa-t-il avec un éclat de
rire.

— Alors, il n'est pas surprenant que vous ressem-
bliez à Hesire, répliqua impulsivement Robyn.

Il sourit et lui prit la main.

— Je me souviendrai à jamais de ce compliment,
Sesha Neheru. Aucun autre n'aurait pu me faire
autant de plaisir.

Il porta sa main à ses lèvres et ajouta :

— Il nous faut partir maintenant. Je désire encore
vous conduire jusqu'aux grandes pyramides avant
que le soleil ait fini de se coucher.

La petite voiture reprit courageusement la route
et, pendant quelques kilomètres, ils longèrent un
canal sur les rives duquel de grands buffles blancs et
des ânes s'ébrouaient avec plaisir après une dure
journée de labeur.

Au loin, la silhouette des monuments de Guizèh
se profilait sur un ciel orangé. Ils traversèrent le
village de Mena avec ses rues tortueuses et animées,
et bientôt, la statue imposante du Sphinx apparut à
un détour de la route.

— Dans les campagnes aux alentours, expliqua
Sayed d'une voix tranquille, la tradition veut que
chaque année tous les mariages soient célébrés en

même temps. C'est une cérémonie très pittoresque et haute en couleur qui se déroule depuis une époque immémoriale aux pieds mêmes du Sphinx.

Dans sa cuvette de sable, ce dernier était accroupi avec une patience séculaire, perdu dans une éternelle méditation. Robyn sentit un peu de sa paix immuable l'envahir tandis que le coupé faisait lentement le tour du monstre de pierre.

Les derniers rayons s'éteignaient un à un à l'horizon. Soudain, tous les projecteurs s'allumèrent et le site de Guizèh tout entier étincela dans un flot de lumière.

Ni l'un ni l'autre ne parlait, mais il n'y avait aucune gêne entre eux. Ils contemplèrent la grande pyramide de Khéops, puis ils redescendirent vers le Nil et sa plaine verdoyante. Une à une, les fenêtres des petites fermes s'allumaient et une odeur un peu âcre de bois brûlé et d'épices se mit à flotter dans l'atmosphère. Les paysannes préparaient le repas du soir...

Sayed s'arrêta devant une enseigne sur laquelle était inscrit « *La Roseraie* » en lettres de feu et il descendit de voiture pour lui ouvrir courtoisement sa portière.

— C'est un charmant petit endroit, déclara-t-il en lui donnant le bras, et on y mange d'excellents plats locaux.

Les tables étaient installées en plein air sur une grande terrasse recouverte de graviers et sur les nappes blanches étaient posés des chandeliers dont les flammes vacillaient à chaque souffle de vent.

— Nous serons mieux ici qu'à *Mena House* ou au *Méridien,* ajouta Sayed avec un sourire plein de charme tandis que le maître d'hôtel leur trouvait une place tranquille donnant sur un petit étang recouvert de nénuphars.

Sayed passa les commandes et après les hors-d'œuvre habituels — des petits toats que l'on déguste avec du *Taheena* et des *Babayanoush*, des aubergines que l'on trempe dans une sauce piquante — ils dégustèrent des *Gambari* — de grosses crevettes grillées avec des fines herbes — et du riz nappé d'une sauce onctueuse aromatisée avec des feuilles finement hachées que Robyn ne réussit pas à identifier.

— Vous êtes une vraie Egyptienne, observa Sayed en la regardant se resservir avec un sourire amusé. C'est du *Thalokhia*. Il est rare d'en trouver dans un restaurant. C'est une recette familiale qui se transmet de bouche à oreille depuis des générations. Le patron est un de mes amis et il sait que c'est l'un de mes plats préférés. La plupart des gens qui le goûtent pour la première fois ne l'aiment pas...

— J'ai toujours eu un faible pour la cuisine exotique, admit Robyn en riant, et pour la cuisine en général d'ailleurs... hélas pour ma ligne.

— Pourquoi? En Egypte les hommes préfèrent que les femmes ne soient pas filiformes.

— Est-ce un compliment? murmura Robyn en rougissant un peu malgré elle.

— N'êtes-vous donc pas habituée à en recevoir? questionna Sayed en posant doucement sa main sur la sienne.

— Si... répliqua-t-elle un peu à contrecœur en frissonnant au contact tiède de sa peau. Et je suis libre de les accepter et de les refuser comme toutes les Américaines.

— Vous croyez donc qu'une femme n'a pas besoin d'être protégée contre elle-même, qu'elle est capable de se défendre contre les avances d'hommes expérimentés et peu scrupuleux ?

Robyn sentit une brusque irritation monter en elle. Où voulait-il donc en venir ? Croyait-il être assez persuasif pour la convaincre de la supériorité des mœurs de l'Islam sur celles de l'Occident ?

— Une femme, pour moi, est un être tout aussi responsable qu'un homme. Mais, je ne vois pas l'intérêt d'une telle discussion, car ni l'un, ni l'autre nous ne serons jamais du même avis à ce sujet.

— Alors, vous êtes persuadée qu'un homme ne peut pas séduire une femme contre sa volonté ?

Elle poussa un soupir d'exaspération.

— Oui !

Un silence pesant s'instaura entre eux et Robyn reprit nerveusement un peu de fromage. Décidément, elle ne serait jamais capable d'avoir une relation normale avec un homme, songea-t-elle lugubrement. Surtout avec Sayed...

Heureusement, un serveur s'approcha de leur table et leur proposa du *Mahala Biya,* un dessert succulent à base de riz, de crème et de fruits confits. L'atmosphère se détendit et Sayed se mit à parler des fouilles.

Mais, pour Robyn, la soirée était gâchée. Un oiseau des caravanes poussa un long cri plaintif et des larmes brillèrent dans ses yeux. Le gâteau de riz était trop sucré et elle avait la désagréable impression d'avoir trop mangé...

— Y allons-nous ? proposa la voix froide et polie de Sayed.

Sans un mot, ils remontèrent en voiture et Sayed expliqua sur un ton neutre :

— Je veux vous montrer les pyramides au clair de lune. Le spectacle « son et lumière » doit être

terminé et les derniers touristes sont sans doute
rentrés à leur hôtel.

Ils s'arrêtèrent sur la plate-forme entourant la
dernière demeure de Khéops et il fit le tour de la
voiture pour lui ouvrir la portière.

Un silence pesant régnait désormais autour des
immenses formes fantomatiques et tous deux marchèrent lentement vers l'un des angles de l'antique
monument, comme attirés par une force invisible.
Çà et là des trous s'étaient formés et il était facile
d'escalader la première rangée de blocs.

Les pierres étaient encore chaudes et une sorte de
vie semblait émaner de cette gigantesque accumula-
tion de travail humain.

— C'est un sentiment étrange, n'est-ce pas ?
observa Sayed en glissant machinalement son bras
autour de sa taille.

— Oui... On imaginerait presque qu'elle est
vivante.

Il étouffa un petit rire et la serra impulsivement
contre lui.

— Vous avez toujours des réponses inattendues,
Sesha Neheru...

Presque sans y penser, Robyn se laissa aller dans
ses bras et un frisson de bonheur la parcourut. Ses
lèvres explorèrent le creux de son épaule puis se
posèrent sur les siennes avec une insistance à
laquelle tout son être désirait obéir.

Ses mains s'insinuèrent dans les plis de sa robe et
une voix tout au fond de sa raison lui cria de prendre
garde, mais instinctivement, son corps se pressa
contre le sien et une délicieuse chaleur l'envahit.

Robyn poussa un soupir de plaisir et les doigts de
Sayed défirent avec une habileté diabolique les trois
boutons de son corsage, tandis que sa bouche

descendait sur son cou et sur sa poitrine pour se poser sur ses seins et les caresser avec une tendresse infinie.

— Je vous en prie...

Mais ses mains étaient déjà sur ses hanches et plus rien ne semblait devoir les arrêter. D'eux-mêmes les bras de Robyn se nouèrent autour de son cou et dans un exquis vertige, Robyn renonça à toute résistance et s'offrit à lui avec un gémissement d'extase...

Elle était à lui, elle lui appartenait, mais soudain, il la repoussa avec violence et jeta d'une voix méprisante :

— Vous êtes comme les autres, malgré toutes vos belles paroles !

Robyn le fixa d'un air hébété et brusquement elle rougit en se rendant compte de sa demi-nudité et de ce qui avait failli lui arriver.

— Rhabillez-vous ! ordonna-t-il sèchement.

Machinalement, Robyn s'exécuta et des larmes coulèrent silencieusement sur ses joues.

Le regard de Sayed se radoucit un peu.

— Venez Robyn. Pleurer ne sert à rien. Nous avons encore une longue route jusqu'à Alexandrie.

Au loin, les lumières du Caire brillaient de tous leurs feux et sans un mot, elle le suivit jusqu'à la voiture.

En sanglotant nerveusement, elle se recroquevilla sur son siège et la petite voiture de sport bondit en avant rageusement.

C'était injuste ! Pourquoi l'avait-il traitée avec une pareille cruauté ? Et pourtant, elle l'aimait ! Elle se serait donnée à lui pour la vie s'il le lui avait demandé. John ne l'avait jamais embrassée comme lui...

Une heure, puis deux s'écoulèrent dans un silence

chargé de ressentiment. Sayed gardait les yeux fixés sur la route et pas une seule fois il ne tourna la tête vers elle.

Finalement, Robyn renonça à ressasser ses griefs et peu à peu, elle se mit à somnoler. Un crissement de freins et un choc la réveillèrent en sursaut. Ils se trouvaient au milieu d'une zone envahie de roseaux et de plantes des marais, en bordure de l'ancien lac de Mareotis qui formait jadis une barrière entre Alexandrie et le désert.

— Un troupeau de moutons en travers de la route, annonça laconiquement Sayed avant d'accélérer à nouveau. Grâce à Diou, aucun d'entre eux n'a été blessé !

Les lumières de la ville apparurent. Son calvaire ne durerait plus que quelques minutes.

— De votre point de vue sans doute, je devrais m'excuser pour ma conduite, déclara Sayed d'une voix posée. Mais, franchement, vous méritiez cette leçon. Je savais combien les femmes étaient vulnérables, mais j'avais espéré qu'il en existait au moins une capable de rester fidèle à ses principes. Je me trompais.

Les lèvres de Robyn s'entrouvrirent pour protester, mais il ne lui en laissa pas le temps.

— C'est inutile. Le problème est insoluble. Vous avez vos règles de vie, j'ai les miennes et jamais elles ne pourront s'accorder. J'aurais dû le comprendre plus tôt, cela nous aurait épargné cette scène déplaisante.

Là, c'était vraiment le comble !

— Vous êtes impossible ! se révolta-t-elle avec violence. Vous êtes aveugle et totalement insensible ! Vos parents se sont bien choisis tous les deux que je sache, et votre mère n'était pas égyptienne !

Mes parents aussi n'ont jamais été forcés de se marier, pas plus que le Dr Wayland et sa femme...

— Mon père était certain de l'innocence de ma mère. Pour les autres, je ne doute pas qu'il y ait des mariages heureux aux Etats-Unis. Mais cette discussion est sans objet. Il y a vingt ans, les mœurs étaient différentes et les Etats-Unis n'étaient pas en proie au laxisme actuel.

Robyn se redressa, comme frappée par un coup de fouet.

— Vous ne connaissez rien de moi ! Si je vous disais que je suis innocente, comme vous dites, vous ne me croiriez même pas tellement vous êtes buté ! J'admets m'être laissée aller, mais c'est vous qui avez commencé et je...

— Je sais. Il s'agissait d'un test. Vous vous y êtes laissée prendre. Une conquête facile ne m'intéresse pas. Mais, vous avez raison, j'ai du mal à vous comprendre et je ne connais pas grand-chose de vous.

— Alors, pourquoi cherchez-vous à me punir, comme si vous vouliez exorciser un démon de votre propre vie ?

Il se tourna vers elle brusquement et un sourire effleura ses lèvres.

— Nous avons tous des démons à exorciser. Cette petite expérience aura eu au moins le mérite de montrer la fragilité de la vertu.

Sayed serra les mâchoires et se concentra ostensiblement sur sa conduite. Il était inutile d'essayer de le convaincre. Il nierait l'évidence si cela était nécessaire.

Son cœur battait à se rompre. C'était la fin de tous ses rêves. Jamais plus elle ne passerait une soirée seule avec lui, jamais plus elle ne partagerait ces moments d'indicible bonheur...

Ils longèrent le haut mur du parc Montaza et pénétrèrent bientôt dans le parking du *Palestine Hotel*.

Sayed lui ouvrit la portière avec politesse, mais sans empressement et l'accompagna jusqu'à l'ascenseur en lui portant sa valise.

— Bonne nuit, Robyn. Merci pour votre aide au ministère, murmura-t-il quand la porte de la cabine s'ouvrit.

Elle leva les yeux vers lui. Il y avait eu une intonation étrange dans sa voix et elle surprit une expression intriguée dans son regard.

— Bonne nuit, Sayed. A demain...

11

LA journée aurait mérité d'être célébrée : les problèmes avec le ministère des Antiquités étaient résolus et Sayed était à nouveau habilité à poursuivre ses travaux. Pendant leur absence, la foreuse était arrivée du Caire et les ouvriers étaient là pour la mettre en place. Par la grâce de *Kismet,* le *Khamsin* ne s'était pas encore déchaîné et, selon toutes prévisions, ils connaîtraient aujourd'hui même les réponses aux questions que chacun attendait depuis si longtemps. Huntley Saunders lui-même semblait dompté et, dans le hall du *Palestine Hotel,* il vérifiait soigneusement la caméra avant de l'apporter au chantier dans sa Mercedes.

Robyn, quant à elle, avait passé toute la nuit à se demander quelle conduite elle devait adopter. La meilleure solution n'était-elle pas de prendre le premier avion pour les Etats-Unis et de tout oublier ? Mais le Dr Wayland n'admettrait jamais une fuite aussi précipitée sans exiger une explication et elle ne pourrait se résoudre à lui avouer... Non, elle n'avait pas le choix. Il lui fallait se battre, redresser la tête et retrouver toute sa dignité.

Sayed n'était plus rien pour elle. Il avait creusé un

abîme entre eux et plus jamais elle ne pourrait supporter une autre humiliation de sa part. Mais le petit oiseau n'avait pas l'intention de se dissimuler au milieu des fleurs en attendant sa prochaine tentative !

Volontairement, elle se joignit à Tom et à Rafica dans la voiture de Mohammed, sachant qu'elle s'arrêterait en ville pour prendre Sayed et le Dr Gaddabi. Elle aussi lui donnerait une leçon et il verrait que les Américaines étaient capables de réagir dans l'adversité.

— Qu'avez-vous ce matin ? questionna Tom alors qu'ils roulaient depuis un certain temps déjà dans un silence glacial. A votre expression, on croirait que vous avez mangé quelque chose d'épouvantable au petit déjeuner !

— Je réfléchissais, c'est tout, répliqua-t-elle sèchement.

— Sûrement pas à nos problèmes archéologiques ! observa-t-il en souriant.

Elle ne répondit pas et il jeta un coup d'œil significatif à Rafica, tandis que Mohammed se garait devant l'immeuble où habitait le Dr al Rashad.

Sayed leur adressa un rapide salut et s'installa sur le siège avant, alors que le Dr Gaddabi montait à l'arrière et se plongeait aussitôt dans ses papiers.

— Nous touchons au but, mes amis ! s'exclama-t-il sans un regard vers Robyn. Tom, nous ferons ensemble une dernière inspection de la salle supérieure afin de vérifier qu'il ne reste rien d'intéressant. Vous nous accompagnerez également, Rafica. Lorsque la foreuse se mettra en marche, les vibrations détruiront irrémédiablement tous les fragments qui auront été oubliés. J'espère que Sandi est avec

Fawzi. S'il y a un jour où nous avons besoin d'elle, c'est bien aujourd'hui !

— Elle y est, affirma Tom. Je me suis assuré moi-même de sa présence.

Pendant le reste du trajet, Sayed s'absorba dans ses documents. Robyn aurait très bien pu ne pas exister…

Quand ils eurent franchi la dernière côte et que le chantier apparut, leur véhicule fut brusquement entourée par un groupe de bédouins gesticulant et parlant tous à la fois. Mohammed freina et Sayed ouvrit sa portière pour descendre et aller à leur rencontre.

— Bonté divine ! s'exclama Tom. Les moteurs de la foreuse et des groupes électrogènes sont hors d'usage ! Du sable dans les réservoirs…

Il sortit avec précipitation pour rejoindre Sayed et le Dr Gaddabi observa d'une voix blanche :

— Les vandales ! Quelqu'un veut à tout prix nous empêcher de réussir.

— Qui ? questionna Robyn. Hassan Tarsi ?

— Peut-être, mais il y en a bien d'autres qui se réjouiraient d'un échec du Dr al Rashad.

— Les scélérats ! s'exclama Rafica avec une fureur mal contenue. De véritables criminels !

Le Dr Gaddabi posa une main apaisante sur son épaule.

— S'il ne s'agit que des machines, rien n'est encore perdu.

Sayed remonta en voiture et Mohammed redémarra.

— Rafica, il faut vérifier en premier lieu les papyrus. Les générateurs ayant été sabotés, il n'y avait pas de lumière la nuit dernière et tout peut être arrivé.

— Nous aurions dû emmener les fragments déjà classés à Alexandrie, gémit Rafica. C'est moi qui...

— Vous n'y êtes pour rien, la coupa Sayed d'un geste. Vous avez fait votre travail. Je suis le seul à blâmer dans cette affaire.

Dès leur arrivée, Huntley Saunders se précipita vers eux, le visage écarlate.

— Avec tout l'argent que j'ai donné, cria-t-il avec emportement, il est inadmissible qu'une telle chose se soit produite ! Vos supérieurs vont entendre parler de moi, docteur al Rashad !

Hassan Tarsi était avec lui, impassible, et le regard vide de toute émotion.

— Venez, murmura Rafica à Robyn. Allons voir l'atelier. Je suis inquiète de ce que nous allons y trouver.

La porte n'avait pas été forcée.

— Apparemment, rien n'a été touché, remarqua Rafica avec soulagement.

Une rapide inspection suffit à les rassurer. Tout était à sa place et personne, à première vue, ne s'était introduit dans le local.

— Mais des manuscrits non catalogués ont pu être dérobés, observa Robyn en jetant un coup d'œil à la pile de fragments non encore répertoriés.

— Si seulement nous avions travaillé plus vite, se lamenta Rafica. Tous les documents seraient désormais en sécurité au Musée d'Alexandrie et nous n'aurions pas à nous inquiéter d'éventuelles disparitions.

— Ce n'était pas possible ! protesta Robyn. Vous n'avez qu'à regarder tout ce que nous avons réussi à classer !

Tom apparut sur le seuil et s'enquit avec anxiété :

— Alors ?

— Rien de visible, répondit Robyn, le visage grave. Mais nous ne pouvons pas être absolument certaines qu'il ne manque rien. En tout cas, il ne s'agissait pas de simples vandales...

— Sayed en est également convaincu. Si des papyrus ont été dérobés, ils finiront dans la collection d'un milliardaire peu scrupuleux... Dehors, le spectacle est tout différent. Saunders est à la limite de l'apoplexie, mais Sayed a assez bien accusé le coup. Nous allons partir tout à l'heure à Alexandrie avec le contremaître afin d'essayer de trouver un autre moteur. Vous serez chargées de tenir la place entre-temps. Cela m'étonnerait que nous puissions revenir aujourd'hui.

— Nous ne manquerons pas d'ouvrage ici, intervint Robyn en ouvrant son répertoire. Peut-être devrions-nous nous contenter, pour aller plus vite, d'un classement plus sommaire...

— Certes, acquiesça Tom. Ah, si je puis solliciter une faveur de votre part, assurez-vous que Sandi monte avec vous dans la voiture de Mohammed, cela m'ennuierait si elle revenait avec Saunders.

— Nous prendrons soin d'elle, sourit Rafica. M. Saunders rentrera tout seul.

— Merci. Il s'est mêlé en plus de jeter des accusations plutôt bizarres ! Sayed ne l'écoute même pas, mais j'ai pensé que vous deviez être tenues au courant.

— Que voulez-vous dire ? questionna Robyn.

— Rien de grave, il lance n'importe quels noms sans réfléchir.

— Lesquels ?

— Le vôtre, Miss Douglas. Saviez-vous qu'un vandale se cachait derrière la respectable universitaire ? Il n'a pas toute sa tête, ne vous inquiétez pas. A plus tard, et bonne chance.

Bouche bée, Robyn regarda la porte se refermer derrière lui. La main apaisante de Rafica se posa sur son bras.

— Remettons-nous au travail. Tout cela n'a aucune importance.

— Il est fou... ou mal intentionné ! murmura Robyn avant de se pencher à nouveau sur sa table.

— Ou bien il n'a pas supporté d'être remis à sa place et il cherche à vous discréditer, ajouta Rafica d'une voix pensive.

L'air était plus frais que les jours précédents et le petit atelier formait une sorte d'îlot de paix à l'abri de l'agitation du monde extérieur.

Robyn tenta d'oublier les absurdes insinuations du Texan et les menaces qui pesaient sur ces manuscrits exhumés avec tant de peine de leur tombeau séculaire. Comme si elle devinait ses angoisses, Rafica leva la tête et lui sourit.

— La plupart des fouilles archéologiques sont un jour ou l'autre la cible des pillards. Il fallait s'y attendre et, en fait, nous avons eu de la chance. Les antiquités sont l'objet d'un marché noir très florissant. Mais ne vous tourmentez pas, la nuit prochaine le chantier sera bien gardé.

Sandi accepta avec gratitude de rentrer avec Robyn et Rafica.

— Cela m'a donné une bonne excuse pour échapper à l'ignoble Huntley Saunders, déclara-t-elle joyeusement en s'installant dans la voiture de Mohammed avec tout son attirail photographique. Je suppose que tout le monde va au banquet demain ?

— Quel banquet ? s'étonna Robyn.

— Le Dr al Rashad ne vous en a pas parlé ? s'exclama Rafica avec surprise. Il est organisé en l'honneur de l'observatrice de l'université — c'est-à-dire en votre honneur à vous ! C'est la Société Archéologique d'Alexandrie qui en a eu l'initiative...

— Pourquoi suis-je la dernière à l'apprendre ? questionna Robyn d'un air vexé.

— Ne nous en voulez pas, s'excusa Sandi, mais comme vous aviez passé la journée et la nuit au Caire avec Sayed, nous avions pensé...

— Oh, j'ai dû tout simplement oublier, essaya de se rattraper Robyn maladroitement. Tant de choses se sont passées depuis hier...

— Cela n'a pas d'importance, continua Sandi sur un ton enjoué. Je n'ai rien à me mettre pour cette occasion et j'aurais aimé ne pas aller toute seule dans les souks pour y acheter une robe. On y trouve des djellabas à des prix défiant toute concurrence... Après, nour irions dîner au *Pastroudis,* un petit restaurant grec très agréable. Ce serait merveilleux si vous veniez toutes les deux ! Nous pourrions nous retrouver en ville vers sept heures. Je dois y rencontrer d'abord la personne de *Town and Country* avec laquelle je suis en contact pour mon reportage. Je vous attendrai dans le square Mohammed Ali, au pied de la statue...

Rafica sourit.

— Je voudrais bien venir avec vous, mais je dois rester dans ma chambre. Un coup de téléphone...

Karim, sans doute, songea Robyn et elle ressentit une brusque irritation à l'idée que Sayed avait refusé d'entreprendre quoi que ce soit pour aider la jeune Egyptienne. Cela seul aurait dû suffire à lui ouvrir les yeux sur sa vraie nature, chuchota une voix aigre au fond d'elle-même.

Elle frissonna involontairement au souvenir du mépris avec lequel il l'avait traitée. Mais il y avait eu aussi le plaisir qu'elle avait ressenti au contact de son corps et la chaleur passionnée de ses lèvres...

— Entendu, se força-t-elle à accepter. A sept heures au pied de la statue de Mohammed Ali.

A l'hôtel, elle n'eut pas le courage de monter dans sa chambré de crainte de ressasser à nouveau son infortune. Elle préféra se promener dans la galerie marchande et entra dans une boutique de souvenirs.

Une vitrine de bijoux fantaisie attira son attention et elle admira rêveusement un lapis-lazuli d'un bleu intense. *Kismet*... amour, ces mots auraient-ils jamais un sens pour elle ?

A contrecœur, elle s'éloigna et choisit quelques cartes postales. Sa mère serait heureuse d'avoir des nouvelles.

Qu'allait-elle lui écrire ?

« Chère maman,

L'Egypte est un pays merveilleux et je souhaite-rais tant que vous soyez avec moi... »

Avec un sourire amer, elle ressortit du magasin pour aller s'asseoir à une table dans les jardins de l'hôtel. Robyn prit un stylo dans son sac et commença à écrire.

« Alexandrie est une ville de rêve... Il me faudrait

des volumes entiers pour te raconter mes impressions. Les cotonnades égyptiennes sont d'une finesse et d'une beauté merveilleuses. Je t'en rapporterai quelques mètres afin que tu te fasses une robe. Ne t'inquiète pas pour moi, tout va bien. Je serai probablement de retour quand tu recevras cette carte, mais au cas où...

> Je t'embrasse,
> Robyn. »

Cela devrait apaiser ses craintes, se dit-elle en se dirigeant vers la réception afin de voir si elle avait des messages.

— Il y a une personne qui désirerait vous voir, Miss, déclara l'employé en lui indiquant du doigt un fauteuil sur lequel une dame était assise.

— Qui est-ce ? questionna Robyn d'un air intrigué.

L'employé haussa les épaules et Robyn se dirigea vers l'inconnue. Aurait-elle la patience de recevoir une journaliste ou une quelconque fonctionnaire du ministère des Antiquités ?

— Je suis si heureuse de faire votre connaissance, murmura l'Egyptienne en lui tendant la main dès qu'elle se fut présentée. Je m'appelle Aziza Atef.

Comme Robyn ne réagissait pas devant son nom, elle haussa légèrement les sourcils.

— Sayed ne vous a donc pas prévenue ? s'étonnat-elle. Oh, vraiment !

— Non... répondit Robyn avec prudence.

— Pourtant, il y a déjà plusieurs jours que je lui ai demandé de rencontrer la représentante de l'université. Accepterez-vous de prendre une tasse de thé en ma compagnie ?

Elle fit un signe impératif à un garçon, puis sourit à nouveau à Robyn.

— Vous n'avez rien du vieux professeur à barbe blanche que l'on imagine dans une telle fonction et lorsque j'ai appris que vous étiez jeune et qui plus est, une femme, j'avoue que ma curiosité a été piquée...

Immédiatement Robyn fut sur ses gardes. Il y avait quelque chose d'un peu faux dans le regard de cette femme.

— L'âge et le sexe n'ont rien à voir avec les compétences professionnelles, Miss Atef, répondit-elle laconiquement.

— Je suis veuve, Miss Douglas, mais vous pouvez m'appeler Aziza. Je m'intéresse beaucoup à l'archéologie, voyez-vous, et lorsque j'ai su que Sayed — le Dr al Rashad — avait découvert l'antique bibliothèque d'Alexandrie, vous pouvez imaginer mon émotion et celle de mes amies...

Un club d'archéologues amateurs, Robyn se raidit instinctivement. Huntley Saunders n'avait pas eu de mal à trouver un terrain favorable.

— Il faudra sans doute des années pour étudier les papyrus que nous avons exhumés et, en tout cas, il est encore beaucoup trop tôt pour affirmer qu'ils proviennent de la célèbre bibliothèque. Les rumeurs que vous avez pu entendre à ce sujet sont sans le moindre fondement.

Mme Atef la regarda pensivement.

— Le Dr al Rashad a de la chance de pouvoir compter sur une personne sérieuse et compétente comme vous l'êtes. Récemment, il a eu tant de problèmes avec d'autres assistantes étrangères...

Un petit rire moqueur s'échappa de ses lèvres.

— Si je n'étais pas si occupée, j'aimerais bien moi

aussi participer à une chasse au trésor, mais hélas mon emploi du temps me force à me contenter de ce que les autres me racontent.

Robyn sourit en imaginant cette créature frêle et sophistiquée en train de gratter la terre de ses doigts délicats et soigneusement manucurés.

— Je suis heureuse que vous vous intéressiez à nos recherches, répondit-elle d'une voix aussi neutre que possible, mais notre travail n'a absolument rien de glorieux, comme le Dr al Rashad a dû déjà vous l'expliquer.

Mme Atef but une gorgée de thé et épia Robyn par-dessus sa tasse.

— Il souhaite que votre université continue de le financer, n'est-ce pas?

— Oui, et c'est la raison pour laquelle je suis ici, répliqua Robyn un peu irritée par le ton de son interlocutrice.

Où Mme Atef voulait-elle en venir? Quel était le but de sa démarche?

— Nous — ses amies — nous apprécierions beaucoup que vous envoyiez un rapport favorable à vos supérieurs, continua Aziza avec un petit rire de gorge. Sayed deviendrait vite impossible s'il ne pouvait achever son petit chantier. Depuis plusieurs semaines, il est — hum — d'une humeur…

— Mon opinion sur l'intérêt de ce projet est indépendante de l'humeur du Dr al Rashad.

Sa réplique avait été cassante et Robyn se demanda pourquoi cette femme l'agaçait autant.

— Vous ai-je offensée? s'inquiéta Mme Atef. Oh, je suis désolée! Ce n'était pas du tout mon intention, Miss Douglas. Je désirais simplement vous rencontrer afin de vous souhaiter tout le succès possible pour votre bref séjour en Egypte.

— Merci, mais... il est possible que je reste ici beaucoup plus longtemps que prévu, riposta Robyn impulsivement.

Le visage d'Aziza Atef s'assombrit brusquement et elle lui tendit la main.

— Alors, à bientôt j'espère. Je suppose que vous savez que Sayed a parfois des coups de foudre. Depuis un an ou deux, c'est sa période américaine, en quelque sorte.

— Je ne vois pas ce que vous voulez dire, madame Atef, répliqua Robyn sur un ton glacial.

L'étrange inconnue s'éloigna avec un rire sarcastique et un sourire de dérision flotta sur les lèvres de Robyn.

Elle lui laissait volontiers Sayed, si c'était de cela dont il s'agissait. Avec son esprit byzantin, elle arriverait peut-être à le comprendre...

La jeune femme consulta sa montre et s'aperçut qu'elle allait devoir se presser si elle voulait être à l'heure à son rendez-vous avec Sandi. Une soirée avec elle lui rendrait un peu de sa joie de vivre.

Quand elle sortit de l'ascenseur au quatrième étage, elle discerna un bruit de musique provenant de la suite de Saunders. Il recevait des invités et elle perçut distinctement le timbre de sa voix au-dessus des autres. Elle passa rapidement devant sa porte entrouverte et une odeur caractéristique et douceâtre parvint jusqu'à elle.

Dieu du Ciel ! Il est complètement fou ! s'exclamat-elle intérieurement en ouvrant la porte de sa chambre et en la claquant derrière elle avant de décrocher rageusement le combiné du téléphone.

— Suite 408, s'il vous plaît.

Quelques minutes passèrent et son timbre familier résonna à l'autre bout du fil.

— M. Saunders, ici Miss Douglas, déclara-t-elle d'une voix assez haute pour que les autres l'entendent. Si vous ne voulez pas que nous soyons expulsés d'Egypte, je vous conseille de faire disparaître dans vos toilettes immédiatement ce que vous êtes en train de fumer ! Vous m'avez comprise ?

— Mais, chère amie...

— Je ne suis pas d'humeur à discuter ! Obéissez ou je vais venir m'en charger moi-même !

Robyn raccrocha d'un coup sec sans cesser de fulminer. Au diable tous ces hommes ! Décidément, ils ne valaient pas plus chers les uns que les autres !

D'une mosquée proche lui parvint le dernier appel à la prière et une expression ironique détendit ses traits. Le monde était plein d'étranges contradictions...

Sous la douche, Robyn retrouva son calme et il était près de sept heures lorsqu'elle monta dans un taxi qui avait accepté de la conduire au square Mohammed Ali.

Une demi-heure plus tard, elle était au pied de la statue du libérateur de l'Egypte, mais Sandi, elle, n'était pas là. Peut-être n'avait-elle pas eu la patience d'attendre... Elle regarda la foule autour d'elle avec attention, mais ne repéra aucun visage européen aux alentours.

Elle avisa un policier en uniforme blanc et s'approcha timidement de lui. En articulant soigneusement ses mots, elle lui expliqua qu'elle désirait acheter une djellaba dans les souks.

Aussitôt, il lui écrivit avec complaisance une adresse sur un bout de papier et le lui tendit en lui indiquant du doigt l'autre extrémité de la place.

— Tournez à droite après le marché aux légumes,

ajouta-t-il dans un anglais hésitant. Vous ne pouvez pas vous tromper.

Elle suivit ses indications et, après le pittoresque petit marché en plein air, elle obliqua dans une étroite ruelle le long de laquelle s'ouvraient d'innombrables boutiques. La foule était très dense et Robyn s'y mêla avec une étrange ivresse. Des haut-parleurs hurlaient une musique arabe envoûtante et elle passa d'un étalage à l'autre en observant avec curiosité les piles de vêtements amoncelées de toutes parts. Parfois, une charrette tirée par un cheval efflanqué ou par un âne se frayait un chemin chaotique au milieu des cris et des vociférations.

Robyn continua d'avancer en cherchant autour d'elle à qui elle pourrait demander où se trouvait l'adresse indiquée sur sa feuille. Elle le montra à l'un des marchands, mais il lui fit signe qu'il ne savait pas lire.

Le bruit était indescriptible, mais Robyn se sentait fascinée. C'était cela l'Egypte profonde, celle que les touristes ne connaîtraient jamais...

Soudain, un homme s'approcha d'elle et lui prit le bras. Elle se dégagea avec brusquerie et il lui sourit en criant presque dans ses oreilles :

— Djellabas ! Les meilleures de toute l'Egypte ! Chez moi... Entrez...

Une vague inquiétude commença à l'envahir et Robyn répliqua d'une voix qu'elle aurait voulue ferme :

— *Emshi !* Allez-vous-en... Laissez-moi !

Elle continua d'avancer, mais il la suivit et soudain un autre homme l'empoigna.

— Djellabas ! Venez... Une affaire !

Elle essaya de l'ignorer également et de poursuivre sa route, mais ils n'étaient pas décidés à la lâcher.

Au bout de quelques minutes, Robyn se retourna avec exaspération et dut presque hurler pour être entendue.

— Allez-vous-en ! Ou j'appelle la police ! Police... Vous comprenez ? Police !

Un large sourire éclaira leurs visages.

— Djellabas, Mylady... Chez moi... Pas chères...

Personne dans le souk ne prêtait attention à eux et soudain, Robyn se sentit perdue, désemparée.

Les lumières des boutiques clignotèrent et brusquement, la ruelle fut plongée dans le noir. Pour la première fois, elle eut peur...

Robyn se mit à courir droit devant elle, se cognant à des inconnus, se faisant injurier à chaque pas et se frayant un chemin avec peine au milieu des chariots et des ânes.

Ce n'est pas possible ! s'exclama-t-elle intérieurement avec désespoir. Pourtant, elle s'était toujours crue en sécurité en Egypte !

Des lampes à huile commencèrent à s'allumer dans les boutiques, éclairant de façon lugubre et surréaliste les visages autour d'elle. Robyn courait toujours, hors d'haleine et trébuchant à chaque pas, lorsque soudain une main l'arrêta dans son élan.

— Lâchez-moi, je vous en supplie !

— Il n'est guère prudent de venir ici toute seule la nuit, observa une voix calme et familière. Vous n'avez rien ?

Sayed ! En reconnaissant sa silhouette élégante et souple, elle faillit éclater en sanglots.

— Non... Dans quelques instants cela ira mieux, souffla-t-elle en reprenant avec peine sa respiration.

J'ai eu si peur… Mais comment avez-vous appris que j'étais ici ?

Il haussa les épaules.

— Je passais par hasard et j'ai vu une femme qui courait comme si elle avait le diable à ses trousses. Il était naturel que je m'arrête pour lui demander la raison de son effroi.

— Deux hommes me suivaient… Quand les lumières se sont éteintes, j'ai craint que…

Un sourire ironique flotta sur les lèvres de Sayed.

— Décidément, vos soirées sont mouvementées. Hier un honorable professeur d'archéologie, aujourd'hui deux marchands du bazar…

— Merci d'être arrivé au bon moment, murmura-t-elle avec un petit rire nerveux.

— Ce doit être une vocation chez moi, riposta-t-il sur un ton faussement philosophe, que de venir en aide aux jeunes filles mises en péril par leur propre inconscience.

— Les jeunes filles pourraient peut-être aussi avoir le droit de se promener sans être constamment agressées, répliqua-t-elle en se rebellant malgré elle.

Il rejeta la tête en arrière et éclata de rire.

— Croyez-vous vraiment que ces hommes avaient de mauvaises intentions à votre égard ?

— Et pourquoi cela n'aurait-il pas été le cas ?

— Vous êtes d'une charmante naïveté, Miss Douglas. Ils ne voulaient rien d'autre que votre présence dans leur boutique. Ils reçoivent une commission pour chaque client qu'ils réussissent à convaincre. Avec votre imagination fertile, vous avez vu en eux des monstres dangereux alors qu'en fait, ce n'étaient probablement que d'honnêtes pères de famille désireux de nourrir leur nombreuse progéniture.

— Quelle façon poétique vous avez d'expliquer

les choses, docteur al Rashad ! répliqua-t-elle sur un ton acerbe. Merci de m'avoir rassurée, mais si cela ne vous ennuie pas, je vais continuer mon chemin. Je ne suis pas venue ici simplement pour me promener, mais pour acheter une robe.

Robyn fit mine de lui tourner le dos, mais sa main se posa sur son épaule et l'obligea à s'arrêter.

— Excusez-moi, mais il est plus prudent que je vous escorte.

Elle se retourna lentement.

— Mon imagination ne me jouait donc pas des tours et ma sécurité ne vous est pas totalement indifférente ? questionna-t-elle avec une nuance involontaire de triomphe dans la voix.

— Pas du tout, mais une crise de nerfs de votre part serait préjudiciable à la bonne marche de mon chantier. J'ai besoin de tous mes collaborateurs. Je connais un magasin tout près d'ici où vous trouverez ce que vous cherchez.

Entre-temps, l'électricité était revenue et Robyn se décida à accepter son offre. Elle n'était pas encore très rassurée...

— J'ai l'intention de porter une djellaba en guise de robe au banquet de demain, déclara-t-elle d'une voix boudeuse.

— Ah oui. C'est une très bonne idée... La dernière fois, le Dr Wayland s'y est ennuyé à périr, mais peut-être vous y amuserez-vous. J'aurais préféré un autre jour mais c'est la Société archéologique qui invite...

Robyn le suivit silencieusement pendant quelques minutes. Si elle avait espéré que cette soirée avait été organisée par Sayed en son honneur, elle s'était trompée du tout au tout ! Ce n'était rien d'autre qu'une cérémonie protocolaire et dénuée de tout intérêt...

Robyn l'observa du coin de l'œil. Elle avait à la fois envie de le gifler et de se jeter dans ses bras.

— Peut-être voudriez-vous connaître le nom de ce souk ? questionna-t-il d'une voix amusée en faisant halte devant une boutique. Ainsi vous pourriez raconter à vos amies en Californie comment vous avez échappé de justesse à d'horribles monstres qui cherchaient à vous faire violence...

Une lueur meurtrière brilla dans le regard de Robyn, mais elle ne répondit rien.

Le propriétaire du petit magasin les accueillit avec déférence et s'inclina profondément devant Robyn après que Sayed et lui eurent échangé quelques phrases en arabe.

— Que lui avez-vous dit ? s'enquit-elle avec circonspection.

— Oh, rien de particulier, je lui ai simplement demandé de bien vous servir, fit Sayed évasivement.

Robyn se maudit de ne pas parler l'arabe et montra une longue djellaba noire dans la vitrine. Le marchand regarda d'abord Sayed, puis sortit une robe identique d'une pile de vêtements. Il la fit entrer dans une cabine dissimulée par un rideau et elle l'essaya avec une étrange excitation.

Le coton était très doux et ses cheveux blonds contrastaient avec le noir presque soyeux du tissu. La coupe était classique et simple.

— Je prendrai celle-ci, déclara-t-elle après l'avoir regardée à la lumière du magasin et que Sayed l'eut admirée.

Quand elle se fut rhabillée, le marchand sortit de derrière son comptoir une autre djellaba dont il fit étinceler l'étoffe dorée.

— Elle lui a été apportée par un vieil homme ce matin. Elle est très finement tissée, expliqua Sayed en prenant le tissu dans ses mains.

— C'est superbe ! s'exclama Robyn d'une voix admirative.

— Alors, essayez-la, puisqu'elle vous plaît, répliqua Sayed en souriant.

Elle rentra dans l'étroite cabine et laissa glisser l'étoffe au-dessus de sa tête. Son contact était aussi doux qu'une caresse et le coton était encore plus fin que celui de la djellaba noire. Elle s'examina dans le miroir. Le devant était coupé un peu plus bas et mettait bien en valeur la naissance de ses seins. Sesha Neheru... En cet instant, elle se sentit vraiment égyptienne.

— Alors ? questionna Sayed de l'autre côté de la cloison.

Robyn sortit avec un peu d'hésitation. Elle savait qu'elle était belle et elle craignait ses remarques moqueuses.

Le marchand se répandit littéralement en un torrent d'admiration volubile, mais Sayed resta silencieux.

— Vous devriez la prendre également, déclara-t-il au bout de quelques secondes. Elle vous va bien.

— Non, la première me suffira, décréta-t-elle d'une voix ferme avant de disparaître à nouveau derrière le rideau.

Tandis qu'elle payait, Sayed resta à l'écart, puis il lui prit le bras pour l'emmener jusqu'à sa voiture garée à l'extérieur du souk.

— Pourquoi n'avez-vous pas choisi la deuxième ? s'étonna-t-il en lui ouvrant la portière. Elle était beaucoup plus belle pourtant...

— Et en quel honneur l'aurais-je mise ? répondit-elle sur un ton léger. Les bals sont si rares de nos jours...

— Hum...

Il tourna la clef de contact et sembla ensuite concentrer toute son attention sur sa conduite. Où pouvait bien se trouver Sandi? se demanda Robyn. Elle commençait à avoir faim, mais elle n'était pas du tout décidée à se laisser inviter par lui.

— Nous avons trouvé un moteur pour la foreuse, observa-t-il quand ils bifurquèrent sur la Corniche. Une autre journée sera nécessaire pour le monter et...

Il s'interrompit et lui jeta un coup d'œil rapide.

— C'est bien, rétorqua-t-elle laconiquement.

— Demain, nous commencerons à transférer les manuscrits déjà catalogués. J'aurais dû les emporter chaque soir au Musée, mais mes ennuis avec le matériel ne m'en ont pas laissé le loisir.

— Nous essaierons d'achever notre travail d'ici là, murmura-t-elle en rougissant.

Elle se sentait de plus en plus embarrassée à côté de lui. L'atmosphère même de la voiture lui rappelait la scène de la veille... C'était insupportable de devoir agir comme si rien ne s'était passé entre eux.

Heureusement, Sayed se gara bientôt devant l'entrée du *Palestine Hotel* et elle sortit avant qu'il n'ait eu le temps de descendre.

— Bonne nuit et merci pour tout, lança-t-elle avant de monter avec précipitation les trois marches du perron.

12

LA main de Sayed se posa sur son front et
chassa doucement les fines particules de
sable qui s'y étaient incrustées. Elle souleva
les paupières et son visage tendre et aimant lui
sourit.

— Vous rêvez, ma chérie...

— Oh Sayed, nous étions séparés l'un de l'autre.
C'était affreux, et puis le ciel s'est ouvert et vous
étiez là.

— Je ne vous quitterai plus, petit oiseau, Sesha
Neheru. Jamais je ne vous abandonnerai...

Robyn savait que lorsque ses yeux s'ouvriraient, le
rêve merveilleux s'évanouirait. Des larmes coulèrent
sur ses joues, inutiles et amères.

Le jour pointait. Elle était seule dans la chambre
406 et elle ne pouvait rien contre la réalité.

Robyn s'habilla lentement, mornement, comme si
son corps refusait de coopérer. Elle aurait voulu
rester au lit, dormir et ne sortir de la douce quiétude
des draps qu'au moment de prendre l'avion qui la
ramènerait aux Etats-Unis.

Rafica attendait dans le hall l'arrivée de la voiture

de Mohammed. Elle était assise dans un fauteuil et se leva en l'apercevant.

— Tom et Sandi ne viendront pas avec nous, déclara-t-elle. Il doit rester à Alexandrie pour préparer la réception des papyrus au Musée. Ils nous feront une place dans l'atelier de restauration afin que nous puissions y continuer notre travail. Je serai tellement soulagée lorsqu'ils seront enfin en sécurité !

— Et Sandi ?

— Tom a déclaré qu'elle était fatiguée.

— Alors, nous serons seules toutes les deux, observa calmement Robyn.

Rafica scruta son visage en fronçant les sourcils.

— Vous aussi, vous faites contre mauvaise fortune bon cœur, n'est-ce pas ? sourit-elle tristement.

— La vie continue...

— *Inch Allah,* conclut la jeune Egyptienne philosophiquement.

Lorsque leur voiture approcha du chantier, la haute silhouette de Sayed se détacha dans le lointain. Plusieurs hommes étaient avec lui et un peu à l'écart, les bédouins observaient le petit groupe. Robyn se raidit. Il y avait quelque chose d'anormal.

— Que se passe-t-il ? demanda-t-elle à Rafica.

— La police des Antiquités, je pense. Ce sont les seuls à avoir un uniforme de cette couleur...

Elles se hâtèrent vers l'atelier. La porte en était ouverte et Sayed s'avança à leur rencontre.

— La police est là. Une lettre anonyme les a informés d'une disparition de papyrus sur notre chantier. J'ai vérifié le catalogue et aucun ne manque pourtant, ajouta-t-il à voix haute à l'intention des trois fonctionnaires. Encore une mauvaise plaisanterie...

— En êtes-vous certain ? Et ceux qui n'étaient pas encore répertoriés ? questionna Hassan Tarsi.

Le visage de Sayed s'assombrit légèrement.

— Je suis certain que rien n'a été dérobé.

Il se retourna vers les policiers et se mit à parler rapidement en arabe.

Rafica tendit l'oreille et traduisit à Robyn.

— Il leur dit que s'il a d'autres informations, il les leur transmettra. Il s'excuse de ce regrettable incident.

Les trois hommes lui serrèrent la main et remontèrent dans leur voiture. Sayed la regarda s'éloigner dans un nuage de poussière, puis il se tourna vers le Dr Tarsi, Robyn et Rafica pour déclarer d'une voix furieuse :

— Suivez-moi. Nous avons à parler !

Il entra dans l'atelier, s'effaça pour les laisser passer et referma la porte derrière eux.

— A présent, j'exige la vérité. J'ai été obligé de mentir à ces hommes, ce qui est contraire à tous mes principes. Des manuscrits ont réellement disparu ! Si je leur avais dit la vérité, le chantier aurait été fermé et leur enquête aurait pu durer des semaines. Les bédouins sont déjà terrifiés à l'idée d'être interrogés ! Alors, n'avez-vous aucun renseignement susceptible de jeter un peu de clarté sur ce nouveau mystère ?

Son visage était blême et une lueur dangereuse brillait dans son regard.

Robyn sentit ses jambes vaciller et ses mains devenir glacées. Etait-ce elle qu'il accusait ? Comment avait-il pu seulement imaginer...

— J'avais envisagé cet incident, observa Hassan Tarsi. Depuis le début, vos méthodes de sécurité ont été insuffisantes. Vous étiez trop confiant.

Rafica s'éclaircit la gorge.

— Que manque-t-il exactement, docteur al Rashad ?

Sayed tendit la main et saisit le catalogue.

— Deux fragments, le n° 163, un manuscrit dont il est mentionné ici qu'il portait la signature en grec d'un certain Apollonius, et le n° 304, un document en démotique datant probablement de la dix-huitième dynastie. Tous deux ont été catalogués par la même personne.

Il leva les yeux et fixa Robyn. Elle savait ce qu'il pensait.

— Oui, par moi, affirma-t-elle d'une voix aussi ferme que possible. Je m'en souviens très bien des deux papyrus et le n° 304 était très bien conservé.

— Et ensuite ?

— Que voulez-vous dire ? Je les ai vus et je les ai enregistrés, un point c'est tout. Que signifie votre attitude ? Insinueriez-vous que moi-même ou Rafica les aurions détournés ?

— Pas du tout, Miss Douglas. Mais un fait très grave s'est produit ici et je veux aller au fond des choses. La colère permet parfois de dissimuler la vérité...

Le visage de Robyn s'empourpra de fureur, mais elle s'en moquait maintenant.

— Allez lancer vos accusations ailleurs, dans ce cas ! Pourquoi ne serait-ce pas vous-même qui les auriez dérobés. J'ai tout autant que vous le droit d'exiger des comptes au nom de l'université que je représente et qui finance ce chantier !

Elle passa devant lui à grands pas rageurs et sortit sans attendre sa réponse.

Sayed la suivit en essayant de la retenir par le bras.

— Allons, écoutez-moi, vous n'êtes plus une enfant ! Je n'accuse ni vous ni personne, mais il faut bien que je commence par interroger les personnes qui...

— Lâchez-moi ! cria-t-elle, en larmes. J'en ai assez de vos manières arrogantes. Appelez Mohammed, j'exige de retourner à mon hôtel immédiatement.

Stupéfait de sa véhémence, il recula involontairement.

— Comme vous voudrez. Mais gardez cette affaire secrète. Rafica va rentrer également avec vous et je vais transférer dès aujourd'hui au Musée le plus grand nombre possible de papyrus.

Sans un mot de plus, Robyn monta à l'arrière de la voiture de Mohammed ; Rafica arriva quelques minutes plus tard.

— Il faut essayer de comprendre le Dr al Rashad, Robyn, murmura-t-elle quand ils eurent démarré. Il ne voulait pas vous mettre en cause, mais cette disparition l'a très touché. Pour lui, c'est presque un sacrilège...

— Ne cherchez pas à l'excuser, Rafica. Cet incident n'est rien à côté de tout ce qui nous sépare lui et moi.

Rafica se tut et toutes deux restèrent silencieuses jusqu'à ce qu'ils eurent rejoint la grande route d'Alexandrie.

— Il m'a demandé de vous dire que le rouleau concernant le dieu aux yeux bleus n'a pas été dérobé, murmura Rafica lorsque la voiture eut enfin quitté les cahots de la piste.

— Si j'avais eu l'intention d'en voler un, c'est celui-ci que j'aurais choisi, répliqua-t-elle en fermant les yeux.

— Je pense qu'il le sait.

— Mais dorénavant, même celui-ci n'a plus aucun intérêt pour moi. Sa traduction lui apprendra peut-être ce que signifient confiance et humanité.

Une main apaisante se posa sur son épaule.

— Robyn, voulez-vous m'accompagner dans mon village ce matin ? J'ai envie d'aller dire bonjour à ma famille et je pense que vous aimeriez voir l'Égypte telle que je la connais. Je vous en prie...

Robyn ouvrit les paupières et sourit.

— Cela me plairait bien. Pardonnez-moi d'avoir agi ainsi et d'avoir désorganisé notre travail. Sayed ne pourra pas tout faire lui-même, et des papyrus devront rester encore une nuit au chantier. C'est dangereux. Et la masse de vélin ? Il va avoir besoin d'aide pour la déplacer...

Un éclair de compréhension passa dans les yeux de Rafica. Elle avait appelé le Dr al Rashad par son prénom et cela avait été suffisant pour que la jeune Égyptienne devine la raison de tous ses tourments.

Mohammed accepta de les conduire directement au hameau de Rafica qui était à une trentaine de kilomètres d'Alexandrie, tout près de la route du Delta.

— Nous prendrons le car pour rentrer, expliqua Rafica. Celui du Caire s'y arrête en fin d'après-midi.

Mohammed quitta la route principale et bifurqua

pour emprunter une petite voie le long d'un canal.
Des deux côtés, le sol était noir et humide et les
céréales alternaient avec les champs de légumes et
les prairies.

— Nous sommes fiers de ce chemin, observa
Rafica. Il a été empierré et goudronné avec les
premiers bénéfices du village après que la terre nous
ait été distribuée. Nous avons été parmi les premiers
à avoir l'électricité.

Robyn était curieuse, car elle ne connaissait pour
ainsi dire rien de cette face cachée de l'Egypte.

— Etes-vous allée à l'école ici quand vous étiez
petite, ou bien avez-vous dû aller en ville ?

— L'école est obligatoire jusqu'à douze ans. Il y
en a une ici avec deux instituteurs. Leurs salaires
sont très faibles et c'est une des raisons pour
lesquelles mon père me reproche mon amour pour
Karim. La fille de Samir Sadawy al Wahab mérite
plus que le salaire d'un pauvre professeur alors
qu'elle pourrait être l'épouse enviée d'un riche
paysan de chez nous. Mon père est très obstiné...

Robyn imagina qu'il ressemblait un peu à Sayed,
intransigeant et dominateur comme lui.

— Il devrait apprécier pourtant que vous ayez
choisi un homme instruit...

— Il ne s'agit pas de cela, mais de la dette qu'il a
contractée envers son frère, le père de Mustapha. Il
y a longtemps, lors de l'arrivée de Nasser, tous deux
reçurent chacun un domaine. Pour nos familles,
c'était un don du ciel. Et puis mon père est tombé
malade et a été incapable de s'occuper des cultures.
Il n'avait pas d'argent pour payer un ouvrier et mes
frères étaient encore des enfants. Aussi, mon oncle,
avec l'aide de ses fils l'a cultivée pour lui et lui a
donné les récoltes afin de nous permettre de vivre.

— Il semble un homme honnête et après tant d'années...

Rafica poussa un profond soupir.

— Il ne demande rien. Depuis dix ans, ce sont mes frères qui travaillent les terres et chaque année, ils l'ont un peu remboursé. Il n'y a plus de dette et chacun est satisfait — sauf mon père.

— Alors je ne vois pas pourquoi...

— Je ne peux pas vous l'expliquer. Simplement, il a donné sa parole et je suis tenue par elle. Mes deux sœurs attendent que je me marie pour être libres. Je n'ai pas le droit d'être égoïste et de les empêcher d'être heureuses. Aisha est déjà si triste — elle aime un jeune homme et a peur de révéler son nom. Je n'ai pas le choix. Mustapha est gentil...

Une fois de plus, Robyn se révolta.

Elle aurait voulu la protéger, mais n'arrivait pas à comprendre la passivité de son amie. En Amérique... mais il n'y avait rien de commun entre l'Egypte et les Etats-Unis.

Mohammed ralentit à l'entrée d'un tournant et ils longèrent plusieurs bâtiments de brique soigneusement entretenus. Les ruelles du village étaient étroites et encombrées d'animaux de toutes sortes, des chèvres, des chats, des chiens, des poules et des oies. Des enfants leur adressèrent des signes d'amitié et Rafica leur répondit en souriant.

Ils firent halte devant un portail pratiqué dans un mur de pierre entourant un petit jardin. Un jeune homme venait juste de le refermer, et s'éloignait rapidement. A sa démarche, il était visible qu'il était très agité.

— Karim !

Rafica ouvrit la portière et sauta avant même que Mohammed ait eu le temps d'arrêter la voiture.

— Karim !

Elle courut derrière le jeune homme qui se retourna immédiatement et lui tendit les bras.

La gorge de Robyn se serra. Ils s'aimaient, ce n'était que trop visible. Ce n'était pas possible ! Quelqu'un devait les aider !

Rafica revint avec le jeune homme vers la voiture et le présenta. Discrètement, Mohammed s'excusa et leur donna rendez-vous à la maison de thé du village. Karim était beau, avec de grands yeux marrons sympathiques et énergiques. Il serra la main de Robyn amicalement et se tourna vers Rafica.

— Je viens juste d'avoir un entretien avec votre père...

— Mais, vous m'aviez promis de ne pas chercher à le rencontrer ! l'interrompit la jeune fille.

— Il le fallait, j'avais besoin de connaître celui qui me refuse le seul bonheur auquel j'aspire sur cette terre.

— Et quelle a été sa réponse ?

— Ses yeux ont refusé de croiser les miens. Il a parlé d'honneur et de caprice de jeunesse sans lendemain. Je n'ai pas pu supporter d'en entendre plus. Il était fermé à tous mes arguments. Vous pouvez encore venir avec moi, Rafica...

— Non, Karim, murmura-t-elle d'une voix tremblante. Ma fuite blesserait trop d'innocents.

Elle prit son visage dans ses mains et sanglota silencieusement.

— Honneur ! s'exclama Karim avec dérision en s'adressant à Robyn. Vous le voyez par le mauvais côté, et je ne puis rien contre lui. Il me reste trois jours de permission avant de rejoindre mon unité dans le Sinaï. Je ne reverrai pas Rafica... avant son mariage avec Mustapha.

Sa voix se brisa, et il s'éloigna à grands pas rapides.

Rafica leva la tête et le regarda disparaître derrière un tournant.

— C'est fini, chuchota-t-elle.

Robyn lui prit la main et la serra fermement dans la sienne.

— Ne vous désespérez pas, rien n'est encore perdu...

— Merci, mais vos bonnes intentions n'y peuvent rien. *Kismet*... c'est ma destinée et celle de Karim... mais je n'ai plus envie de rendre visite aux miens pour aujourd'hui.

Un petit rire malheureux s'échappa de ses lèvres.

— Et dire que cette journée était destinée à vous rendre votre bonne humeur !

— Il reste encore votre village. Je désire voir l'école où vous avez été en classe et puis la ferme des al Rashad...

Rafica la considéra d'un air interrogateur.

— Le Dr Al Rashad vous a parlé de son enfance et de sa famille, n'est-ce pas ? C'est bien... Mais nous allons d'abord aller retrouver Mohammed.

Elles marchèrent ensemble le long de rues bordées de maisons basses à terrasses et de petites boutiques dont les propriétaires étaient souvent sur le seuil en train de bavarder avec des voisins ou des clients. La maison de thé était nichée entre un magasin de vêtements et un bazar dont la vitrine était remplie de balais, de casseroles et de divers ustensiles de ménage.

Mohammed était assis à une petite table et tirait sur un narguilé tout en riant et en bavardant avec deux autres hommes. Il n'y avait pas de femmes et Robyn se sentit un peu embarrassée, mais Rafica se dirigea directement vers le comptoir où un vieil homme essuyait des verres avec un torchon douteux.

Rafica lui expliqua en arabe que Robyn était une collègue du Dr al Rashad et, immédiatement deux tasses fumantes de carcady apparurent sur un plateau.

Elles s'installèrent à une table et dégustèrent lentement le breuvage brûlant. Robyn regarda autour d'elle et ne put s'empêcher de songer à Sayed dans ce cadre lorsqu'il n'était encore qu'un petit garçon.

Être si près de là où il avait vécu et être exclue à jamais de sa vie... N'était-ce pas sa destinée également? *Kismet...*

Elle sourit au tour mélodramatique de ses pensées. Ils étaient tous responsables de leur situation et le hasard n'y avait joué aucune rôle. Lui avec son amertume et son manque de confiance et elle avec sa naïveté et son impatience.

Lorsqu'elles eurent fini, Mohammed leur proposa de les ramener au chantier où il devait aller rechercher Sayed, mais Robyn n'avait aucune envie d'une nouvelle confrontation avec lui.

— Nous prendrons le car, refusa-t-elle poliment. Il faut que je retourne à l'hôtel, mais merci quand même.

Il les salua et leur souhaita une bonne journée.

— L'école est dans cette direction, expliqua Rafica en lui indiquant l'autre extrémité de la grande rue.

Robyn s'était attendue à découvrir une vraie école avec des classes et une cour de récréation, mais au lieu de cela, il s'agissait d'une maison semblable à toutes les autres au bout d'une ruelle en terre battue.

Dans un local à l'aspect de garage et ouvert sur un

jardin en friche, des écoliers étaient assis à même le sol et ânonnaient une table de multiplication.

— Ici, ce sont les petits, nous allons d'abord aller voir les grands, chuchota Rafica en la tirant par le bras vers l'arrière du bâtiment.

Là, un autre groupe écoutait leur institutrice qui leur faisait la lecture.

La jeune femme sourit en reconnaissant Rafica. Elle s'arrêta de lire et les élèves se levèrent avec précipitation.

— Miss Robyn Douglas, une collègue des Etats-Unis, la présenta Rafica tandis que les enfants tournaient la tête vers elle avec curiosité.

— Vous n'êtes pas notre première visite aujourd'hui, observa l'institutrice en indiquant un bosquet de palmiers à l'ombre duquel une dame était assise.

A leur vue, Mme al Rashad se leva et s'avança vers elles en s'exclamant d'une voix typiquement britannique :

— Quelle merveilleuse coïncidence ! J'allais à Alexandrie pour y régler quelques affaires et je n'ai pu résister au plaisir de m'arrêter une heure ou deux ici. Venez, laissons les enfants à leur maîtresse. Nous les avons déjà assez perturbés pour ce matin, ajouta-t-elle en riant.

La présence enjouée de Mme al Rashad réchauffa le cœur de Robyn et son humeur morne disparut comme par enchantement.

— Vous êtes toutes seules ? s'étonna Daphné al Rashad en leur jetant un regard intrigué. Les hommes sont-ils restés au chantier ?

— Il y a eu un petit problème ce matin, expliqua Robyn un peu embarrassée à l'idée qu'il s'agissait d'un demi-mensonge, et Rafica m'a proposé de visiter son village pendant que les autres se chargeaient de le régler.

— Et en avez-vous suffisamment vu pour accepter que je vous ramène à Alexandrie ?

— Merci, répondirent-elles toutes les deux en même temps.

Mais Rafica ajouta :

— Je préférerais ne pas venir avec vous. Mes parents pourraient se formaliser s'ils apprenaient que je suis venue au village et que je ne suis même pas passée leur dire bonjour.

Robyn essaya de déchiffrer l'expression de son amie, mais en vain.

— Vraiment ?

— Oui. Je veux savoir ce qu'ils pensent de Karim et leur faire comprendre que mon affection pour eux n'est pas affectée par leur refus. Je prendrai le car dans la soirée. A demain, et excusez-moi, s'il vous plaît, pour le banquet de ce soir.

Daphné al Rashad serra avec affection la jeune fille dans ses bras.

— Du courage, chère enfant...

Rafica s'en alla et Robyn accompagna Mme al Rashad jusqu'à la Peugeot 604 bleue qui les attendait au bord de la route.

— Je suis l'une des rares femmes en Egypte à conduire moi-même ma voiture, observa-t-elle en souriant. Je suis si heureuse de vous avoir rencontrée ici. Nous allons avoir tout le loisir de bavarder...

Elles retraversèrent le village et retrouvèrent bientôt la route du delta. Robyn commença à la remercier pour son hospitalité de la veille, mais elle l'interrompit aussitôt.

— C'était tout naturel ! Je voudrais tant que ma maison soit un peu la vôtre ! Mais il faut que vous m'expliquiez ce qui est arrivé à Sayed. Je l'ai eu au téléphone, il est d'une humeur détestable...

— A vrai dire...

— Soyez franche avec moi Robyn. S'est-il conduit d'une manière abominable avec vous ?

Robyn baissa les yeux et regarda fixement ses mains sur ses genoux.

— Veuillez m'excuser, madame al Rashad, mais il s'agit d'un problème très personnel et je...

— Je vois, l'arrêta d'un geste la vieille dame. Pardonnez-moi mon indiscrétion.

— Je... Peut-être devriez-vous en demander l'explication directement à votre fils. Pour ma part et afin qu'il ne subsiste plus aucun doute je... je ne veux plus avoir affaire avec lui.

Sa voix était devenue presque inaudible et Daphné al Rashad resta silencieuse.

— Et à propos de Rafica ? s'enquit-elle au bout de quelques minutes. Les choses se présentent assez mal également, n'est-ce pas ?

Robyn lui raconta la visite de Karim au père de la jeune fille et l'obstination de ce dernier.

— Ah, ces hommes ! s'exclama soudain Daphné en tournant ses grands yeux bleus vers Robyn. Je vais devoir me mêler de tout cela moi-même ! En ces matières, on écoute plus facilement une femme de mon âge.

— Ce serait déjà merveilleux si je pouvais quitter l'Egypte avec la certitude que Rafica et Karim seront heureux...

— Et pour vous-même, vous ne formulez aucun vœu ? s'étonna Mme al Rashad alors que leur voiture bifurquait dans le parc de Montaza pour emprunter la route sinueuse conduisant à l'hôtel.

Robyn ne répondit rien. Mme al Rashad s'arrêta

devant l'entrée et ajouta en se penchant vers elle pour l'embrasser :

— Promettez-moi de venir me rendre visite une dernière fois avant votre départ. Vous me le promettez, n'est-ce pas ?

Robyn hocha la tête, trop émue pour être capable de murmurer autre chose qu'un timide merci. Elle descendit de voiture et, après un rapide signe de la main, elle monta avec précipitation les quelques marches du perron.

Le banquet était prévu pour huit heures et Robyn s'aperçut brusquement qu'elle n'avait pas encore déjeuné. Le restaurant était fermé et elle décida de se faire servir un repas dans sa chambre. D'ailleurs, elle n'avait aucune envie de s'asseoir toute seule au milieu d'une foule de gens.

L'idée même de la réception ne l'enthousiasmait pas non plus. Elle ne se sentait guère en état d'affronter encore Sayed, surtout en public.

A quoi pouvait-il bien penser en ce moment ? Voyait-il toujours en elle une voleuse doublée d'une aventurière ? Le mieux pour elle serait encore de rester aussi impassible que le Sphinx et de l'ignorer ostensiblement.

Appuyée sur la balustrade de son balcon, elle rêvait en regardant les oiseaux voleter dans les palmiers, lorsque la sonnerie du téléphone la rappela brusquement à la réalité.

— Vous êtes rentrée ? s'enquit la voix inimitable de Sandi. Avez-vous une minute à accorder à une amie abattue et malade ?

— Que vous est-il arrivé ? Avez-vous besoin d'un médecin ? s'inquiéta Robyn.

— Je ne vous téléphonerais pas pour une bagatelle de ce genre. Non, j'arrive dans une seconde.

Elle raccrocha et l'instant d'après, Robyn vit la jeune fille pousser sa porte. Ses cheveux étaient mal peignés et elle entra d'un pas lent.

— Ce n'est que moi. Je voulais m'excuser pour hier soir...

— Il n'y a pas de mal. D'ailleurs, j'étais moi-même en retard et j'ai trouvé les souks sans trop de peine.

— Il aurait mieux valu que je vienne avec vous en fait...

Sa voix était découragée et ses paupières étaient rouges et gonflées.

— ... Mais, après mon rendez-vous avec cette femme de *Town and Country,* je suis tombée par hasard sur Tom. Nous avons pris un café ensemble au *Cecil Hotel.* Nous avons bavardé et j'ai complètement oublié l'heure. Quand je m'en suis rendu compte, il était trop tard et j'ai proposé à Tom d'aller dîner au *Santa Lucia.*

Elle s'essuya les yeux et tira nerveusement un paquet de cigarettes de la poche de son kimono.

— Ne vous êtes-vous donc pas amusée avec lui ?

La question était superflue. Le visage de Sandi était déjà une réponse suffisante en lui-même.

— Oh, si — pendant une heure ou deux. Ensuite il a commencé à me sermonner sur ma façon de vivre... J'avais l'impression d'entendre mon père ! En fait, cela ne m'ennuyait pas vraiment, car au moins cela prouvait qu'il s'intéressait à moi... Après nous sommes rentrés ici et nous nous sommes promenés le long du petit quai. La lune brillait, l'air du large était très doux et je n'ai pas pu résister. J'ai noué mes bras autour de son cou et je lui ai avoué mon amour. Nous avons échangé un long baiser et jamais je n'avais été aussi heureuse…

Sa voix se brisa et deux larmes coulèrent le long de ses joues.

— Savez-vous comment il a réagi ensuite ? Il s'est éloigné de moi comme si je lui faisais horreur et il m'a jeté avec mépris : « Ah, si seulement je pouvais croire en votre sincérité ! » Qu'il aille au diable !

Elle inspira rageusement une bouffée de fumée et un sourire amer déforma ses traits.

— Il veut une jeune fille romantique et pure, comme vous ! Moi, je suis trop « libérée » à son goût… Mais je ne puis tout de même pas effacer mon passé d'un coup de baguette magique !

— Si je fumais, je vous aurais bien demandé une cigarette, observa Robyn lugubrement. Peut-être avez-vous eu raison de ne pas vous priver… Au moins, vous avez été honnête avec lui et il ne peut pas vous en tenir rigueur. Un homme devrait être heureux pourtant d'apprendre qu'il est aimé…

— La belle affaire ! Il doit imaginer que je dis la même chose à tout le monde.

— Accordez lui un peu de temps. Je suis certaine qu'il est épris de vous…

— Hum… murmura Sandi, peu convaincue. Et vous, comment avez-vous réussi à lui échapper ? Je veux parler de Sayed, bien sûr…

— Moi, je connais le secret de l'invulnérabilité, répliqua-t-elle avec une affreuse envie de jouer à la parfaite innocente.

— Là, vous me stupéfiez.

Robyn regarda les grands yeux crédules de Sandi et elle se mit à rire impulsivement. Les larmes étaient bien proches sous cette gaieté factice et Sandi se joignit à elle dans une crise de fou rire inextinguible.

Quand elle réussit à se calmer un peu, Robyn ajouta sur un ton morne :

— Je n'ai pas de leçon à vous donner. Je suis vulnérable moi aussi et je me suis conduite encore plus stupidement que vous.

Sandi la serra dans ses bras avec compassion et chacune pleura sur l'épaule de l'autre sans la moindre retenue.

— Bien, cela suffit ainsi, murmura Sandi en se reprenant au bout de quelques minutes. Si nous nous faisions vraiment belle pour une fois ? Rien que pour les surprendre...

Robyn la regarda sans enthousiasme.

— Allons, du courage ! s'exclama Sandi avec une gaieté communicative. A ce soir huit heures dans le hall, d'accord ?

— D'accord, acquiesça Robyn en lui ouvrant la porte avec un sourire.

Elle venait juste de la refermer, lorsqu'elle fut dérangée à nouveau par Huntley Saunders.

— Bonsoir, Miss Douglas. J'ai appris qu'il y avait eu encore des problèmes au chantier aujourd'hui, observa-t-il d'une voix suave en restant prudemment sur le seuil.

— Je suis certaine que vous en savez beaucoup plus que moi à ce sujet, répliqua Robyn sèchement.

— Une honte ! Sayed doit être plutôt embarrassé. Enfin, ce n'est pas grave, avec tout ce qu'il y a probablement en dessous, dans cette fameuse chambre...

— Vous ne paraissez guère troublé, monsieur

Saunders! C'est aussi un peu votre chantier pourtant...

— Certes, mais c'est bien peu important en comparaison de ce que nous allons découvrir demain, une fois que le trou aura été enfin foré...

L'hypocrisie de son ton l'irritait, mais Robyn s'efforça de répondre d'une voix neutre.

— Je l'espère, mais il faut maintenant que je m'habille pour le banquet. Si vous voulez bien m'excuser...

— Vous allez vous y ennuyer à mourir... Enfin, je serai au *Yacht Club* si jamais l'envie vous prenait de vous amuser un peu. Au revoir Robyn...

Il referma la porte et un sourire ironique flotta sur les lèvres de Robyn. Décidément, il ne doutait de rien !

Le contact de la djellaba était doux et agréable sur sa peau et un peu d'assurance lui revint. Pourvu que Sayed ne remarque pas qu'elle avait pleuré ! L'indifférence... Ce serait en quelque sorte le thème de la soirée. Après tout, il pouvait bien penser ce qu'il voulait d'elle désormais !

13

L<small>E</small> restaurant avait été divisé en deux pour le banquet et une longue table avait été dressée avec une carte posée sur chaque serviette blanche. Sandi alla jeter un rapide coup d'œil et revint pour annoncer à Robyn qu'elle était entre le Dr Gaddabi et un haut personnage au nom inconnu.

— Ils m'ont placée le plus loin possible, presque dans les cuisines, ajouta-t-elle avec amertume, entre deux inconnus. Tom est à la droite d'une Egyptienne du nom de Aziza je ne sais quoi.

Robyn sourit.

— Ne vous inquiétez pas pour elle, Aziza ne plaira pas à Tom. Elle est très ambitieuse... et redoutable.

Etait-ce Sayed qui l'avait invitée ? se demanda-t-elle avec un peu d'inquiétude. Elle regarda autour d'elle et le découvrit dans un coin. Il parlait avec deux ou trois invités et il n'avait pas fait le moindre effort pour venir dans sa direction.

Le Dr Gaddabi s'approcha d'elle et s'inclina gravement pour lui baiser la main.

— Le Dr al Rashad a dû vous prévenir, mais il y

aura beaucoup de journalistes ce soir. La plus extrême discrétion est recommandée...

Il poussa un profond soupir.

— La lutte est toujours vivace entre ces gens-là et nous... Mieux vaut garder nos petits secrets, tant que nous n'avons pas de certitudes absolues.

Robyn lui sourit chaleureusement. Sa présence avait quelque chose de réconfortant.

— Le temps est un sujet inépuisable, répondit-elle avec un clin d'œil complice.

Son regard glissa vers la réception et au même moment, Aziza Atef fit une apparition remarquée. Vêtue d'une robe époustouflante et très montante, elle se dirigea sans hésiter vers le groupe au milieu duquel se trouvait Sayed.

— Mon Dieu, est-ce Aziza...? chuchota Sandi avec mépris.

Robyn acquiesça silencieusement.

— Ils forment un beau couple, n'est-ce pas?

— Ne soyez pas stupide. Elle est affreuse! Vous ne pensez tout de même pas que Sayed ait pu trouver un quelconque attrait dans toute cette sophistication agressive?

— Qui sait... et qui s'en soucie?

— Moi. Je n'ai pas envie qu'elle tourne autour de Tom. Attendez-moi une seconde, je voudrais avoir un mot ou deux avec lui avant qu'il ne s'installe à sa place.

— Ah, Miss Douglas! s'exclama Hassan Tarsi en s'inclinant avec déférence devant Robyn. Vous êtes absolument charmante ce soir. Je voulais vous parler justement...

Instinctivement, Robyn recula d'un pas.

— Je ne crois pas que ce soit l'endroit, docteur Tarsi, l'interrompit-elle sèchement.

— Mais je voulais simplement vous dire que je n'avais absolument aucun soupçon à votre égard...

— Merci beaucoup, répliqua-t-elle ironiquement. Votre soutien est d'un grand soulagement pour moi...

— Et je me suis efforcé de convaincre le Dr al Rashad de votre innocence. Je suis persuadé que ce sont les bédouins. Je n'ai jamais eu confiance en eux.

Le visage de Robyn s'empourpra malgré elle.

— Vous jugez et condamnez bien rapidement, docteur Tarsi. Avez-vous des griefs contre eux ?

Vous ne devinerez jamais les problèmes que j'ai eus continuellement avec ces...

— Vos accusations sont sans fondement et abstenez-vous de prendre ma défense ! Je suis assez grande pour choisir moi-même mes avocats.

Une expression mielleuse envahit le visage de l'Iranien.

— Bien sûr, vous êtes encore bouleversée. Je comprends tout à fait.

— Mon compte rendu final à l'université expliquera clairement ce qui s'est passé ici ! rétorqua-t-elle en élevant le ton involontairement.

— Je vous en prie, Miss Douglas, parlons plus bas. Je voulais simplement vous assurer que j'étais un collègue fidèle et que vous devriez mieux connaître. Accepteriez-vous de dîner avec moi demain soir ?

Elle lui jeta un regard glacial.

— Non. Si vous êtes intéressé par mon rapport, je vous en fournirai une photocopie... Ainsi, vous saurez exactement de quoi il retourne.

Un sourire faux déforma ses traits et il s'inclina à nouveau.

— Alors bonsoir. Et merci par avance de votre bienveillance à mon égard.

Robyn le regarda s'éloigner avec des yeux furibonds. Comment pouvait-il avoir le front de quémander une pareille faveur après la lettre qu'il avait envoyée au ministère ?

Le banquet se déroula comme dans un mirage dont elle n'émergea que pour répondre aux toasts portés en son honneur et en celui de la faculté. Sayed prononça un bref discours pour la remercier de son aide et Robyn se demanda comment ses louanges hypocrites ne l'avaient pas étranglée...

Après le café, l'assemblée se dispersa et Robyn s'esquiva sans bruit vers l'ascenseur. Elle avait besoin de calme... de beaucoup de calme.

Une fois de plus, l'appareil était resté bloqué à un étage supérieur et elle se dirigea d'un pas décidé vers l'escalier. Au même moment, Sayed sortit du restaurant. Il était impossible de l'éviter...

— Quatre étages, c'est bien long, observa-t-il avec une ironie qui acheva de lui faire perdre son sang-froid.

— L'ascenseur... Je... Allez au diable, docteur al Rashad ! Allez au diable !

Cette fois-ci, ce fut lui qui resta bouche bée et sans un mot de plus, elle lui tourna le dos et s'enfuit en escaladant les marches quatre à quatre.

Quand elle ouvrit sa porte, encore toute haletante de sa fuite éperdue, la sonnerie du téléphone résonna et elle décrocha machinalement le combiné.

La voix de Sayed était toute contrite.

— Robyn, pardonnez-moi si je vous ai blessée, je...

Elle éloigna le récepteur de son oreille. Pourquoi devrait-elle accepter ses excuses ?

— Si vous voulez savoir, j'en ai assez d'être traitée comme une vulgaire voleuse ou une menteuse ! cria-t-elle avec exaspération. J'en ai assez d'être sans arrêt soupçonnée sans raison ! Mon père m'a appris à respecter les antiquités et je n'ai pas pris vos manuscrits. C'est vraiment la dernière idée qui me serait venue à l'esprit !

Un silence pesant s'instaura à l'autre bout du fil, puis il se décida enfin à répondre.

— Robyn, il est inutile de nous disputer. Pour les documents... je suis capable de comprendre que l'on soit tenté. Surtout si on est animé par la passion qui est la vôtre. Ce n'est pas un crime et je...

— Que voulez-vous insinuer ?

Il étouffa un petit rire qui la mit encore plus mal à son aise.

— Rien. A demain Robyn. Nous parlerons de tout cela quand vous aurez retrouvé votre calme.

Elle entendit un déclic et elle fixa sans comprendre le combiné.

C'était incroyable ! Avait-il sous-entendu qu'il lui donnait une chance de rendre elle-même les rouleaux et que dans ce cas, l'affaire n'aurait pas de suites ?

Par quelle aberration avait-il seulement envisagé qu'elle ou Rafica aient pu les dérober, alors que tout laissait penser qu'il s'agissait de l'œuvre de vulgaires pillards ? Mais comment prouver son innocence... ? Sans doute Sayed n'avait-il pas dû avoir le temps de mettre tous les manuscrits à l'abri au Musée. Le voleur reviendrait peut-être cette nuit... et si elle allait le surprendre ?

L'idée était folle, mais Robyn avait tellement envie de se disculper définitivement et de faire cesser les soupçons !

Sans réfléchir plus longtemps au danger éventuel, elle retira sa djellaba noire et enfila un jean, une chemisette kaki et un manteau.

Quelques minutes plus tard, un foulard noué sur ses cheveux, elle s'approcha de la réception pour présenter sa requête à l'employé.

— Ce sera peut-être un peu long, Miss, observa-t-il en haussant les sourcils. Une telle course est plutôt inhabituelle... Mais ne vous inquiétez pas, je vais vous trouver un chauffeur.

Une demi-heure passa et finalement, l'homme revint avec un large sourire. Il avait réussi à convaincre un taxi qui acceptait de l'emmener au chantier pour la somme de dix livres.

Il était minuit passé, mais les rues étaient encore animées. Le conducteur parlait très peu d'anglais, mais il connaissait la route pour y avoir déjà conduit Tom et Georges. Pour l'instant, elle avait de la chance, car elle aurait été bien incapable de lui indiquer le chemin.

Si elle avait eu un peu plus d'expérience de l'Egypte, Robyn se serait rendu compte que le halo rouge autour de la lune signifiait que les vents soulevaient des nuages de poussière dans le désert et les poussaient vers la côte. Mais elle était si émue que toutes ses facultés de réflexion étaient comme anesthésiées.

Elle allait offrir son voleur à Sayed, sur un plateau...

— Arrêtez-moi ici, déclara-t-elle au chauffeur lorsque les lumières du chantier apparurent dans le lointain.

L'homme secoua la tête.

— Non, Milady... je ne peux pas vous laisser ainsi toute seule.

— Vous n'avez pas à vous inquiéter. Je connais le chemin, répliqua-t-elle d'une voix ferme.

— Le *Khamsin…*, Milady, objecta-t-il sur un ton hésitant.

— J'ai un rendez-vous avec quelqu'un. Rentrez en ville, tout ira bien.

Elle descendit de voiture et immédiatement, Robyn eut l'impression qu'une main tiède et puissante la repoussait. Le *Khamsin* s'était levé et jamais il n'avait encore soufflé avec cette violence.

Quand le taxi fit demi-tour et s'en alla, la gorge de Robyn se serra un peu. Très vite, ses lumières disparurent dans un nuage de poussière et résolument elle prit la direction des baraquements.

En bordure du camp, les bédouins avaient allumé un feu et leurs rires parvinrent jusqu'à elle. Ils ne remarquèrent pas son approche et elle songea que n'importe quel pillard aurait pu facilement tromper leur vigilance.

Lorsqu'elle fut assez près de l'atelier et des fouilles, elle s'enveloppa dans son manteau et s'assit sur le sol en se confondant le plus possible avec les rochers des alentours. Elle était décidée à attendre le temps qu'il faudrait pour prendre le voleur sur le fait. Et ensuite ? Elle préviendrait les gardes…

Le regard fixé sur la porte de l'atelier, elle ne bougea pas pendant de longues et interminables minutes et lorsqu'un frottement se produisit tout à côté d'elle, Robyn sursauta malgré elle.

— Vous ne devriez pas être ici, chuchota Bahyia à son oreille. Vous avez eu tort de ne pas suivre mes conseils…

Le cœur de Robyn se mit à battre à un rythme effréné. La *cheikha* s'assit à côté d'elle dans un bruissement d'étoffes.

— Vous n'avez pas cru Bahyia et d'autres larmes attendent le petit oiseau. Le sable ne ment jamais, *sitt*.

Soudain, une rafale de vent plus forte que les autres souffla au-dessus du chantier et Robyn n'entendit que le dernier mot de la phrase suivante : *Khamsin*.

Un nuage de poussière obscurcit la lune et les étoiles ; Robyn tendit instinctivement la main vers la vieille femme.

— Il faut que je sauve les papyrus ! cria-t-elle avec une volonté presque sauvage.

Les murs légers des abris provisoires tremblaient et ondulaient presque sous les assauts du vent brûlant. Les bédouins s'étaient aussitôt précipités et Robyn les aperçut en train de s'efforcer de consolider les frêles bâtiments.

Courbée en deux, Robyn courut vers l'endroit où étaient abrités les manuscrits et se rendit brusquement compte qu'elle n'en avait même pas la clef. Les panneaux de bois gémissaient et il était visible que si le *Khamsin* ne se calmait pas, quelques minutes suffiraient pour les disloquer et disperser les précieux documents qui y étaient entreposés.

Sans réfléchir, elle ramassa une pierre et entreprit de briser les carreaux de la fenêtre. Elle tourna la crémone et se hissa maladroitement à l'intérieur.

Dans la petite pièce, les vibrations étaient assourdissantes comme si un géant en colère en secouait les murs en jurant et en grognant. Avec l'aide de sa lampe de poche, elle trouva ce qu'elle cherchait. Sayed n'avait pas eu le temps d'enlever tous les papyrus et la masse de vélin elle-même était encore sous son étoffe de protection. Mais plus pour très longtemps, si elle n'agissait pas immédiatement.

Où allait-elle trouver un endroit à l'abri du vent. Elle entendit des voix à l'extérieur. Les bédouins empilaient des sacs de sable contre les parois et tout de suite le bâtiment sembla reprendre un peu de stabilité. Bahyia apparut et lui tendit une bâche.

— Merci ! cria-t-elle d'une voix soulagée. C'était juste ce dont j'avais besoin.

La vieille femme disparut et Robyn tira vers elle la grande toile cirée. Fébrilement, elle rassembla tous les fragiles manuscrits dans un coin et les enveloppa avec la toile qu'elle fixa au sol avec tous les objets pesants qu'elle avait sous la main.

Le *Khamsin* pouvait maintenant emporter le toit, les précieux documents ne risquaient plus rien. Elle n'avait peut-être pas réussi à prendre le voleur en flagrant délit, mais au moins Sayed serait obligé d'admettre son dévouement, songea-t-elle avec un sourire de triomphe.

Elle regarda au-dehors et aperçut les phares d'une voiture au milieu d'un nuage de fines particules de poussière rougeâtre. Les portières s'ouvrirent. Des formes fantomatiques en descendirent. Puis elle entendit des voix et reconnut la silhouette de Tom.

Elle cria dans sa direction et il s'arrêta brusquement.

— Robyn ! Que diable faites-vous ici ?

D'un geste elle lui montra la pièce derrière elle.

— J'ai protégé nos trouvailles... juste à temps.

Il s'approcha de la fenêtre. Rafica était avec lui.

— Par quel hasard êtes-vous...

— Je vous en prie, ouvrez-moi la porte ! Je n'ai pas envie de passer à nouveau par la fenêtre, répliqua-t-elle avec un sourire involontairement triomphal.

La clef tourna dans la serrure et Tom entra en hésitant.

— Quand Sayed m'a téléphoné pour me dire qu'il fallait aller au plus vite au chantier parce que le *Khamsin* s'était levé, je n'ai pas eu le courage de vous réveiller... Et vous étiez déjà ici ! Vous m'étonnerez toujours !

— J'ai tout mis sous cette bâche pendant que les bédouins consolidaient le bâtiment avec des sacs de sable. C'était la seule solution... Sinon le vent allait tout emporter !

Tom poussa un sifflement admiratif et tourna la tête vers l'extérieur.

— Sayed ! Hassan ! Venez voir !

Deux lampes-torches s'approchèrent et balayèrent la pièce. Derrière l'une d'entre elle se trouvait Sayed, mais elle ne pouvait pas le distinguer.

— Devinez qui nous a précédés ici ! Le travail est déjà fini...

Le visage de Sayed apparut dans le halo de lumière et il lança d'une voix dénuée d'émotion :

— Je vois. Vous avez été très imprudente, Robyn. Vous auriez pu vous blesser, vous tuer peut-être et aucun fragment de papyrus ne mérite un tel risque.

Il lui reprochait sa conduite ! Là, c'était vraiment le comble.

— J'ai fait mon devoir, se défendit-elle en rougissant involontairement.

— C'est une action louable, Miss Douglas, observa le Dr Tarsi sur un ton venimeux. Mais le Dr al Rashad se demande sans doute comme moi-même, quels ont pu être les motifs de votre présence ici.

— Docteur Tarsi, si je suis venue ici, c'est dans le

seul but de prendre le voleur sur le fait, répliqua-t-elle sur un ton glacial, et j'y aurais réussi si le *Khamsin* ne s'était pas brusquement levé. J'avais l'intention de prouver que les accusations portées contre moi étaient absurdes !

— Mais quelle idée ! s'exclama Tom avec indignation. Comment aurait-on pu vous soupçonner, alors que...

Sayed l'interrompit d'une voix sèche.

— Elle croyait son innoncence mise en doute et par vanité, elle a mis inutilement sa vie en danger !

— Il ne s'agissait pas de vanité, docteur al Rashad mais de mon honneur !

— Ecoutez Robyn, proposa Tom, vous devriez aller vous mettre à l'abri dans la voiture. Mohammed a une Thermos de café. Pendant ce temps nous jetterons un coup d'œil aux autres bâtiments.

— Il a raison, renchérit Rafica. Vous avez été merveilleuse et vous avez besoin de vous reposer un peu.

A l'extérieur, les bédouins continuaient de renforcer les bâtiments et en passant devant eux, Robyn eut l'affreuse impression que son triomphe était un leurre.

— Nous avons fait du bon travail, *sitt !*

La voix rauque de Bahyia lui parvint à travers la pénombre mais elle continua de marcher, consciente de son pas feutré derrière elle.

— Il m'accuse toujours d'avoir volé les rouleaux...

Bahyia se rapprocha et posa la main sur son épaule.

— Je connais celui qui les a pris.

Robyn la regarda avec une lueur d'espoir au fond des yeux.

— Alors dites-le-leur, démasquez-le !

Un sourire serein flotta sur les lèvres de la vieille femme.

— Il est trop tôt. Les mauvais esprits soufflent toujours dans le vent. Ne les entendez-vous pas, *sitt*? Le Dieu aux yeux bleus écoute leurs mensonges.

Un peu désorientée Robyn la regarda s'éloigner. Il y avait toujours une promesse étrange dans les paroles de Bahyia, une promesse qui ne se réaliserait jamais.

Des voix assourdies parvinrent jusqu'à elle, déformées par le grondement faiblissant du vent. Que faisait-elle ici, alors qu'elle avait seulement envie d'être dans les bras de Sayed et d'être aimée de lui ? Mais lui, il ne pensait qu'à ses manuscrits et il la soupçonnait d'être venue au chantier dans la seule intention de les dérober !

Robyn n'avait pas envie d'aller à la voiture de Mohammed et elle s'assit toute seule sur un rocher en attendant le retour de Sayed. Son cœur battait à se rompre et elle eut brusquement besoin de la présence réconfortante de Bahyia. Elle était la seule à la comprendre, songea-t-elle lugubrement en se levant pour prendre la direction du village.

Le vent avait repris et de violentes rafales la poussaient en avant. Le sable se soulevait en nuages ocres et denses noyant tous les points de repère autour d'elle. Peu à peu, Robyn perdait son sens de l'orientation et une terrible fatigue rendait ses jambes lourdes et pesantes. Plus rien n'était réel, hormis le sable tiède et la force brûlante du *Khamsin*.

Une petite scène avec son père passa fugitivement

dans son esprit. Il venait de déballer une caisse de tessons de poterie et un peu de terre restait tout au fond. Il l'avait prise entre ses doigts et avait murmuré :

— Regarde Robyn, c'est la terre rouge de l'Egypte.

Elle l'avait touchée du bout des doigts et avait rêvé au jour où elle serait grande et irait tout là-bas dans cet Orient enchanteur.

Robyn y était aujourd'hui, prise au piège de son charme et jamais elle n'avait été aussi malheureuse.

— Je veux rentrer à la maison, gémit-elle à voix haute.

Ses propres mots parvinrent assourdis à ses oreilles et, peu à peu, elle se rendit compte de la réalité : elle était perdue, elle avait tourné en rond !

Mais elle n'avait pas dû aller loin. En continuant de progresser dans la même direction, elle finirait par trouver le village. Il était assez grand tout de même...

Un bruit la fit sursauter. Un vague son troua la pénombre et une forme se dessina devant elle. L'instant d'après, Robyn entra en collision avec une masse chaude et soyeuse. Le regard triste d'un petit âne rencontra le sien. Il haletait et Robyn lui caressa la tête amicalement.

— Alors, tu es perdu toi aussi ?

L'animal lui répondit par un braiment malheureux.

— Qu'allons-nous faire tous les deux ?

Par sa seule présence, Robyn se sentait un peu rassurée et elle mit son bras autour de son cou. Tous deux se remirent à marcher, mais bien vite, elle comprit que leurs efforts étaient inutiles. On ne voyait pas à deux mètres devant soi et elle se souvint d'une vieille histoire qu'elle avait lue quand elle était encore enfant. Les personnages s'étaient retrouvés dans une tempête de sable et ils s'étaient assis le dos au vent contre leurs chameaux en se protégeant le visage avec leurs vêtements.

Elle regarda la petite bête qui s'étouffait à chaque pas et eut pitié d'elle.

— Il vaut mieux renoncer, murmura-t-elle en se laissant aller à terre.

Docilement l'animal suivit son exemple et s'assit à côté d'elle en tournant le dos au *Khamsin*.

— Tu es un sage, murmura-t-elle en lui grattant les oreilles et le museau.

Il était presque impossible de respirer ; Robyn tira son manteau sur sa tête et sur celle de son compagnon. Sous la minuscule tente ils étouffaient un peu moins et Robyn percevait le battement régulier de son cœur. Elle posa son front contre son poil rugueux et son esprit cessa de penser. Lentement elle se mit à somnoler et bientôt, elle s'endormit profondément, bercée par le sifflement continu du vent et par la vie toute vibrante et tiède du petit âne pelotonné contre elle. Elle rêva qu'elle courait le long du canal. Le Dieu aux yeux bleus n'était pas venu et elle s'accroupissait sur la rive pour pleurer. Soudain elle entendit crier son nom…

— Robyn ! Robyn !

La voix de Sayed était pleine d'anxiété et elle sentit ses mains brosser le sable qui la recouvrait. Robyn écarta son manteau et essaya de se lever de son inconfortable position. L'âne se mit sur ses pattes en s'ébrouant et elle fut brusquement attirée vers un autre corps chaud et rassurant.

— Allah soit loué ! chuchota Sayed en la serrant dans ses bras.

Il était agenouillé par terre. Ses cheveux et son visage étaient couverts d'une poussière fine et jaunâtre. Encore à demi dans son rêve, elle se laissa aller avec un soupir contre sa poitrine.

Puis elle cligna des yeux et vit que le ciel s'éclaircissait. Une lumière pâle brillait à l'horizon et le vent n'était plus qu'une brise légère.

— Vous n'avez rien ?

— Non, mon nouvel ami a pris soin de moi.

— Je vous cherche depuis des heures. J'étais affreusement inquiet à l'idée des scorpions et des serpents venimeux qui pullulent par ici.

Sa voix était grave et profonde et Robyn noua ses bras autour de son cou avec gratitude. Elle n'écoutait pas ce qu'il lui disait, mais son ton suffisait à lui faire comprendre toute son inquiétude.

— Pourquoi vous êtes-vous éloignée des fouilles ? N'avez-vous donc pas pensé à…

Doucement, sa main caressait son front et d'un seul coup, Robyn revint à la réalité.

— J'étais si malheureuse, bredouilla-t-elle avec franchise. Tout le monde pensait que j'avais volé les rouleaux… Plus rien n'avait d'importance pour moi.

Des larmes coulèrent sur ses joues et le regard bleu de Sayed sembla pénétrer jusqu'au plus profond de son âme.

— Robyn, Robyn ! J'ai été stupide… Jamais je n'aurais dû imaginer un seul instant que vous ayez été capable d'un tel forfait. Je vous demande pardon, humblement…

Sa tête se pencha sur elle et lentement leurs lèvres se joignirent en un baiser d'une tendresse presque douloureuse. Robyn répondait de tout son être et son amour pour lui semblait couler en elle comme un fleuve puissant et dévastateur.

— Ma chérie, si jamais il vous était arrivé quelque chose, je ne me serais jamais...

Sa voix était devenue un peu rauque, vibrant d'une sourde passion. Un vertige la saisit... Non, elle n'allait pas de nouveau trahir sa faiblesse !

Brusquement, elle se raidit et le repoussa avec fébrilité.

Il la regarda avec stupéfaction.

— Que se passe-t-il ? Mon cœur, vous ai-je blessée ?

Mais le charme était brisé. Ses paroles étaient simplement celles de tout homme cherchant à réconforter une femme.

— Il faut que je marche un peu, mes jambes sont engourdies.

Elle s'écarta de lui avec précipitation et au même moment, le petit âne s'ébroua et se mit à braire en levant la tête vers le soleil levant.

Tous deux éclatèrent de rire, mais soudain Sayed baissa les yeux et remarqua une large entaille sur sa jambe. Le sang avait séché et il s'agenouilla pour examiner la plaie.

— Pauvre Robyn ! Pourquoi ne m'avez-vous rien dit ? Vous ne pouvez pas marcher ainsi...

— Ce... ce n'est rien. J'ai dû tomber pendant la tempête.

Malgré ses protestations, il la souleva dans ses bras sans le moindre effort.

— Mais je... je suis capable de marcher !

— Calmez-vous, Robyn. Vous avez erré au-delà des fouilles de Tarsi...

Sa voix était sans réplique et elle posa sa tête contre sa poitrine, tandis qu'il se mettait en marche à grands pas rapides. Instinctivement, elle noua ses bras autour de son cou et se raidit pour lutter contre la brusque envie de l'embrasser qui montait en elle en entendant le battement de son cœur si près du sien.

— Détendez-vous, Robyn, murmura-t-il avec une lueur moqueuse dans le regard.

— Je n'ai pas l'habitude d'être transportée ainsi.

— Il faudra la prendre alors, observa-t-il en étouffant un petit rire.

Elle baissa les yeux et aperçut l'âne qui trottait joyeusement à côté d'eux.

Un cri résonna dans le lointain et des silhouettes s'approchèrent d'eux en courant. Quelques secondes plus tard, Tom arriva en haletant.

— Dieu soit loué ! Je viens juste de revenir moi aussi ! Vous pouvez vous vanter de nous avoir fait peur !

Rafica elle aussi les rejoignit et devant son visage anxieux, Robyn se sentit un peu coupable.

— Je n'ai rien, affirma-t-elle avec embarras. Il ne fallait pas vous inquiéter...

— Elle s'est blessée au genou, déclara Sayed sur un ton bourru. Rafica, pourriez-vous aller chercher la boîte à pharmacie ?

La jeune fille venait juste de repartir en courant vers le chantier, lorsque Bahyia s'approcha d'eux, le visage mystérieux, et s'adressa à Sayed.

— J'ai à vous parler, *ya ustar,* mais je vous attendrai au camp. Le moment est venu, *sitt,* ajouta-t-elle à l'intention de Robyn.

Elle se joignit à l'étrange procession et bientôt, ils arrivèrent en vue du chantier où les bédouins s'activaient déjà à réparer les dégâts causés par le vent. Rafica les attendait avec une bassine d'eau et des bandes.

Le Dr Gaddabi se précipita à leur rencontre, et

serra la main de Robyn avec une expression toute paternelle.

— Ma chère enfant, vous voilà enfin saine et sauve ! s'exclama-t-il tandis que son regard allait de Sayed à elle d'un air entendu.

Sayed aida Rafica à nettoyer et à panser la blessure et ils venaient juste de terminer lorsque Hassan Tarsi et Huntley Saunders s'avancèrent vers eux l'un derrière l'autre.

Robyn aperçut la Mercedes au loin et elle se demanda pourquoi il était venu. Tom avait dû trouver un malin plaisir à le sortir du lit pour lui annoncer que le *Khamsin* avait définitivement balayé ses espoirs de devenir célèbre.

Les yeux de Bahyia s'étaient mis à briller quand elle les vit et Hassan Tarsi regarda nerveusement vers elle.

— Pourquoi laissez-vous cette sorcière tourner ainsi autour de nous, al Rashad ? Une voleuse, comme ses pareils...

— *Sirsir !* siffla la vieille femme avec mépris.

Puis elle s'inclina vers Sayed et s'adressa à lui dans un arabe volubile et avec des gestes significatifs en direction des deux hommes.

Tom se pencha à l'oreille de Robyn et lui fit une traduction sommaire en édulcorant quelque peu les termes imagés que Bahyia employait pour désigner Tarsi et Saunders.

— Elle raconte que Saunders a payé Hassan pour l'aider à voler les rouleaux et a donné de l'argent aux gardes pour qu'ils ferment les yeux. Elle s'était cachée près des fouilles avec plusieurs jeunes gens du village qui sont prêts à venir témoigner. Tarsi avait un double de la clef et les actes de vandalisme ont été également commis par lui, par haine envers Sayed.

Quand elle eut fini, le visage d'Hassan Tarsi était écarlate et il l'insulta avec véhémence. Rafica expliqua à Robyn qu'il la traitait de vieille folle venimeuse. La *cheikha* lui répondit en crachant par terre avec mépris et elle pointa un doigt vengeur vers Huntley Saunders qui avait assisté à toute la scène sans comprendre :

— *Ya sitan !* Chien lubrique ! Canaille...

Le langage de Bahyia était si cru que Tom eut de la peine à retenir son fou rire et le Dr Gaddabi lui-même dut tourner la tête pour dissimuler son hilarité.

— Je vous ai vu ! Vous n'êtes qu'un gros prétentieux gonflé de vanité et vous vous moquez bien de ces trésors des anciens ! Vous ne vous intéressez qu'à votre nombril et à la gloire que ces manuscrits qui appartiennent à mon peuple auraient pu vous apporter ! Je témoignerai contre vous et je ne serai pas la seule ! lança-t-elle au Texan.

Aiguillonné, Huntley Saunders perdit toute prudence et explosa en une violente et révélatrice diatribe.

— Sans tout l'argent que j'ai donné, vous n'auriez même pas commencé ce maudit chantier ! Aussi votre gouvernement pourrait être un peu moins avare. Ils veulent tout garder, absolument tout ! Qu'est-ce que cela signifie ? Ce n'est pas sérieux... Ce ne sont pas deux ou trois manuscrits qui changeront grand-chose ! En tout cas, ajouta-t-il avec haine en s'essuyant le front avec sa manche — j'en prendrai sans doute beaucoup plus de soin que tous ces bédouins qui seraient bien capables de les brûler simplement pour en respirer l'odeur ou de les revendre au marché noir à des collectionneurs comme moi. De cette façon j'élimine au moins l'intermédiaire !

Un éclat de rire forcé ponctua cette dernière remarque et tomba au milieu d'un silence réprobateur. Un sourire triomphal éclairait le visage de Bahyia, mais Hassan Tarsi était à la limite de l'apoplexie. Brusquement, il se jeta sur son complice qui perdit l'équilibre sous le choc et se mit à faire pleuvoir sur lui une grêle de coups de poing et de pied.

Aussitôt, Sayed et Tom se précipitèrent pour les séparer. Le Dr Gaddabi et Georges se joignirent à eux, mais l'Iranien se débattait comme un diable et il réussit à frapper encore le Texan avec une hargne meurtrière.

Mais soudain il se calma et une expression ulcérée apparut sur son visage.

— Je vous dois toutes mes excuses, déclara-t-il d'une voix noble, mais j'ai été outragé et trompé par un homme que je croyais mon ami. Je demande que tout ceci soit porté devant l'arbitrage du ministère des Antiquités. Au moins, ils n'accorderont pas foi aux paroles d'une vieille sorcière mal intentionnée.

Bahyia ne répondit rien et se contenta de cracher dans sa direction. Le Dr Gaddabi et Sayed se consultèrent puis ce dernier réclama l'attention de tout le monde.

— Le Dr Gaddabi et moi-même estimons que cette affaire est du ressort de la police. Nous leur transmettrons notre rapport dès demain et jusque-là, docteur Tarsi, vous êtes prié de rester à distance de ce chantier. Je vous garantis que vous disposerez de tous les moyens légaux pour vous défendre contre ces accusations.

Un masque haineux déforma les traits de l'Iranien et Bahyia parla à nouveau.

— Mon village jugera les gardes qui se sont laissé acheter. Nous montrerons l'argent... et nous témoignerons !

— *Shokran, cheikha,* répondit Sayed. Et quant à vous, monsieur Saunders, nous n'avons pas l'intention de vous poursuivre car vous avez effectivement financé ce chantier et que vous êtes surtout irresponsable, mais vous rendrez les manuscrits au Dr Gaddabi dès votre retour à Alexandrie. Par ailleurs, vous êtes prié de vous abstenir de toute déclaration. Vous avez de la chance d'être dans un pays où l'on ne fouette plus les voleurs et les imbéciles.

— A qui croyez-vous parler ? s'exclama le Texan, le visage écarlate et les yeux exorbités.

— Il va finir par avoir des ennuis, observa Tom à mi-voix à l'intention de Robyn et de Rafica.

Sayed resta impassible.

— Je suis le directeur de ce projet et j'ai le devoir de prendre toutes les mesures propres à en assurer la sécurité.

— Peut-être, mais moi j'en ai plus qu'assez de ce pays et des maudits bédouins. Vous pouvez être certain que ma caméra et moi nous allons reprendre le premier avion pour des régions plus civilisées, jeta-t-il avec un air de triomphe.

— Ce serait très imprudent, monsieur Saunders. Vous commettriez à nouveau un vol caractérisé, n'est-ce pas, Miss Douglas ?

Les jambes encore un peu tremblantes, Robyn ne confirma que trop volontiers.

— Vous savez bien qui est le propriétaire en titre, et le docteur al Rashad ne mettrait pas longtemps à alerter la police.

— Je suis certain, renchérit Sayed, que Miss Douglas ne désire pas ternir l'image de son université et de son pays dans cette affaire. Il serait donc préférable que la presse en soit tenue à l'écart. Tout ce que l'on vous demande est de restituer les manuscrits et de dire la vérité à la police des Antiquités. Quand les fouilles seront achevées, vous aurez le droit d'être remercié et cité pour votre participation financière.

— Entendu, entendu, je me tiendrai à l'écart, marmonna le Texan enfin dompté avant de leur tourner le dos et de se diriger en boitillant vers sa voiture.

Rafica soupira.

— Quelles canailles ! Heureusement que la vieille Bahyia les a démasqués.

Sayed se tourna vers Robyn.

— Il faut que je reste ici. Le *Khamsin* peut reprendre et nous devons absolument forer ce trou dès aujourd'hui. Maintenant que toute la lumière est faite sur ces disparitions, nous allons enfin pouvoir nous occuper de la salle inférieure.

Robyn chercha sur son visage un signe de son amour, mais il était à nouveau impassible. Il avait été seulement soulagé de la retrouver vivante et il serait absurde de se remettre à rêver. Après tout, songea-t-elle avec cynisme, il aurait été bien embarrassé s'il avait dû annoncer au Dr Wayland qu'il avait perdu l'observatrice de l'université dans une tempête de sable.

— Vous allez retourner à Alexandrie dans l'une des voitures, continua-t-il. Vous avez besoin de vous reposer... Oublierez-vous un jour mes accusations, Robyn ? Vous avez réellement sauvé les manuscrits et j'ai été stupide et aveugle. En fait, c'était Tarsi que je soupçonnais et toute ma comédie était destinée à lui faire croire qu'il n'en était rien. Mais je n'ai réussi qu'à vous blesser cruellement et désormais, vous me jugez et me condamnez pour ma dureté et mon incompréhension...

Ses doigts effleurèrent son visage d'une caresse pleine de tendresse.

— Chère Robyn, je n'ai jamais douté de votre innocence et je comptais bien vous demander de m'excuser devant tout le monde — même avant les révélations de Bahyia. Deux des surnoms d'Allah sont *ar-Rahman* — le miséricordieux — et *al-Affuwa* — celui qui pardonne. Accepterez-vous de me pardonner ?

Robyn lutta avec peine contre son envie de se jeter dans ses bras.

— Bien sûr, réussit-elle à répondre à voix basse.

A ce moment-là, le Dr Gaddabi intervint sur un ton paternel.

— Sayed, notre chère observatrice semble épuisée. Il vaudrait mieux, je crois, lui permettre de retourner à l'hôtel. Elle a bien gagné un peu de repos.

— Vous avez raison. Nous avons tout le temps de bavarder ensemble...

Avec sollicitude il l'accompagna jusqu'à la voiture et l'aida à s'installer confortablement.

Il était près de dix heures du matin quand elle put enfin enlever ses vêtements incrustés de sable et prendre un bain réconfortant avant de se glisser dans la fraîcheur de ses draps.

Il l'avait appelé ma chérie... mon cœur... Il lui avait demandé pardon...

14

Quand Robyn s'éveilla, la nuit était tombée et un croissant de lune montait à l'horizon de l'autre côté de la petite baie. Elle cligna des yeux et se demanda pour quelle raison elle était dans son lit. Sur son téléphone un voyant était allumé, indiquant qu'il y avait un message pour elle à la réception.

Elle tendit la main et décrocha le combiné. Son corps lui faisait mal. Il était impossible pourtant qu'elle ait dormi toute la journée! Son réveil de voyage indiquait sept heures et demie.

— Ici Miss Douglas. Y a-t-il quelque chose pour moi?

— Oui, répondit la voix courtoise d'un employé. Le monsieur a demandé de déposer le colis devant votre porte. Il ne voulait pas vous réveiller.

— Quel monsieur? questionna-t-elle.

Mais il y eut un déclic et la communication fut coupée.

Avec peine, elle enfila sa robe de chambre et alla ouvrir la porte. Un gros bouquet de fleurs était posé sur le seuil et son cœur bondit de joie. Il ne pouvait s'agir que de Sayed!

Elle défit avec fébrilité le voile de cellophane transparent qui protégeait les œillets rouges et roses et une carte glissa à terre. Ses yeux la parcoururent et immédiatement elle retomba du nuage sur lequel elle flottait.

« Si vous n'êtes pas trop fatiguée, venez dîner avec moi. Je vous attendrai à huit heures et demie au restaurant de l'hôtel,

amitiés, Tom »

L'attention de Tom était charmante et elle sourit malgré elle. Une senteur délicate émanait des œillets et elle décida d'accepter son invitation. Après tout, il n'était pour rien dans sa déception.

Un coup d'œil à sa montre lui indiqua qu'elle allait devoir se presser. Quelle robe allait-elle mettre ? La djellaba noire... oui, ce serait encore le mieux. La douceur de son étoffe l'aiderait à oublier ses bleus et son corps endolori.

Elle avait faim d'ailleurs après toute une journée de jeûne involontaire. Robyn savait qu'elle avait minci depuis son arrivée en Egypte, mais elle ne pouvait en rien incriminer la cuisine locale.

Quand elle le rejoignit, Tom était assis à une table sur laquelle deux couverts étaient dressés. Aussitôt, il posa son verre d'apéritif et se leva pour l'accueillir avec galanterie.

— Je suis heureux que vous soyez venue, Robyn.

— Les fleurs étaient très belles. Merci.

— C'était la moindre des choses. Et en plus, c'était un moyen idéal pour vous convaincre de partager mon repas... Vous êtes ravissante ce soir, ajouta-t-il en lui avançant une chaise avec empressement.

— Voulez-vous boire quelque chose ?

— Non, rien pour moi, je vous remercie. Je n'ai rien mangé depuis hier soir et cela me tournerait la tête.

— Vous avez bien gagné le droit de vous détendre et de vous amuser un peu ! Surtout après la tragi-comédie de ce matin... On se serait cru dans un vieux film d'aventures. « Sombres desseins dans les mystères du désert. » Sayed et moi nous avons travaillé toute la matinée à installer la foreuse. Si nous ne réussissons pas à percer ce maudit trou demain, je finirai par croire aux sornettes des bédouins.

— Aux *afrites* ?

— Oui. Je n'ai jamais participé à une campagne de fouilles émaillée d'aussi nombreux incidents. Mais passons les commandes. Depuis quelques jours, l'intendance est un peu chaotique également.

Tous deux ouvrirent le menu et pendant quelques minutes le maître d'hôtel enregistra leurs désirs avec diligence.

Une fois qu'il se fut éloigné, Tom se pencha en avant et regarda Robyn d'un air sérieux.

— J'ai une confession à vous faire.

— Vous aussi ? s'étonna-t-elle en riant.

— Vous me promettez de me répondre franche-ment ?

— J'essaierai, murmura Robyn avec un peu d'in-quiétude.

Pourvu qu'il ne s'agisse pas d'une déclaration, pria-t-elle silencieusement. Ce serait la fin de leur fragile amitié.

— Comment dois-je réagir au sujet de cette stupide fille ?

Robyn posa son verre et le considéra avec perplexité.

— De qui voulez-vous parler ?

— De Sandi. Nous sommes dans un véritable cercle vicieux et ni l'un ni l'autre nous n'arrivons à nous en sortir. Je suis en train de devenir à moitié fou... Et depuis un jour ou deux, elle est si susceptible que je ne sais plus comment l'aborder.

— C'est peut-être de l'amour, Tom, murmura Robyn en posant une main apaisante sur la sienne.

— Je veux bien que vous l'appeliez ainsi, mais c'est la chose la plus étrange que j'aie jamais éprouvée. Certes elle m'a dit qu'elle m'aimait... l'autre soir.

— Et... que lui avez-vous répondu ?

— Oh, n'importe quoi. Elle s'est mise alors à pleurer et depuis lors, son humeur est pour le moins changeante.

— Aujourd'hui, elle était avec vous au chantier, n'est-ce pas ?

— Non, elle ne s'est pas montrée de toute la journée... Aussi bien, elle est au *Yacht Club* avec ce maudit Texan, marmonna Tom.

Il soupira lugubrement.

— C'est de là que tout est parti, Tom, observa Robyn avec fermeté. Vous avez refusé de croire qu'elle était sincère. Le passé est le passé et vous ne voulez pas lui donner sa chance... C'est dur pour Sandi d'être ainsi rabrouée.

— Je ne suis pas non plus complètement innocent. Mais quand j'imagine Sandi dans les bras d'un autre, je deviens fou. Je voudrais bien avoir confiance en elle, mais je...

— Elle vous adore Tom... ce n'est que trop visible. Essayez...

Le visage de Tom s'illumina et il lui baisa la main d'un geste théâtral.

— Vous avez raison! Vous m'avez ouvert les yeux et je vous en remercie.

Aussitôt il changea de sujet et au cours du dîner, la conversation revint peu à peu sur les événements du jour.

— Vous devez avoir l'impression d'assister à une sorte d'opéra comique et non de participer à une expédition archéologique, observa-t-il tout en se servant du fromage.

— Effectivement, il m'est arrivé de me poser la question, admit Robyn en grimaçant. Le seul qui reste imperturbable au milieu de tous ces rebondissements est ce cher Dr Gaddabi.

— Et Sayed. Il est libre car on ne peut pas dire que toutes les femmes qui gravitent autour de lui comptent beaucoup.

— Oui... j'oubliais, acquiesça-t-elle en baissant les yeux, avant de les relever brusquement. Tom, accepteriez-vous de me rendre un service?

— Certes... sauf si vous me demandez de dérober un manuscrit, bien sûr!

Il éclata de rire joyeusement.

— Je suis sérieuse. Voudriez-vous venir vous promener avec moi après le dîner? En camarades bien sûr... rien de plus.

— Je ne vois pas de mal à cela. Jusqu'au bout du monde si vous le désirez.

Ils finirent leur café et dès que Tom eut payé l'addition, ils quittèrent ensemble le restaurant.

— Merci de ne pas m'avoir demandé d'explication, murmura Robyn tandis qu'ils traversaient le jardin. J'ai besoin de garder un souvenir agréable des nuits égyptiennes. Depuis quelques jours, toutes mes soirées se sont terminées de manière catastrophique.

— Ne m'en dites pas plus que vous ne le souhaitez. Je ne m'étais pas rendu compte que vous aussi vous aviez une intrigue avec quelqu'un... Et je n'ai pas envie de jouer à la devinette.

— Vous êtes un véritable ami, sourit Robyn. Croyez-moi, votre présence m'est bien agréable ce soir.

Doucement ils descendirent jusqu'au croissant argenté de la plage qui se déroulait le long de la baie calme et paisible. La lune était encore très basse et noyée dans le halo rouge du *Khamsin*.

Tom mit son bras sous le sien et ils marchèrent ainsi un long moment dans un paisible silence.

— Le vent va probablement souffler encore pendant un jour ou deux, mais Sayed est décidé à forer dès demain, même s'il est obligé d'attacher les ouvriers pour les empêcher de s'envoler.

— Je ne voudrais pas manquer cette journée pour tout l'or du monde, chuchota Robyn. Elle aura tant d'importance pour nous tous — et surtout pour Sayed.

— Sa carrière est en jeu. Il y aura une enquête du ministère et il vaudra mieux qu'il ne se présente pas les mains vides. Ils sont nerveux depuis quelque temps et l'affaire Saunders va ravir tous ceux qui critiquent ces projets impliquant une participation étrangère. Enfin, nous verrons bien demain... Si nous allions jusqu'au bout du quai ? J'adore regarder les poissons évoluer et sauter hors de l'eau.

Quand ils approchèrent, une autre personne était debout à l'extrémité du quai. C'était une femme avec un foulard sur la tête. Elle ne se retourna pas à leur arrivée et ni Robyn, ni Tom ne la remarquèrent vraiment, bien qu'elle fût tout près d'eux.

— Regardez ! Je savais qu'il y en aurait plein !

Tous deux s'accroupirent et observèrent avec fascination les éclairs argentés et phosphorescents sous la surface.

Robyn inclina sa tête sur son épaule.

— C'est exactement la soirée à laquelle je rêvais ! Il y a tout, la lune, cette baie merveilleuse et l'air parfumé et tiède de l'Egypte. C'est le genre de souvenir que j'aurais voulu emporter avec moi, au lieu de...

— N'y pensez plus. Ne gâchons pas un moment aussi merveilleux... L'amour complique toujours tout.

Elle ne put s'empêcher de sourire.

— Vous comprenez à demi-mot...

— Peut-être...

Il la serra fraternellement contre lui, mais brusquement, la femme devant eux se retourna et passa à côté d'eux en les bousculant presque. En découvrant son visage, Robyn se recula instinctivement. Sandi lui avait jeté un regard meurtrier.

— Sandi...

Tom essaya de l'arrêter, mais elle le repoussa et se mit à courir de façon éperdue.

En quelques rapides enjambées, il la rattrapa.

— Lâchez-moi !

Elle réussit à se dégager et reprit sa course suivie par Tom, tandis que Robyn restait toute seule sur le quai.

Pourquoi fallait-il qu'il y ait toujours tant de malentendus ? songea-t-elle avec désespoir.

Robyn resta un long moment immobile et silencieuse, puis elle rentra lentement vers l'hôtel en priant le Ciel que Tom ait trouvé des mots assez convaincants. Peut-être étaient-ils déjà réconciliés...

Le hall était presque vide et sur le bureau, il n'y avait pas de message pour elle. Aucun bouquet non plus devant sa porte...

*
**

Le lendemain matin, Robyn se réveilla à sept heures et s'habilla comme à l'accoutumée d'un jean et d'une chemisette. Elle se sentait toujours vulnérable mais elle se rassura en se disant qu'elle était encore fatiguée des épreuves de la veille.

En bas dans le hall, il n'y avait aucun membre de l'équipe. Elle s'adressa à la réception où on lui annonça qu'ils s'en étaient allés très tôt en laissant un billet à son intention.

Robyn décacheta l'enveloppe et lut les lignes suivantes :

« Merci pour la nuit dernière. Je ne sais pas si Sandi m'a cru, mais j'ai essayé. Sayed m'a appelé très tard hier soir. Il voulait que Sandi, Rafica, Georges et moi nous allions au chantier à l'aube. Il m'a demandé de ne pas vous réveiller et il vous enverra chercher si nous commençons à forer. A bientôt.

Tom.

P.S. Excusez-moi pour mon départ un peu précipité. »

Elle froissa la feuille de papier d'un geste irrité. Sayed avait-il pensé à l'importance que ces fouilles revêtaient pour elle ? Lui était-il jamais arrivé de montrer un manque d'intérêt pour son travail ?

Devant l'hôtel, Robyn trouva un taxi et il accepta

de la conduire dans le désert. Etait-elle devenue une quantité négligeable, une sorte d'auxiliaire bénévole et temporaire, maintenant que Sayed avait résolu la plupart de ses problèmes ? La jeune femme n'avait pas l'intention en tout cas de se laisser traiter ainsi, et elle était bien décidée à montrer que la représentante de l'Université avait droit à un peu plus d'égards !

En arrivant au camp, elle crut d'abord que son chauffeur s'était égaré. Il y avait une multitude de voitures garées dans tous les sens et une foule d'inconnus qui se promenaient par petits groupes autour de l'excavation.

Où était donc passé Sayed ? Un homme bardé d'appareils photo s'approcha d'elle et lui demanda d'une voix affairée :

— Avez-vous une déclaration à faire, Miss Douglas ?

— A quel propos ? questionna-t-elle avec anxiété.

— De la bibliothèque d'Alexandrie, bien sûr ! Tout le monde affirme que le Dr al Rashad l'a retrouvée ici...

— Je ne sais rien à ce sujet, répliqua-t-elle sèchement. Seul le Dr al Rashad pourrait vous répondre.

Que faisaient donc tous ces journalistes ici ? Etait-ce Sayed qui avait voulu cette publicité intempestive ? Non, ce n'était pas possible !

Elle se fraya un chemin au milieu de tous ces gens et aperçut enfin la silhouette de Tom.

— Que signifie cette mascarade ? questionna-t-elle avec exaspération.

Il haussa les épaules philosophiquement.

— Ils sont arrivés il y a une heure environ comme un nuage de sauterelles. Saunders était avec eux.

— Où est Sayed ?

— Là-bas, au milieu de ce groupe de femmes, s'efforçant de rester poli. Robyn, je suis désolé de vous avoir abandonnée si vite hier soir, mais je...

— Ne vous inquiétez pas. Je vous ai tout à fait compris. Comment va Sandi ?

— Elle me traite par le mépris. Pas un mot depuis ce matin, sauf lorsque son travail l'exige.

— Je suis désolée, murmura Robyn.

— Moi aussi. Mais il n'y a pas que des mauvaises nouvelles. La foreuse est prête à fonctionner et le trépied est placé exactement au centre de la salle inférieure. Je suis content que Sayed ait renvoyé Mohammed vous chercher.

— Il n'a pas eu cette délicatesse ! Je suis venue en taxi ! D'ailleurs, j'en ai assez d'être aussi mal considérée ! Je suis tout de même la représentante de l'Université ! s'indigna Robyn.

— Allons, vous devriez aller vous expliquer avec lui. Il y a sûrement un malentendu quelque part...

— C'est exactement ce que je vais faire ! s'exclama-t-elle avec véhémence. Notre cher Sayed al Rashad en a cette fois-ci un peu trop pris à son aise !

— Il est très occupé en ce moment et...

Mais Robyn ne l'écoutait déjà plus et d'un pas rageur, elle se dirigea vers le groupe d'admiratrices au milieu duquel il se trouvait. Elle se fraya un passage en les écartant avec impatience et le prit par le bras sans ménagement.

— Si vous voulez bien m'excuser, mesdames, j'ai à parler avec le docteur al Rashad, en privé...

Médusé, il se laissa entraîner un peu à l'écart sans résister.

— Bonjour, Robyn. Vous avez une façon plutôt abrupte de venir me saluer, observa-t-il avec un

calme exaspérant. Tout se déroule comme prévu —
sauf en ce qui concerne ce public inattendu. Mais
aujourd'hui, même cela est incapable de gâcher mon
plaisir.

— Vous savez très bien pourquoi je suis furieuse !
Vous m'avez exclue volontairement et vous avez
convoqué vous-même tous ces gens, comme si la
représentante du Dr Wayland n'était même pas
concernée ! Vous comptiez peut-être m'expédier un
rapport dans une semaine ou deux dans lequel vous
m'auriez relaté vos découvertes en détail…

— Je vois, murmura-t-il sans se fâcher. Et pour
quelle raison m'estimez-vous capable d'une telle
action ? coupa-t-il avec un soupir. C'est votre cher
M. Saunders qui a invité tous ses amis et la presse.
Regardez-moi, Robyn. Je suis un homme fatigué,
très fatigué. Je n'ai plus assez de force pour d'un
côté, diriger ce chantier, et de l'autre, perdre mon
temps avec tous les imbéciles qui gravitent autour de
nous. Si cela les amuse, qu'ils viennent… Je m'en
moque désormais. De toute façon, si je les renvoie,
ils inventeront Dieu sait quelle histoire rocamboles-
que et j'aurai encore plus d'ennuis. Cela vous suffit-
il, ou faut-il que je me traîne en plus à vos pieds et
vous demande pardon pour toutes mes erreurs ?

Ses yeux rencontrèrent les siens sans fléchir et
malgré elle, Robyn baissa la voix.

— Pourquoi ne m'avez-vous pas envoyée chercher ?

Il consulta sa montre d'un geste las.

— Mohammed doit être en ce moment à l'hôtel, à
s'interroger sur votre disparition. Maintenant que
cela aussi est réglé, je dois m'occuper de la foreuse.
Le contremaître est prêt à commencer. *Inch Allah*,
Robyn, *inch Allah*…

D'un seul coup dégrisée, Robyn le regarda s'éloigner vers l'excavation. En quelques mots, il avait réduit à néant tous ses griefs, mais sa colère n'était pas apaisée pour autant...

A grands pas rapides, elle se dirigea vers l'atelier, l'ultime refuge où elle pourrait reprendre son sang-froid dans le calme. En chemin, elle aperçut Huntley Saunders qui se promenait en toute innocence.

— Sayed lui a-t-il permis de venir? demanda-t-elle à Rafica qui s'était avancée vers elle en souriant.

La jeune Egyptienne hocha la tête.

— Le Dr al Rashad n'est pas un tyran Après tout, il a donné beaucoup d'argent et Sayed n'a pas eu le cœur de lui refuser le plaisir de voir fonctionner sa caméra.

— Hum, grogna Robyn avec mauvaise humeur. Il aurait pu au moins avoir la décence de ne pas transformer le chantier en lieu de tournage!

Rafica éclata de rire.

— La rancune est mauvaise conseillère... Allah nous invite à pardonner et à oublier.

Robyn sourit malgré elle et Rafica la quitta pour aller aider le Dr Gaddabi. Toute l'équipe était pressée autour de la foreuse et brusquement, Robyn se sentit très seule, comme si elle n'en faisait déjà plus partie. Elle s'assit devant l'atelier et observa la progression du travail en écoutant çà et là les bribes de conversation qui parvenaient jusqu'à ses oreilles.

Tout près d'elle, une vieille dame aux traits ravagés par l'âge bavardait avec une autre femme en laquelle Robyn reconnut immédiatement Aziza Atef.

— Sayed est un si bel homme! murmura l'interlocutrice d'Aziza. Comment comptez-vous retenir son attention chère amie, alors que son cœur est aussi changeant que le *Khamsin* ?

Robyn ne réussit pas à percevoir la réponse et d'ailleurs, elle n'en avait cure. Le cœur lourd, elle rentra dans l'atelier et entreprit de réparer les dégâts causés par la tempête. Rafica avait déjà bien travaillé, mais il y avait encore beaucoup de choses à remettre en place.

Des doutes affreux assaillaient son esprit. Elle aurait tant voulu avoir confiance en Sayed... Mais lui-même méritait-il... ?

La plus grande partie des découvertes avait été transférée au Musée, mais le vélin était toujours là. Elle se pencha et, délicatement, retira l'étoffe qui le protégeait. Le mieux serait d'expédier le bloc directement. Elle rembourra le fond et les côtés d'une grande caisse avec de la mousse de plastique et souleva doucement la masse de rouleaux collés ensemble pour la placer dans la boîte.

Ce faisant, l'un d'eux se détacha brusquement et tomba sur le sol. Dieu merci, il resta intact ! Elle n'aurait pas supporté une nouvelle remontrance de Sayed. Le centre était toujours bien serré, mais sur les bords, le parchemin était déjà plus lâche. La barre de bois servant à le dérouler avait disparu.

Robyn s'accroupit sur le sol et le ramassa aussi soigneusement qu'elle le put tout en remarquant qu'il était écrit en grec ancien — les lettres étaient très effacées, mais encore lisibles.

Par hasard une ligne attira son attention. Son encre était plus sombre. C'était une courte note en latin et elle la déchiffra sans peine :

« *Pergamum, rouleau n° 708. Don de Marcus Antonius Imperator* ».

Elle tourna le document vers la lumière, pour

s'assurer qu'elle ne se trompait pas et soudain, un objet rond glissa sur sa main et roula sur le sol. Son cœur battit plus vite. Elle déposa avec précaution le précieux papier dans la caisse et se baissa pour ramasser l'objet qui avait glissé sur la terre battue. Avant même de l'avoir regardé, elle savait de quoi il s'agissait.

C'était un petit disque plat en céramique. Elle le retourna dans sa paume et lut clairement : *Mouseion Alexand...*

— Mon Dieu ! s'exclama-t-elle à voix basse.

Un rouleau de la bibliothèque de Pergame, l'un de ceux donnés par Marc Antoine à Cléopâtre ! Elle tenait dans ses mains la preuve que Sayed avait tant cherchée. Et c'était elle qui l'avait découverte !

Robyn se précipita vers la porte pour lui annoncer la merveilleuse nouvelle, mais sur le seuil, elle s'arrêta brusquement. Sayed était à quelques mètres seulement, Aziza Atef accrochée à son bras. Il faisait signe à l'assemblée de se rapprocher pour observer le forage.

Pendant un instant Aziza le retint en le regardant avec des yeux éperdus et chuchota de manière à être entendue de tout le monde :

— Mon chéri, ce n'est peut-être pas l'endroit, mais il faut que je vous embrasse, au moins pour conjurer le mauvais sort !

Elle se souleva sur la pointe des pieds pour déposer un baiser sur sa joue et il lui sourit gentiment avant de retourner vers l'excavation. Il n'avait même pas remarqué Robyn.

En serrant sa précieuse trouvaille dans sa main, Robyn le suivit. Elle ne pouvait pas manquer le moment crucial, mais son cœur battait douloureusement. C'était la fin de ses espoirs, de tous ses rêves fous… Car au fond d'elle-même, elle n'avait jamais cessé de croire qu'un jour ou l'autre Sayed l'aimerait.

Le Dr Gaddabi la laissa entrer à l'intérieur de la barrière.

— C'est le grand jour Robyn, l'heure de vérité…

Elle lui sourit mornement. Il ne pouvait imaginer à quel point ! Sayed allait être comblé…

Etait-il vraiment cynique et cruel ? S'était-il simplement amusé à jouer avec les sentiments d'une Américaine jeune et naïve ? Ou bien l'avait-il courtisée parce qu'il avait besoin de son aide ?

L'espace d'un instant, Robyn fut tentée de garder pour elle cette preuve qui lui brûlait la main, mais hélas, elle l'aimait toujours malgré sa colère. Elle lui donnerait ce dernier présent avant qu'il ne rejoigne cette horrible femme…

Un silence impressionnant s'était abattu autour de l'excavation. Rafica s'approcha de Robyn et lui chuchota à l'oreille :

— *Ya Salam*. N'est-ce pas merveilleux d'être si près du but ?

Sayed et les ouvriers étaient penchés sur la machine. Le moteur démarra et la lourde mèche pénétra lentement dans le dallage. Soudain, il y eut un craquement et un étrange sifflement vibra dans l'air surchauffé.

Sayed et le Dr Gaddabi s'agenouillèrent pour regarder attentivement et se relevèrent presque aussitôt en hochant la tête.

— La mèche a déplacé légèrement une pierre, déclara Sayed à l'intention des spectateurs. Le bruit que vous venez d'entendre signifie que la salle en dessous était étanche et qu'elle vient de se remplir d'air. Nous avons donc des raisons de croire qu'elle a subi le même traitement que celle dans laquelle se trouvait la barge du soleil près de la Grande Pyramide.

Les objets qui s'y trouvent devraient être en bon état de conservation et sans doute d'une grande valeur historique.

Des exclamations fusèrent çà et là et Rafica saisit la main de Robyn.

— Nous ne nous étions pas trompés ! souffla-t-elle.

La vrille recommença à tourner en gémissant pendant d'interminables secondes, puis soudain elle ne rencontra plus de résistance et le contact fut hâtivement coupé. Le contremaître releva la machine et un trou rond et net subsista dans le dallage.

La caméra télescopique fut apportée et mise en place. Huntley Saunders s'approcha du bord de l'excavation, visiblement avec l'intention de descendre, mais un coup d'œil autoritaire de Sayed l'arrêta net.

Lentement et avec une précaution extrême, Sayed guida le bras de l'appareil avec son projecteur et ses lentilles et le fit descendre par le trou dans le pénombre de la salle inférieure. Puis il posa son œil sur le viseur et tourna imperceptiblement la main pendant un temps qui sembla durer une éternité.

Finalement, il se redressa et leva les yeux. Il ne souriait pas, mais son regard brûlait d'une lueur passionnée.

— Nous avons trouvé une salle, de trois mètres sur quatre environ. Elle est remplie de rouleaux sur les étagères et dans des caisses. A première vue, ils semblent en excellent état de conservation. C'est à n'en pas douter le plus grand nombre de manuscrits jamais découverts en une seule fois.

Un torrent d'applaudissements ponctua sa déclaration et Robyn ressentit une terrible envie de se précipiter vers lui et de le serrer dans ses bras de toutes ses forces. Qui d'autre pouvait comprendre en ce moment aussi bien qu'elle ce qu'il devait éprouver ?

— Allah soit loué !

Les yeux de Rafica étaient embués de larmes de bonheur.

— Je suis si heureuse pour le Dr al Rashad !

Elle étreignit Robyn avec enthousiasme et Tom allait suivre son exemple, quand Sayed l'appela par son prénom.

— Venez, Robyn !

La jeune femme hésita une seconde se demandant si il s'était adressé vraiment à elle, mais déjà il élevait à nouveau la voix en direction des spectateurs.

— Miss Robyn Douglas est la représentante officielle de l'Université des Etats-Unis qui a pris le risque de nous financer. Elle est aussi la fille de l'un de mes professeurs les plus vénérés, le Dr James Arthur Douglas dont nul n'ignore la réputation. Elle est elle-même une traductrice très compétente et excelle dans les langues anciennes de notre pays. Je pense qu'en tant qu'observatrice de l'Université, elle est en droit d'être la première après moi à découvrir notre salle.

Rafica poussa gentiment Robyn en avant et la jeune femme descendit en hésitant un peu les marches de terre. Sayed lui prit la main et la conduisit à la caméra. Il l'aida à régler les optiques et avec une sorte de crainte presque mystique, elle regarda défiler la petite pièce obscure. Elle avait devant les yeux les manuscrits les plus précieux de la bibliothèque la plus célèbre de l'Antiquité !

— Etes-vous heureuse, petit oiseau ? chuchota Sayed à son oreille. Il y a tant de choses dont nous avons à parler...

Robyn crut sentir le frôlement de ses lèvres contre ses cheveux, mais elle eut assez de bon sens pour ne pas réagir.

— Je suis contente pour vous, très contente, réussit-elle à répondre en levant vers lui des yeux tristes et malheureux.

Immédiatement, son expression se transforma, mais il fut presque aussitôt assailli par les curieux désirant voir eux aussi le spectacle fantastique de ce trésor qui avait dormi là depuis tant de siècles.

A contrecœur, Robyn s'éloigna, mais elle entendit encore Sayed annoncer :

— Demain soir, il y aura une conférence de presse officielle et un dîner au *Palestine Hotel*. Bien que cela soit difficile, je vous demande pour le moment d'être discrets sur les événements auxquels vous venez d'assister.

D'ici peu, la police des Antiquités allait venir s'installer pour protéger le site des curieux et dorénavant, il n'aurait plus rien d'un chantier de fouilles paisible. Bientôt ce serait un haut-lieu touristique, un de plus...

Avec un peu de peine maintenant qu'elle était connue, Robyn s'arracha à la foule et aux demandes d'interwiew pour se diriger vers l'atelier où elle prit une enveloppe, y glissa le petit disque de céramique, et la mit dans son sac.

Elle le donnerait à Sayed lors du banquet avec la presse, puis elle prendrait le premier avion pour la

Californie. Robyn n'avait pas envie de revoir encore Aziza Atef pendue à son cou.

De tout son cœur elle aurait voulu rester quelques jours encore pour participer à la traduction, mais son rêve d'amour était brisé et elle n'avait pas le choix. Plus jamais elle n'irait dans sa maison du Caire, plus jamais il ne cueillerait pour elle une fleur de lotus et elle ne connaîtrait pas non plus la fin de la légende du Dieu aux yeux bleus.

Rafica entra et jeta un dernier coup d'œil à l'atelier. Robyn lui montra la caisse remplie de vélin et tandis que la jeune Egyptienne l'enregistrait, Robyn sortit silencieusement.

Le soleil se couchait lentement et de manière étrange, il n'y avait plus le moindre souffle de vent.

Une à une les voitures des reporters s'en allaient et Robyn sentit soudain une main se poser sur son épaule. Elle se retourna et vit le visage radieux de Bahyia.

— Bonne chance ! murmura-t-elle d'une voix rauque. Encore quelques larmes et vous serez heureuse... Vous avez gardé un secret et d'autres surgiront bientôt. Dites-le à celui qui a du sang des Pharaons. Bahyia lui donne sa bénédiction et à toi aussi, petit oiseau. Ne t'envole pas... attends encore un peu.

Elle lui tourna le dos dans un froissement d'étoffes et reprit la route de son village.

Mohammed ramena Robyn et Rafica à Alexandrie. Les autres restaient au chantier le temps que la police vienne prendre la relève pour monter la garde.

A l'hôtel, Rafica accompagna Robyn dans sa chambre et lui demanda avec un peu d'inquiétude :

— Vous êtes bien muette aujourd'hui, Robyn...

— Je suis un peu fatiguée seulement...

— Vous ne m'aviez pas dit que vous étiez une spécialiste en langues anciennes, observa la jeune Egyptienne avec un peu de tristesse.

— Pardonnez-moi. Le Dr Wayland m'avait priée de demeurer discrète sur mes compétences. Il craignait que j'aie des problèmes à cause de l'attitude de l'Islam envers les femmes, mais il se trompait. J'ai beaucoup appris depuis mon arrivée ici et...

Brusquement, Rafica éclata en sanglots. Elle s'assit sur l'extrémité du lit et Robyn posa sur ses épaules un bras réconfortant.

— Avez-vous revu Karim ? Puis-je faire quelque chose pour vous ?

Rafica secoua la tête négativement.

— Non, il n'y a pas de solution. Dans quelque temps, il se mariera et je ne le supporterai pas. Je crois que je mourrai si je suis obligée d'épouser Mustapha... Mais excusez-moi, vous avez déjà assez de vos propres fardeaux. Je sais qu'il s'agit du Dr al Rashad.

Robyn se dirigea à pas lents vers la porte-fenêtre. Dehors, les lumières de l'établissement se réfléchissaient en rayons d'argent sur les eaux sombres de la mer.

— J'ai été stupide, Rafica. Sayed est un homme remarquable et je me suis imaginée qu'il avait de l'affection pour moi. Mais les Musulmans pensent que toutes les Occidentales sont des femmes faciles et il est naturel qu'ils se sentent plus libres à notre égard qu'à l'égard des femmes de leur religion.

Rafica exhala un profond soupir.

— C'est vrai, en partie du moins. Certaines Européennes ou Américaines se conduisent aussi de manière absurde, même envers les guides et les chauffeurs. Mais le Dr al Rashad est un gentleman. Il n'a sûrement pas pensé cela de vous.

— Je ne sais pas. Vous l'avez vu aujourd'hui avec Aziza Atef...

Sa gorge se serra involontairement.

— Dès la fin du banquet demain soir, j'ai l'intention de rentrer aux Etats-Unis. Cela ira mieux quand je ne le verrai plus.

Un petit rire trembla sur ses lèvres.

— L'Egypte est un pays magique, peut-être suis-je simplement sous son charme. J'ai toujours aimé sa civilisation et son art, et Sayed ressemble tellement à un Prince du Haut Empire !

Rafica la serra dans ses bras avec compassion.

— Prions Allah que la blessure de notre cœur guérisse un jour. Mais Aziza Atef... Je ne puis arriver à y croire ! pauvre Mme al Rashad, elle va être désespérée. Vous devriez attendre encore un peu...

— Merci Rafica, mais je ne veux plus me laisser aller à rêver. Cela fait trop mal. Sayed n'a jamais vu en moi autre chose qu'une jeune fille naïve. Sa vie et ses amis sont ici — Moi, j'appartiens à un autre monde.

15

Le lendemain matin, Robyn se réveilla les yeux encore rouges de larmes. Elle s'aspergea le visage d'eau froide et sortit sur son balcon pour admirer la baie. Les palmiers vibraient déjà du gazouillis des oiseaux et elle regarda rêveusement leurs ébats.

Puis elle rentra dans sa chambre et commanda son petit déjeuner qu'elle se fit servir sur une table devant sa porte-fenêtre.

Aujourd'hui serait un tournant dans sa vie. Une carrière s'ouvrait devant elle et l'Université l'accueillerait à bras ouverts dès qu'elle le voudrait.

Un jour peut-être, elle reverrait Sayed, dans un congrès ou dans un séminaire, quelque part dans le monde. A ce moment-là, sa réputation serait établie et elle serait pour lui une collègue à part entière...

La matinée s'écoula très vite. La mise au point de son rapport final était un travail délicat et les heures passèrent sans qu'elle ne s'en aperçoive.

A deux heures, tout était terminé et elle fit deux photocopies du compte rendu, une pour Sayed, et l'autre pour le Dr Wayland.

Le style en était concis et tous les faits y étaient relatés de manière claire et précise.

Il ne lui restait plus qu'à réserver sa place sur un avion. Elle décrocha le téléphone et un employé de l'aéroport lui annonça qu'il y avait un vol prévu dans l'après-midi du lendemain au départ du Caire. Elle quitterait Alexandrie dans la matinée.

Robyn avait mal au dos après toutes ces longues heures de travail et pour se détendre les jambes, elle descendit à la cafétéria et commanda un croque-monsieur en guise de déjeuner. C'était son dernier jour complet en Egypte...

On le lui apporta sur la terrasse ombragée de pins qui dominait la mer. Les vagues se brisaient sur les rochers. L'air avait un goût iodé et tous les parfums des garrigues se mêlaient dans le chant des cigales et des criquets.

Une paix profonde l'envahit en même temps qu'une acceptation tacite de la réalité. Prétendre qu'elle n'aimait pas Sayed était inutile. Elle l'aimerait jusqu'à son dernier souffle, mais sans doute son chagrin finirait-il par s'atténuer.

Robyn était heureuse de l'avoir connu. De loin, elle suivrait sa carrière, lirait ses ouvrages et ses rapports. Des paroles de son père revinrent à sa mémoire :

— Attendez d'être allée en Egypte, ma chérie. Après, vous ne serez plus la même. Il y a quelque chose là-bas qui transforme les êtres et les rapproche de leur vraie réalité.

C'était vrai. Robyn n'était plus la même, mais sa vie n'en était pas plus simple pour autant.

La jeune femme demeura longtemps ainsi perdue dans ses souvenirs, puis elle se promena dans les allées minutieusement entretenues du parc. Il y avait encore la conférence de presse et le banquet, mais elle se sentait déjà mieux. Elle pourrait croiser les yeux de Sayed sans fléchir et sans trembler de tout son être.

Quand elle revint à sa chambre, une grande boîte était posée contre sa porte. Elle la prit avec perplexité et la tourna entre ses mains avec hésitation. Lui était-elle vraiment destinée, ou bien était-ce une erreur ?

Une petite enveloppe était glissée dans le revers du papier et elle l'ouvrit avec des doigts fébriles :

Elle contenait une carte avec ces seuls mots :

« Portez la ce soir. »

L'écriture était celle de Sayed et, le cœur bondissant d'une joie irraisonnée, Robyn posa le paquet sur son lit et défit le ruban en tremblant.

A l'intérieur, soigneusement pliée et protégée, elle découvrit la robe dorée...

Elle était plus belle encore qu'elle ne s'en souvenait.

Ses genoux se dérobèrent sous elle et Robyn dut s'asseoir pour ne pas tomber. Pourquoi lui avait-il envoyé ce magnifique présent ? Etait-ce une sorte d'adieu élégant, ou bien...

Oui, elle la mettrait ce soir ! Sayed garderait ainsi une image d'elle qu'il n'oublierait jamais.

Elle lui prouverait qu'elle n'était pas seulement une jeune Américaine naïve et facilement conquise. Robyn accepterait son présent avec toute la froideur d'une femme du monde et lui ferait regretter son dédain et son mépris.

Dehors, la pénombre envahissait peu à peu le ciel. Robyn n'avait eu aucune nouvelle des autres membres de l'équipe. Lentement, elle se prépara pour la soirée. Elle prit un bain parfumé et brossa avec soin ses cheveux dorés avant de se glisser avec délice dans l'étoffe soyeuse de la djellaba. Elle se maquilla très légèrement et constata avec satisfaction que l'image renvoyée par son miroir aurait satisfait le plus difficile.

Son visage rayonnait de vie et de jeunesse et pour une nuit au moins, Robyn ferait partie de ces femmes qui reçoivent les hommages des hommes avec une confiance absolue dans leur charme et leur beauté.

Heureusement, ses chaussures et son sac s'harmonisaient avec la couleur de sa robe. L'un de ses talons avait une minuscule éraflure, mais personne ne s'en rendrait compte.

Délibérément, elle saisit le camée que lui avait offert Sayed et admira un instant la petite figurine représentant le Dieu de Memphis avant d'en accrocher la chaîne autour de son cou. Le bleu intense du lapis-lazuli étincelait sur l'or de la djellaba.

Puis elle prit son sac et en sortit le petit disque en céramique. Elle détacha une feuille de papier d'un bloc et écrivit après réflexion les quelques lignes suivantes :

« Cette marque s'est détachée d'un rouleau qui lui-même s'était séparé de la masse de vélin (voir n° 331 dans le répertoire). Il est en grec avec une note en latin au bas du manuscrit : *Pergamum. Don de Marcus Antonius, Imperator.* Sur le disque, on distingue sans difficulté ces deux mots : *Mouseion Alexand…*

Pour ma part, ceci constitue une preuve suffisante de l'origine de tous ces manuscrits. J'ai fait cette découverte hier après-midi, mais vous étiez si occupé avec la foreuse et la presse, que je n'ai pas eu le loisir de vous en parler.

En tant que représentante de l'Université, je tiens à vous féliciter de votre magnifique réussite et je suis certaine que le contenu de la salle inférieure comblera amplement tous nos espoirs.

Le Dr Wayland sera enchanté et je lui ferai moi-même un récit circonstancié dans deux jours, lorsque je serai de retour en Californie. Je souhaite que vous réussissiez avec autant de bonheur la traduction de ces précieux documents.

Sesha Neheru Douglas. »

Elle aurait aimé ajouter quelques phrases plus personnelles, mais il n'était plus temps. Dorénavant, ses relations avec lui se limiteraient au plan strictement professionnel.

Robyn plia la feuille en quatre, la glissa dans une enveloppe avec le petit disque de terre cuite et remit le tout dans son sac.

Son réveil de voyage lui indiqua qu'elle était en avance. Le restaurant n'ouvrirait pas avant huit heures et elle ne voulait pas courir le risque de rencontrer Sayed avant que tout le monde ne soit là.

Avec impatience, elle arpenta sa chambre de long en large en regardant par la fenêtre les dernières lueurs rouges sur la mer. Si seulement la marche du temps avait pu s'arrêter le jour où elle avait vu l'aube se lever au bord du canal ! Le baiser qu'il lui avait donné alors aurait suffi à illuminer le reste de sa vie...

Mais les circonstances avaient joué contre elle, inexorablement. Il avait douté de son innocence et elle de son amour. Il l'aurait peut-être épousée si...

Robyn soupira et se redressa. Ses illusions s'étaient envolées sur les ailes du petit oiseau. Elle n'aimerait plus jamais personne comme elle avait aimé Sayed et tous ses souvenirs d'Egypte seraient empreints d'une profonde amertume.

Mais l'heure avait passé et le moment était venu de descendre. Elle jeta un dernier coup d'œil à son miroir et sourit de satisfaction.

Dans l'ascenseur, Robyn se força à respirer régulièrement et profondément, et lorsque, enfin calmée, elle sortit de la cabine qui l'avait transportée en grinçant et en cahotant, un brouhaha lui parvint de la salle à manger. Grâce à Dieu, il y avait déjà du monde...

D'une démarche assurée, elle s'approcha des battants grands ouverts en s'efforçant d'afficher une expression aussi détachée et aussi nonchalante que possible.

La grande table était merveilleusement décorée et plusieurs autres avaient été disposées tout autour d'elle. Le *Palestine Hotel* avait sorti pour l'occasion son argenterie et toute la salle étincelait d'une multitude de cristaux et de vases remplis de fleurs fraîchement coupées.

La plupart des visages lui étaient inconnus. Des journalistes sans doute et des personnalités politiques locales.

Tom était très élégant dans son smoking et elle aperçut également le Dr Gaddabi au milieu d'un groupe de gens qui l'écoutaient avec attention.

A sa grande surprise, Daphné al Rashad était là aussi et Aziza Atef souriait et gesticulait à côté d'elle. L'expression de Mme al Rashad était d'une politesse froide et réservée.

A quelque distance, Robyn entrevit Sayed, suivi

par Huntley Saunders et son cœur se mit aussitôt à battre à tout rompre.

Heureusement, le Dr Gaddabi la remarqua et vint lui offrir son bras avec courtoisie. Il la conduisit de groupe en groupe et la présenta aux uns et aux autres. Ceux qui avaient été la veille au chantier la reconnurent et, bien vite, devant la chaleur et la gentillesse de chacun, Robyn oublia sa timidité.

Au bout d'un moment, elle se sentit parfaitement à l'aise et Tom lui adressa un signe encourageant du pouce. Sandi était à côté de lui en robe blanche et un sourire radieux illuminait son visage. Visiblement, tout malentendu était dissipé entre eux et elle leur envoya un petit geste amical de la main, tandis que le Dr Gaddabi l'entraînait avec insistance.

— Vous êtes ravissante ce soir, Robyn, murmura-t-il à son oreille de sa voix paternelle. J'envie à Sayed sa jeunesse et le privilège qu'il aura d'être assis à côté de vous.

Robyn le regarda avec un peu d'étonnement. Une lueur amusée brillait au fond de ses yeux comme s'il était au courant de choses qu'elle ignorait.

A leur approche, Mme al Rashad se leva et s'avança vers eux les bras tendus.

— Vous êtes charmante, Robyn, absolument charmante ! C'est une nuit glorieuse pour vous !

Robyn rassembla une fois de plus son courage et lui sourit.

— C'est le triomphe de Sayed aussi et je suis heureuse pour lui.

— Oui, tous ses rêves sont enfin exaucés.

Si seulement elle avait pu déposer simplement sa missive sur son assiette et s'en aller discrètement ! songea Robyn en proie à une soudaine panique.

— Ne soyez pas nerveuse, observa Daphné d'une

voix apaisante. Vous n'aurez pas de discours à prononcer. Tenez, asseyez-vous à côté de moi.

Les gens commençaient à prendre leur place et Robyn bredouilla avec un peu d'inquiétude :

— Je devrais peut-être aller directement à la mienne...

— Mais non, ne vous inquiétez pas, Sayed viendra vous chercher lui-même dès qu'il arrivera.

Le Dr Gaddabi s'installa de l'autre côté de Daphné al Rashad et ils se mirent à bavarder ensemble, sans paraître se préoccuper le moins du monde de l'anxiété de Robyn.

Elle aperçut Tom et Sandi qui s'asseyaient à une petite table et, enfin, Sayed apparut en compagnie de deux hommes à la démarche digne et solennelle.

Dès que Sayed la vit, l'expression de son visage se transforma et Robyn sentit un tremblement irrépressible la parcourir tout entière.

— Vous êtes très belle ce soir, Robyn, murmura-t-il en prenant sa main glacée pour la serrer dans les siennes avec chaleur avant de la porter à ses lèvres.

Avec des louanges particulièrement flatteuses, il la présenta à ses deux compagnons. Ils s'inclinèrent devant elle avec une évidente admiration et elle sourit intérieurement.

Sayed la fit ensuite s'asseoir à sa gauche et la table acheva de se remplir dans un brouhaha de présentations.

Sa proximité minait peu à peu le mur d'indifférence qu'elle avait pris tant de peine à construire. Assis à sa gauche, le doyen de l'université d'Alexandrie se lança dans une conversation très mondaine et elle essaya d'oublier la présence troublante de Sayed en écoutant l'intonation monotone de ses paroles.

Les serveurs commençaient déjà à passer les

premiers plats lorsque soudain, la porte se rouvrit pour laisser entrer Rafica, vêtue d'une ravissante tenue bleu pervenche, avec à son bras un grand jeune homme en uniforme. Karim! Les yeux de Robyn s'écarquillèrent de stupéfaction tandis que Tom leur faisait signe de venir s'asseoir à la table où il se trouvait avec Sandi.

Que s'était-il passé? se demanda Robyn en oubliant momentanément sa propre détresse. Elle jeta un coup d'œil vers la mère de Sayed et surprit un regard de satisfaction révélateur. Sans aucun doute, c'était elle qui était à l'origine de cet événement inattendu.

Lorsque les entrées eurent été servies et que la conversation devint générale, Sayed se tourna vers elle en souriant.

— Merci d'avoir mis cette robe, murmura-t-il de sa voix chaude et grave. Elle vous va à la perfection et vous me faites un grand honneur en la portant.

Ses yeux se plongèrent dans les siens pendant un long moment jusqu'à ce qu'elle rougisse et détourne la tête.

— Je n'aurais pas dû l'accepter, souffla-t-elle d'une voix embarrassée.

— Pourquoi? s'étonna-t-il avec un froncement de sourcils. Ce n'est qu'un gage de toute la reconnaissance que je vous dois.

— Alors, merci. Je n'avais jamais eu une toilette aussi élégante.

— Hum.

Son visage était toujours sombre et un brusque sens de culpabilité envahit Robyn. Elle prit une rapide décision et fébrilement ouvrit son sac pour en tirer la précieuse enveloppe. Elle la lui tendit d'une main tremblante.

— Qu'est-ce que c'est ?

— Je veux que vous lisiez cette lettre, avant votre communication officielle à la presse.

Avec une sorte de jubilation, elle regarda ses doigts souples et aristocratiques déchirer le papier et en tirer la feuille pliée en quatre et le petit disque de céramique.

Un long soupir s'échappa de ses lèvres. Les dés étaient jetés et il n'y avait plus de retour en arrière possible.

Des yeux, parcourut rapidement la note puis il prit soigneusement entre ses doigts la petite marque en argile.

— *Subhan Allah !*

Ses yeux s'éclairèrent d'une lueur exaltée, mais brusquement, un éclair de colère les traversa.

— Qu'est-ce que cela veut dire ? Vous avez l'intention de voir le Dr Wayland dans deux jours ? chuchota-t-il à son oreille d'un ton furieux. Vous ne partirez pas d'Egypte sans mon autorisation ! Je vous l'interdis.

— J'ai réservé ma place pour demain, répliqua-t-elle avec un tremblement.

— Vous l'annulerez. Ne discutez pas Robyn, ce n'est pas le moment.

Au lieu de la mettre en colère, le ton autoritaire de sa voix la calma instantanément et un frisson de plaisir parcourut Robyn.

Le visage de Sayed s'adoucit imperceptiblement et il ajouta :

— Ainsi, vous vouliez me donner vous-même cette nouvelle ? Vous rendez-vous compte qu'il était illégal d'emporter ainsi un objet du chantier sans me l'avoir signalé ?

Les traits de Robyn s'allongèrent de dépit et Sayed étouffa un petit rire amusé.

— Le mieux est encore que vous me racontiez les circonstances de la découverte de ce disque — en détail et tout de suite.

Elle lui fit un bref récit et il posa quelques questions judicieuses.

— Vous êtes certaine des termes de la note en latin ?

Elle hocha la tête.

— Absolument.

— Petit oiseau, vous venez de m'offrir le plus merveilleux des présents ! s'exclama-t-il en lui prenant la main avec une chaleur enthousiaste.

Puis se tournant vers sa mère, il lui chuchota quelques phrases rapides à l'oreille et mit l'objet dans sa main.

— Mon Dieu, vous avez enfin cette preuve que vous avez tant cherchée !

Les serveurs changèrent les assiettes et Robyn s'aperçut qu'elle n'avait presque rien mangé. En fait, elle ne se souvenait même pas des plats qui avaient défilé. Un gâteau à la crème fut posé devant elle avec une tasse de café noir, mais elle n'avait pas le cœur d'y toucher.

Sayed avait tendu la marque au Dr Gaddabi et discutait avec animation avec lui. Visiblement, il était enchanté, mais il lui tournait le dos comme si elle n'existait plus !

Non, elle n'annulerait pas sa réservation ! Même s'il exigeait qu'elle témoigne aux audiences du ministère des Antiquités. Elle pouvait très bien écrire une déposition en Californie, la signer et la leur envoyer. Ce n'était pas un caprice, mais elle n'avait plus le courage de supporter d'être aussi près de lui et de n'être qu'une collègue comme les autres.

Elle grignota un peu de gâteau machinalement et porta à ses lèvres la tasse de café amer et sirupeux. Le doyen de l'université d'Alexandrie lui sourit paternellement.

— La communication officielle ne va pas tarder à présent. Je vois les journalistes et les photographes qui commencent à s'activer. Ce sera la plus grande découverte depuis de nombreuses années, ne croyez-vous pas ?

Robyn hocha la tête.

— Elle rivalisera avec les trésors de Toutankhamon, répondit-elle avec un geste inconscient de fierté. Ces manuscrits contiennent peut-être certaines des plus belles œuvres de l'Antiquité. Le Dr al Rashad apportera ainsi une immense contribution à l'archéologie égyptienne et à la littérature de la dynastie des Ptolémées.

— J'espère que vous avez raison.

Au même moment, Sayed se leva, sans avoir touché à son dessert et à son café. Avec son couteau, il tapa deux ou trois coups sur son verre pour requérir l'attention de l'assemblée et instantanément, toutes les conversations s'interrompirent.

— Je ne veux pas retarder plus longtemps la déclaration que je vous ai promise, déclara-t-il en souriant. Mais tout d'abord je désire remercier ceux qui par leur travail acharné ont permis cette découverte et sans lesquels rien n'aurait été possible.

Il s'arrêta quelques secondes puis continua :

— Nous avons mis à jour une cache de manuscrits anciens — probablement la plus importante jamais découverte.

En quelques phrases, il expliqua par quelles

déductions il avait repéré la première salle et décrivit son contenu en détail avant de parler des rouleaux apparemment en parfait état de conservation de la pièce inférieure. Son style était concis, mais empreint de sa passion de l'histoire et du passé de son pays. Après être rapidement passé sur son propre mérite, il fit l'éloge de l'Université américaine pour l'aide qu'elle lui avait apportée et introduisit même brièvement Huntley Saunders. Puis il s'étendit longuement sur la précieuse collaboration du Dr Gaddabi et de tous les membres de l'équipe.

Les flashes crépitaient et les reporters couvraient leurs blocs de notes rapides. Robyn se demanda s'il allait oui ou non mentionner la découverte du disque de céramique — l'affirmation irréfutable. Peu à peu, elle sombrait à nouveau dans une humeur lugubre, lorsque soudain Sayed se tourna vers elle en souriant.

— Il y a une personne ici que je ne vous ai pas encore présentée et dont la contribution a été inestimable. Je veux parler de la représentante officielle de l'Université, Miss Robyn Douglas. Non seulement elle a protégé de sa propre initiative les manuscrits trouvés dans la première pièce lors d'une tempête de *Khamsin,* mais en plus, elle vient de m'apporter à l'instant la preuve que je cherchais depuis le début !

« Ce petit objet que je tiens dans ma main a glissé d'une masse de rouleaux de vélin que notre jeune archéologue était en train de répertorier. Savez-vous de quoi il s'agit ?

Avec tout le talent d'un orateur, il laissa le public s'interroger pendant quelques secondes, puis il poursuivit d'une voix chargée d'émotion.

— C'est une marque d'identification sur laquelle

est inscrite en grec : *Mouseion Alexandria !* D'autre part, notre jeune archéologue a lu au bas du rouleau dont ce disque était tombé une note en latin laissant entendre qu'il faisait partie d'un don de Marc Antoine à la reine Cléopâtre !

Le public retint son souffle.

— Vous comprenez sans doute la signification de cette découverte. Ces manuscrits ont appartenu à l'antique et célèbre bibliothèque de notre ville ! Cela vérifie donc la légende selon laquelle une partie de celle-ci a été sauvée du pillage et de la destruction de notre cité.

Un torrent d'applaudissements salua ces dernières paroles, mais Sayed imposa à nouveau le silence d'un geste de la main.

— J'ai une autre déclaration à vous faire. Miss Douglas a eu le bonheur d'avoir pour père l'un des professeurs les plus éminents de notre temps et dans son amour pour notre ancienne langue, il a donné à sa fille le prénom charmant et poétique de *Shesha Neheru*. « Petit oiseau au milieu des fleurs »... Pour plus de facilité, elle s'appelle aussi Robyn, mais pour moi, elle restera toujours mon petit oiseau adoré — la femme que je vais bientôt épouser !

La salle explosa littéralement en une bruyante ovation, et Sayed prit doucement la main de Robyn. Les jambes tremblantes et encore toute hébétée, elle se leva et il la prit dans ses bras sous un déluge d'éclairs de flashes.

Au milieu du brouhaha, Robyn entendit la voix de Sandi crier des félicitations et Tom se précipita vers eux pour les congratuler avec un enthousiasme débordant.

Un à un, tous les invités vinrent les féliciter et

Mme al Rashad la serra triomphalement dans ses bras.

— Je suis si heureuse, ma chérie ! Votre mariage est le second a avoir été arrangé ce soir, ajouta-t-elle avec un clin d'œil en direction de Rafica.

Au fond d'elle-même, Robyn répétait sans se lasser cette merveilleuse phrase : « *La femme que je vais bientôt épouser.* » Et une sorte d'extase envahit son cœur. Cette fois-ci, ce n'était pas un rêve. Sayed était à côté d'elle, tout le monde l'embrassait, ce devait être vraiment la réalité.

Tous les journalistes s'agglutinèrent autour de Sayed. Georges leur avait distribué des notes, mais cela n'était pas assez pour eux. Ils voulaient plus de détails, toujours plus de précisions.

Ils filmèrent Sayed tenant dans sa paume la précieuse marque et entouré de ses amis de la Société d'archéologie. Mais pas une seule fois, il ne lâcha la main de Robyn comme s'il ne voulait pas prendre le risque de la voir s'échapper.

Au bout d'un moment, Daphné al Rashad quitta sa place et prit les bras de Rafica et de Karim.

— Ces chers enfants vont me ramener à la maison, déclara-t-elle à l'intention de Sayed. Rafica ne reviendra travailler qu'après-demain. Karim doit repartir ensuite pour son unité.

Rafica se pencha à l'oreille de Robyn et chuchota :

— Tout va bien, grâce à vous et à Mme al Rashad. Je suis si heureuse ! Et je sais que vous l'êtes aussi.

Les yeux de Robyn étaient encore un peu hébétés et elle ajouta avec un petit rire entendu :

— Demandez au D^r al Rashad, il vous expliquera.

Il était tard et Sayed prit enfin congé des reporters, puis il entraîna Robyn dans la douce fraîcheur du parc.

Ils marchèrent en silence pendant quelques minutes et le vent du large rendit peu à peu à Robyn sa lucidité et sa fierté. Comment avait-il été si sûr qu'elle accepterait ? Et si elle n'avait pas voulu se marier avec lui ? La scène aurait été bien embarrassante ! Il ne lui était même pas venu à l'esprit qu'elle puisse refuser.

Elle s'arrêta brusquement et il tourna la tête vers elle d'un air étonné avant d'éclater de rire joyeusement devant son expression offensée.

— Taisez-vous, mon cher petit oiseau. Ma déclaration n'était peut-être pas très romantique, mais je ne voulais pas courir le risque d'une nouvelle fuite. A votre avis, quelle a été ma réaction lorsque j'ai découvert votre intention de quitter l'Egypte dès demain ?

Elle prit une profonde inspiration afin de lui répondre, mais avant qu'elle en ait eu le temps, il la serra dans ses bras puissants et ses lèvres étouffèrent ses dernières objections. D'un seul coup, plus rien n'eut d'importance, hormis le trouble délicieux qui naissait dans tout son être. Instinctivement, elle se blottit contre lui, comme si elle voulait se fondre en lui ; ses bras se nouèrent autour de son cou tandis que les mains de Sayed réveillaient en elle une foule de désirs encore assoupis.

Quand elle réussit enfin à parler, elle chuchota sur un ton de léger reproche :

— Vous ne m'aviez jamais rien dit... et il y avait Mme Atef... Vous m'aviez même soupçonnée d'avoir volé des manuscrits ! Et puis il y avait eu les Pyramides... Oh Sayed, comment aurais-je pu espérer qu'un jour... ?

Doucement, il la fit taire et murmura avec une tendresse infinie :

— Taisez-vous mon amour et écoutez-moi. Vous souvenez-vous de ce matin à l'aube au bord du canal ? Depuis cet instant, je vous ai aimée. Ne comprenez-vous pas tout ce que vous m'avez appris ? Il me fallait oublier les autres femmes que j'avais connues, trouver des raisons d'avoir confiance.

Sa bouche à nouveau se joignit à la sienne et cette fois-ci, Robyn se laissa aller contre lui sans la moindre arrière-pensée.

— Je pense qu'une vie entière ne sera pas de trop pour effacer tous les malentendus qu'il y a eu entre nous, observa-t-il avec un sourire en relevant la tête.

— Sayed, je ne sais pas si...

— Je vous aime, ma chérie. Tout est simple maintenant.

— Puis-je vous croire, sans craindre que vous ne me reprochiez un jour ma confiance ?

— Plus jamais je ne recommencerai, je vous le promets. Oubliez mes absurdes griefs, ils étaient sans le moindre fondement. Si je vous avais perdue, petit oiseau, je...

Elle sentit son corps trembler contre le sien et il poursuivit d'une voix blanche.

— Je n'ose même pas y penser ! J'ai annoncé à ma mère que j'avais enfin trouvé la femme de mes rêves et elle m'a donné le conseil d'agir rapidement si je voulais la convaincre. Je lui ai obéi. Aviez-vous vraiment l'intention de vous envoler, mon petit oiseau ?

Elle se mordit les lèvres et acquiesça.

— J'étais si malheureuse... Oh, Sayed ! Je n'étais rien pour vous et je vous aimais avec tant de force !

Il la serra contre lui impulsivement et ses baisers firent couler en elle un flot de désir et de passion.

— Nous ne pouvons pas rester ici, soupira-t-il lorsque leur soif de tendresse fut enfin rassasiée. Savez-vous où j'aimerais vous emmener ?

Elle le regarda d'un air interrogateur, les yeux brillants d'anticipation.

— Je voudrais vous emmener au bord du canal pour voir le soleil se lever. J'ai un aveu à vous faire là-bas.

Le visage de Robyn s'illumina de bonheur et main dans la main, ils rentrèrent à l'hôtel.

Dans sa chambre, Robyn se changea hâtivement et mit une paire de sandales à la place de ses chaussures de soirée. Elle enfila une veste de laine et descendit dans le hall où Sayed faisait les cent pas avec impatience.

La capote de son coupé était repliée et ils traversèrent rapidement la ville assoupie.

— Vous souvenez-vous du chef du Bureau des Antiquités du Caire ? lui demanda-t-il en riant tandis que la voiture cahotait sur la route du désert. Après que vous nous ayez quittés, il m'a dit qu'il vous admirait beaucoup et que je devrais songer à me marier !

Il se pencha pour l'embrasser sur la joue et Robyn lui sourit avec adoration.

C'était la pleine lune et on y voyait presque comme en plein jour. De temps à autre, un véhicule les croisait ou les dépassait et bientôt, ils bifurquèrent sur la piste conduisant au chantier.

A leur arrivée les gardes se levèrent, mais dès qu'ils les eurent reconnus, ils retournèrent tranquillement à leur interminable partie de cartes.

Sayed arrêta sa voiture près de l'excavation et tous

deux, main dans la main, se dirigèrent vers la ligne sombre des pins.

Soudain, il y eut un froissement dans la pénombre et Bahyia apparut, le visage radieux.

— Je vous attendais...

Le timbre de sa voix avait une résonance mystérieuse et elle leur tendit à chacun une petite pochette en tissu.

— *Higab*... pour votre bonheur. Ne les perdez pas surtout... Vous voyez, petit oiseau, Bahyia ne vous avait pas menti.

Robyn l'embrassa sur les deux joues et la remercia chaleureusement.

— Vous serez toujours notre amie, Bahyia...

La vieille femme se tourna ensuite vers Sayed et s'adressa à lui avec une profonde déférence :

— Fils de Khalid et de nos Princes de jadis, construisez une nouvelle Egypte aussi sage que l'ancienne.

Puis, comme par magie, elle se fondit dans la nuit et Sayed murmura d'une voix grave :

— C'est une femme remarquable. Venez, le soleil va bientôt se lever.

Les pins se détachèrent sur le ciel étoilé et lentement, ils marchèrent jusqu'à la rive à demi-effondrée de l'antique canal.

Avec soin, Sayed étendit la couverture légère qu'il avait emportée et il lui prit la main.

Docilement, Robyn s'allongea à côté de lui et un délicieux tremblement envahit son corps.

— Mon amour...

Son regard se perdit au fond du sien et lentement d'abord, puis fébrilement les doigts de Sayed commencèrent à défaire les boutons de son corsage. Son désir était aussi fort que le sien et très vite, ils se retrouvèrent nus, l'un contre l'autre dans la lumière argentée de la lune.

Robyn lui appartenait désormais et elle ne voulait plus avoir aucun secret pour lui... Sayed explorait son corps avec une merveilleuse douceur lui arrachant des gémissements de bonheur, et chacune de ses caresses faisait naître en elle une vague nouvelle de plaisir exquis... Puis soudain, en criant son nom, Sayed la fit sienne, l'unissant à lui pour l'éternité.

Quand enfin les flammes de leur passion perdirent un peu de leur intensité, les premiers rayons orangés de l'astre du jour dissipaient peu à peu les ténèbres de la nuit.

L'esprit enfin apaisé, Robyn ouvrit les yeux et sourit au joyeux gazouillis des oiseaux qui là-haut dans les pins saluaient à leur manière le début de cette journée nouvelle.

Sayed se redressa et déposa un baiser dans le creux de son épaule.

— C'est l'aube. Le moment est venu mon amour...

Il se leva avec souplesse et il lui donna la main en souriant pour l'aider à se mettre debout. Il n'y avait plus de pudeur entre eux et impulsivement ses bras se nouèrent autour de son cou.

— Vous souvenez-vous du manuscrit du Dieu aux yeux bleus? murmura-t-il d'une voix assourdie. Je n'ai pas eu le cœur d'attendre pour en connaître la suite. C'était cela l'aveu que je voulais vous faire. Les dernières lignes en étaient si belles qu'elles sont restées gravées dans ma mémoire.

« A l'aube il m'a enfin embrassée alors que les étoiles une à une s'éteignaient dans le ciel.

Il m'a prise dans ses bras et m'a appris le bonheur que la terre ressent lorsque l'eau du ciel la rend fertile.

Il m'a appris que l'amour est éternel et que son règne durera jusqu'à la fin des temps.

Je lui appartiens à jamais et même la mort ne pourra plus nous séparer. »

— Et je lui appartiens à jamais, répéta-t-elle doucement en levant les yeux vers le visage aimant de celui qui était désormais son mari.

— Suis-je maintenant pardonné ?

Elle rit et se dressa sur la pointe des pieds pour déposer un baiser sur ses lèvres.

— Depuis le premier instant, je vous ai aimé.

— Allah soit loué. Mais le jour se lève et il est temps de nous rhabiller.

Cela ne leur prit guère de temps. Etre surpris par les bédouins aurait été plutôt embarrassant.

Elle l'aida ensuite à replier la couverture, puis il l'attira à nouveau contre lui et ils restèrent ainsi enlacés pendant un long moment, jouissant paisiblement de leur amour.

— Qui pourrait être aussi heureux que je le suis ? questionna-t-elle dans un soupir de bonheur.

— Qui ? Rafica et Karim sans doute, répondit-il avec une intonation un peu moqueuse dans la voix.

— Comment avez-vous réussi à convaincre son père ? Il semblait si obstiné... Votre mère est-elle intervenue ?

— Elle a un sens inné de la diplomatie... et une aptitude toute particulière à découvrir ce qu'elle cherche. Sans doute a-t-elle grondé Rafica pour ne pas avoir cherché à savoir qui sa sœur Aisha aimait en secret.

Robyn retint sa respiration.

— Mustapha ?

— Exactement ! Aisha et Mustapha craignaient d'avouer les liens qui les unissaient de peur que leurs

familles n'en soient bouleversées. Ma mère m'a
expliqué la situation et après, cela a été un jeu
d'enfant pour moi de convaincre les parents de
Mustapha et ceux de Rafica.

— Ainsi, vous avez malgré tout usé de votre
pouvoir de Cheikh, le taquina-t-elle gentiment.

— En un sens oui, mon petit oiseau adoré, mais
j'ai suivi les conseils de Daphné et je me suis arrangé
pour qu'ils arrivent eux-mêmes à la seule solution
raisonnable. Mon père aurait agi de la même
manière et ainsi, personne n'a été froissé dans son
honneur.

— Mon bonheur est plus complet ainsi.

Définitivement troisième dynastie, songea-t-elle
en souriant intérieurement tout en mesurant du
regard la largeur de ses épaules.

— Ah, au cas où vous verriez toujours en moi un
chef avide d'exploiter ses collaborateurs, j'ai assuré
au père de Rafica que sa fille ne serait pas obligée de
vivre avec pour seule ressource la maigre paye d'un
maître d'école. Elle sera désormais mon employée
de manière permanente.

Un long baiser interrompit à nouveau la conversation et quand il la reposa à terre, il ajouta en
souriant :

— J'ai déclaré à ma mère qu'elle avait deux
semaines pour arranger notre mariage. Je ne désire
pas attendre plus longtemps.

Un éclat de rire cristallin s'échappa des lèvres de
Robyn.

— Et que vous a-t-elle répondu ?

— Elle a accepté bien sûr ! Il va falloir téléphoner
à votre mère et à votre tante pour leur demander de
venir. Au Dr Wayland aussi, s'il arrive à se libérer.
Daphné se chargera de tout de mon côté. Puis il y a

également le problème de votre robe de mariée. Elle sera très heureuse de vous aider à la choisir. Il faut la comprendre, elle avait renoncé à tout espoir de me voir un jour convoler en justes noces.

Les yeux de Robyn s'élargirent d'inquiétude.

— Ma mère n'est pas comme la vôtre, Sayed. Peut-être refusera-t-elle un si long voyage. Elle n'a jamais aimé monter dans un avion et encore moins séjourner à l'étranger.

— Mais elle ne peut pas ne pas venir ! Je lui parlerai moi-même.

Son ton était décidé et Robyn eut confiance en sa capacité de persuasion.

— Peut-être dira-t-elle oui après tout ! s'exclama-t-elle avec un nouvel éclat de rire.

— Nous devrions y aller maintenant, observa-t-il en levant la tête vers le ciel. Le soleil est déjà haut et les bédouins ne vont pas tarder à venir avec leur troupeaux de moutons et de chèvres. Ils s'offusqueraient peut-être en nous voyant nous embrasser ainsi à l'aube au bord de leur canal.

Robyn hocha la tête et tourna une dernière fois les yeux vers l'astre majestueux.

Soudain, elle crut entendre dans le lointain le vague murmure d'une voix surgie du passé :

— Oh toi Isis, qui a tant aimé Osiris, prends ma main...

Et sur ses propres lèvres elle sentit se dessiner le sourire mystérieux et éternel de la déesse.

Chacune d'entre nous est Isis, songea-t-elle rêveusement, une mère, une femme et une amante.

Les tièdes rayons du soleil levant caressèrent sa tête blonde comme pour une bénédiction des Dieux antiques et Sayed la regarda avec un visage radieux :

— Vous avez un étrange sourire, ma chérie...

— C'est parce que je viens de comprendre à quel point je vous aimais, souffla-t-elle en prenant sa main dans la sienne.

LE FORUM DES LECTRICES

Harlequin Séduction a déjà un an! C'est un anniversaire important, j'en suis sûre, pour toutes les lectrices enthousiastes qui se joignent, chaque mois, à notre Forum. Vous êtes nombreuses à nous dire combien vous aimez cette belle collection et nous vous en remercions! L'une d'entre vous écrit:

"C'est avec grande joie que j'ai découvert la collection de romans Harlequin Séduction, à ajouter à tous les Harlequin que je possède déjà.

Harlequin est un monde d'évasion où je me retire quelques heures par jour pour retrouver solitude et romantisme. Harlequin, c'est mon compagnon de tous les jours. Il me transporte dans un rêve, un monde à part. Il est, pour moi, un don précieux, un moment inoubliable. Il me transporte dans un jardin de rêves où ma tranquillité n'est troublée que par le murmure de deux coeurs qui battent à l'unisson...

Harlequin Séduction a, comme tous les autres Harlequin, une place spéciale dans ma bibliothèque...et surtout dans mon coeur!

Je vous prie de continuer le beau travail que vous faites. Félicitations!"

"Une amie lectrice très romantique,"

HS F 4   **Nicole Morissette, Ste-Rosalie, P.Q.**

Egalement, ce mois-ci . . .

UN SEJOUR A CLIFFTOP

Cécilia Everhart avait invité Jessamine à faire un séjour dans sa belle maison, pour partager avec elle ses souvenirs de pionnière. Mais dès son arrivée, Jess est frappée par le malaise qui semble toucher toutes les femmes de la maison. Vivant dans le passé, elles paraissaient terrorisées par l'arrogant Bensen Everhart, chef de la famille, qui se montrait particulièrement odieux envers Jess.

Jess, aussi entêtée que lui, était déterminée à apprivoiser cet ours mal léché. Mais plus elle le voyait, plus elle tombait amoureuse de lui. Que faire ? Car Bensen la détestait, et puis, il avait une fiancée…

Des histoires d'amour sensuelles et captivantes

MARIAGE A KAUAI, Jessica Logan

Dans le cadre féerique de Kauai, Kim est rapidement conquise par le charme envoûtant de Martin Ste Croix. Mais le soir de leurs noces, il disparaît mystérieusement... jusqu'au jour où il réapparaît, terriblement changé, froid et distant...

L'ESPOIR D'UN LENDEMAIN, Meg Hudson

Meg avait été immédiatment attirée par le sombre et hautain Brent Vandervelt. Il cachait un mystère qu'elle devait résoudre. En se faisant embaucher dans le journal qu'il dirige, Meg savait qu'elle découvrirait le vérité... et l'amour!

A PARAITRE

HARLEQUIN SEDUCTION vous réserve des histoires d'amour aux intrigues encore plus captivantes! En voici quelques titres évocateurs:

HARMONIE MEXICAINE,   Peggy Bechko

SOUS LE SIGNE DE LA LICORNE,
     Robyn Anzelon

SERENADE POUR UN AMOUR PERDU,
     Jocelyn Haley

PRELUDE AU PARADIS,   Daphne Hamilton

Des histoires d'amour écrites pour la femme d'aujourd'hui

C'est une magie toute spéciale qui se dégage de chaque roman Harlequin. Ecrites par des femmes d'aujourd'hui pour les femmes d'aujourd'hui, ces aventures passionnées et passionnantes vous transporteront dans des pays proches ou lointains, vous feront rencontrer des gens qui osent dire "oui" à l'amour.

Que vous lisiez pour vous détendre ou par esprit d'aventure, vous serez chaque fois témoin et complice d'hommes et de femmes qui vivent pleinement leur destin.

Une offre irrésistible!

Ce que nous vous offrons est fort simple. Vous n'avez qu'à remplir et poster le coupon-réponse. Vous recevrez, *sans aucune obligation de votre part,* quatre romans Harlequin tout à fait *gratuits!*

Et nous vous enverrons chaque mois suivant six nouveaux romans d'amour, au bas prix de $1.75 chacun (soit $10.50 par mois), sans frais de port ou de manutention.

Mais vous ne vous engagez à rien: vous pourrez annuler votre abonnement à tout moment, quel que soit le nombre de volumes que vous aurez achetés. Et, même si vous n'en achetez pas un seul, vous pourrez conserver vos 4 livres gratuits!

Vous avez donc tout à gagner, en profitant de cette offre de présentation au merveilleux monde de Harlequin.

6 des avantages de vous abonner à la Collection Harlequin

1. Vous recevez 6 nouveaux titres chaque mois. Vous ne risquez pas de manquer un seul des volumes de vos auteurs Harlequin préférés.

2. Vous ne payez que $1.75 chacun (soit $10.50 par mois), sans frais de port ou de manutention.

3. Vous pouvez annuler votre abonnement à tout moment pour quelque raison que ce soit...
ou même sans raison!

4. Vous n'avez pas à sortir de chez vous: de nouveaux volumes vous sont livrés par la poste chaque mois.

5. "Collection Harlequin" est synonyme de "chefs-d'œuvre du roman d'amour": vous ne risquez pas d'être déçue.

6. Les 4 premiers volumes sont tout à fait GRATUITS: ils sont à vous, même si vous n'achetez pas un seul volume de la collection!

COLL-SUB-3Y

POUR VOUS, GRATUITEMENT

Le plus passionnant des romans d'amour.
"Aux Jardins de l'Alkabir",
le livre à succès de la toute nouvelle collection
HARLEQUIN SEDUCTION

NOUVEAU NOUVEAU NOUVEAU

Des heures de lecture captivante. Plus de 300 pages d'intrigues palpitantes, de folle passion, de sensualité, de situations romanesques.

Vivez intensément vous aussi. Découvrez le secret des femmes qui savent comment garder un grand amour. Vivez avec nos héroïnes les plus belles émotions de votre vie.

"Aux Jardins de l'Alkabir"...
Sous le soleil brûlant de l'Espagne, partagez les joies et les plaisirs voluptueux de Liona, une jeune Américaine qui connaît une passion irrésistible pour deux frères matadors fougueux et résolus. Laissez-vous prendre vous aussi au piège de ce sentiment plus fort que tout: le désir!

Abonnez-vous dès aujourd'hui à cette extraordinaire collection **HARLEQUIN SEDUCTION** Vous recevrez ces romans, à raison de deux (2) volumes par mois, au prix exceptionnel de 3,25$ chacun.

Du plaisir garanti: Pleins de tendresse et de sensualité, ces romans vous transporteront dans un monde de rêve.

Le privilège de l'exclusivité: Vous recevrez les romans **HARLEQUIN SEDUCTION** deux mois avant leur parution.

Liberté totale: Vous pouvez annuler votre abonnement à tout moment et le reprendre quand il vous plaît.

Règlement mensuel: Vous ne payez rien à l'avance. Seulement après réceptio

Découpez et retournez à: Service des livres Harlequin
649 rue Ontario , Stratford, Ontario N5A 6W2

Éternelle jeunesse du roman d'amour!

On a l'âge de son esprit, dit-on. Avez-vous jamais songé à vérifier ce dicton?

Des romancières célèbres telles que Violet Winspear, Anne Weale, Essie Summers, Elizabeth Hunter... s'inspirant du vrai roman d'amour traditionnel, mettent en scène pour votre plus grand plaisir héros et héroïnes attachants, dans des cadres romantiques qui vous transporteront dans un monde nouveau, hors de la grisaille du quotidien. En partageant leurs aventures passionnantes, vous oublierez soucis et chagrins, vous revivrez les émotions, les joies...la splendeur...de l'amour vrai.

Six romans par mois...chez vous... sans frais supplémentaires... et les quatre premiers sont gratuits!

Vous pouvez maintenant recevoir, sans sortir de chez vous, les six nouveaux titres HARLEQUIN ROMANTIQUE que nous publions chaque mois.

Et n'oubliez pas que les 6 vous sont proposés au bas prix de $1.75 chacun, sans aucun frais de port ou de manutention.

Et cela ne vous engage à rien: vous pouvez annuler votre abonnement n'importe quand, pour quelque raison que ce soit.

Pour vous assurer de ne pas manquer un seul de vos romans préférés, remplissez et postez dès aujourd'hui le coupon-réponse sur la page suivante.

Rien n'est plus pratique qu'un abonnement *Harlequin Romantique*

1. Vous recevrez les 4 premiers livres en CADEAU puis 6 nouveaux titres chaque mois, dès leur parution. Vous ne risquez donc pas de manquer un seul volume Harlequin Romantique.

2. Vous ne payez que $1,75 par volume, sans les moindres frais de port ou de manutention.

3. Chaque volume est livré par la poste, sans que vous ayez à vous déranger.

4. Vous pouvez annuler votre abonnement à tout moment, pour quelque raison que ce soit...nous ne vous poserons pas de questions, et nous respecterons votre décision.

5. Chaque livre Harlequin Romantique est écrit par une romancière célèbre: vous ne risquez donc pas d'être déçue.

6. Il vous suffit de remplir le coupon-réponse ci-dessous. Vous recevrez une facture par la suite.

Bon d'abonnement

Envoyez à:

HARLEQUIN ROMANTIQUE, Stratford (Ontario) N5A 6W2

OUI, veuillez m'abonner dès maintenant à HARLEQUIN ROMANTIQUE et faites-moi parvenir les 4 premiers livres gratuits. Par la suite, chaque volume me sera proposé au bas prix de $1,75, (soit un total de $10.50 par mois), sans frais de port ou de manutention.

Il est entendu que je pourrai annuler mon abonnement à tout moment, pour quelque raison que ce soit et garder les 4 livres-cadeaux sans aucune obligation. Nos prix peuvent être modifiés sans préavis.

NOM _____ (EN MAJUSCULES S.V.P.)

ADRESSE _____ APP. _____

VILLE _____ PROVINCE _____ CODE POSTAL

376-BPQ-4ABN

Offre valable jusqu'au 30 juin 1984.

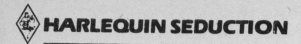

HARLEQUIN SEDUCTION

De grandes histoires d'amour
de passion et de sensualité
dans un univers de rêve
vécues par des femmes d'aujourd'hui!

Vos commentaires sont les bienvenus!

N'hésitez pas à nous écrire, à
l'adresse suivante:

Service des Lectrices Harlequin
649 Ontario Street
STRATFORD, ONTARIO N5A 6W2